MANFRED BAUMANN

Salbei, Dill und Totengrün

MANFRED BAUMANN

Salbei, Dill und Totengrün

9 KRÄUTER-KRIMIS

GMEINER

Immer informiert

Spannung pur – mit unserem Newsletter informieren wir Sie
regelmäßig über Wissenswertes aus unserer Bücherwelt.

Gefällt mir!

Facebook: @Gmeiner.Verlag
Instagram: @gmeinerverlag
Twitter: @GmeinerVerlag

Besuchen Sie uns im Internet:
www.gmeiner-verlag.de

© 2023 – Gmeiner-Verlag GmbH
Im Ehnried 5, 88605 Meßkirch
Telefon 07575 / 2095 - 0
info@gmeiner-verlag.de
Alle Rechte vorbehalten
1. Auflage 2023

Lektorat: Claudia Senghaas, Kirchardt
Herstellung: Julia Franze
Umschlaggestaltung: U.O.R.G. Lutz Eberle, Stuttgart
unter Verwendung eines Fotos von: © VICUSCHKA / photocase.de
Druck: CPI books GmbH, Leck
Printed in Germany
ISBN 978-3-8392-0525-9

Alle Dinge sind Gift, und nichts ist ohne Gift. Allein die
Dosis macht, daß ein Ding kein Gift ist.
(Theophrastus Bombastus von Hohenheim, genannt
Paracelsus; 1493–1541)

The truth, it has the habit of revealing itself ...
(Hercule Poirot / Agatha Christie)

INHALT

Salbei, *Salvia,* auch: *Altweiberschmecken, Allerheilkraut, Muska-*
tellerkraut, Sophieblätter.
Schon bei den Ägyptern und in der Antike als Heilkraut eingesetzt.
Süss von Geruch, voll wirkender Kräfte und heilsam zu trinken …
(Walafrid Strabo, ›Hortulus‹, um 840 nach Christus).

SALBEI

Plötzlich war da ein Ferkel. Wie aus dem Nichts tauchte es auf. Es hatte große Augen und eine auffallende Ähnlichkeit mit dem Schwein aus einer Biokette-Fernsehwerbung. Die Augen des kleinen Rüsselträgers glühten. Giftgrün. Und das Tier schrie. Hoch. Schrill. Blut quoll aus den Augen der zitternden Sau, aus den Ohren, aus dem weit aufgerissenen Maul. Gleich darauf schwoll der Hals an wie ein rosaroter Luftballon, wurde größer und größer. Dann erfüllte ein Dröhnen die Luft. Der Hals des Tieres platzte. Hautfetzen und Blutfontänen spritzten nach allen Seiten.

In der nächsten Sekunde wurde Pater Gwendal munter, schnellte von seinem Holzbett hoch, fegte mit dem Arm das Wasserglas zu Boden, das er sich vor dem Schlafgehen auf das Nachtkästchen gestellt hatte. Er atmete schwer, Schweiß rann ihm übers Gesicht. Er versuchte sich zu orientieren. Das Ferkel war verschwunden. Aber das Schreien war immer noch da. Es drang durch das geöffnete Fenster in sein Zimmer. Doch das war kein Ferkel, das draußen schrie. Das klang nach einer Frau. Und deren hysterisch kreischende Stimme hörte sich grässlich an, schlimmer als das Brüllen des Ferkels aus dem Traum. Mit einem Ruck riss Pater Gwendal die dünne Sommerdecke zur Seite und wälzte sich aus dem Bett. Der Wecker auf dem Nachtkästchen zeigte fünf Uhr. Noch eineinhalb Stunden bis zur Frühandacht. Er hastete die steinernen Treppenstufen nach unten, spürte augenblicklich ein heftiges Stechen in der Seite. Ich muss wieder mehr Frühsport machen, schoss es durch seinen Kopf. Er folgte der Richtung, aus der das Schreien durch das weite Klosterareal gellte. Die Sonne war noch nicht aufgegangen, aber die Umgebung war schon gut auszumachen. Im Innenhof traf Gwendal auf Pater Ruben. Der ehemalige Turnlehrer trug nur gelbgrüne Boxershorts am Leib. Auch er war durch die Schreie aufgeschreckt worden.

»Das kommt aus dem Mariengarten!« Pater Ruben setzte zum Sprint über das Pflaster des Hofes an. Gwendal konnte kaum folgen. Ab morgen wird wieder Sport gemacht!, nahm er sich noch einmal vor. Er spürte seinen Bauch schwappen. Sie erreichten den sanft zum See abfallenden Terrassengarten am Südende des Platzes. Die Steine waren feucht. Gwendal bremste ab, um nicht auf den glitschigen Stufen auszurutschen. Plötzlich lag absolute Stille über der Anlage. Das entsetzliche Schreien hatte aufgehört. Es herrschte Schweigen, wie vor der Erschaffung der Welt. Gwendal umkurvte das Beet mit dem hoch aufgeschossenen Alant, ließ seine Hand über die Blätter der Schafgarbe gleiten und hastete den Weg hinunter zur dritten Terrassenstufe. Er entdeckte Pater Ruben neben der Goldmelisse. Der ehemalige Turnlehrer wirkte verkrampft, hilflos. Gegen seine muskulöse Brust presste sich eine Frau. Das war Rosemarie Fingerlos, die pensionierte Englischlehrerin aus Gwendals Kräuterkurs. Pater Rubens Arme waren etwas ungelenk um die zuckenden Schultern der Frau gelegt. Er fühlte sich sichtbar unwohl in dieser intimen Haltung. Noch ehe Gwendal die beiden erreichte, löste die Frau ihre Arme vom Oberkörper des halb nackten Mönches, drehte sich um und sackte in die Knie. Aus ihrem Mund quoll ein dumpfes Röcheln. Auf dem kiesigen Gartenboden bemerkte Gwendal einen leblos hingestreckten Körper, einen Mann, bekleidet mit heller Leinenhose und dunklem Hemd. Er näherte sich vorsichtig, warf einen Blick auf das Gesicht des Toten.

»Gütiger Himmel, das ist Klaus Trockenbach!« Vor Gwendals Füßen lag einer seiner Kursteilnehmer. Tot. Die gebrochenen Augen des Mannes starrten ins Leere. Zwischen den Zahnreihen steckte ein Stück der Zunge. Der Hals war angeschwollen. Gwendal bemerkte die bläuliche Linie auf der Haut. Als hätte jemand mit einer dünnen Kordel die Kehle des Mannes zugeschnürt. Er ließ sich neben der Leiche nieder. Auch wenn es nichts mehr brachte, tastete der Mönch dennoch nach dem Handgelenk des Toten. Kalte Haut. Kein Puls. Das Leben war längst aus dem Körper gewichen. Die immer noch röchelnde Frau begann plötzlich heftig zu zucken. Die blutleeren Lippen bebten. Gleich würde sie kollabieren. Gwendal musste rasch handeln. Er kannte jeden Flecken in seinem Kräutergarten. Das Beet mit dem Storchschnabel war auf der oberen Terrasse. Er startete los. Die kleinen violetten Blüten waren noch geschlossen. Sanfte Tauspuren glitzerten auf den Blättern. Er rupfte einige Storchschnabelblüten und rannte zurück.

»Da, kauen Sie die!« Die Frau starrte nur apathisch vor sich hin. Ihr Körper zitterte. Aus der Brust rollten haltlos Wogen von dumpfem Röcheln. Gwendal strich der bebenden Frau beruhigend über die Wange und steckte ihr eine Blüte nach der anderen in den Mund. Erst allmählich registrierte sie, was hier vor sich ging. Sie schaute dem Benediktinerpater in die Augen. Ein Anflug von Lächeln huschte über ihr Gesicht. Dann begann sie, die kleinen Blüten im Mund mit der Zunge zu betasten, spürte den Geschmack des Storchschnabels, drückte die Pflanzenteile gegen ihren Gaumen.

»Danke.« Mehr als ein Flüstern brachte sie nicht zuwege.

Durch die Morgenstille drangen Rufe. Schritte hallten über das Pflaster, hastig trippelnde Füße hetzten über Kieselsteine. Der Erste, der die mittlere Terrasse des Mariengartens erreichte, war Pater Ägidius, der Prior des Klosters. Dicht dahinter folgten Pater Sebastian und die junge Journalistin mit dem persischen Vornamen. Dilara, erinnerte sich Gwendal. Das hieß »die das Herz Erfreuende«. Die hysterischen Schreie von Rosemarie Fingerlos hatten offenbar alle aus dem Schlaf geschreckt, Ordensbrüder wie Seminarteilnehmer. Als Letzte erschien Merima, schwarz gelockt, mit verschlafenen Augen. Die Heilmasseurin aus dem Ottilienzentrum hatte ebenfalls heute im Kloster übernachtet.

Ab jetzt sind es nur mehr sechs Seminarteilnehmer, dachte Gwendal traurig, nicht mehr sieben. Denn einer lag tot unter dem Salbeistrauch. Klaus Trockenbach, der ihm am Abend zuvor noch etwas mitteilen wollte. Leider war es nicht mehr dazu gekommen.

Cur moriatur homo cui salvia crescit in horto?

Der Spruch aus einem mittelalterlichen Gesundheitsbuch fiel ihm ein. *Warum sollte ein Mensch sterben, in dessen Garten Salbei wächst?* Salbei galt als Allheilkraut, mit einer Wunderkraft, die sogar den Tod bannen konnte. Aber hier und jetzt lag ein Mann unter einem Salbeistrauch, und der war eindeutig tot.

In der fast 400-jährigen Geschichte von Kloster Eulenberg war schon viel passiert. Zahlreiche tragische Ereignisse waren in den Chroniken vermerkt. Unwetter, Überfälle, Seuchen. Zweimal hatte die Klosterkirche gebrannt. Im Jahr 1821 hatte die Cholera neun der damals 21 Ordensbrüder hinweggerafft. Während der Nazizeit hatten die Mönche eine jüdische Familie im Weinkeller versteckt. Der damalige Abt war dafür nach Ausschwitz gebracht worden. Aber ein Toter im Kräutergarten, das war ein absolutes Novum. Noch nie in all den Jahrhunderten hatte man einen Erdrosselten unter einem Salbeistrauch gefunden. Pater Gwendal blickte in den Kreis der von Entsetzen gezeichneten Gesichter ringsum. In der Ferne glitzerte friedlich der See im fahlen Morgenlicht. Die Nacht verabschiedete sich und nahm die letzten Reste Dunkelheit mit sich. Plötzlich stutzte Gwendal. Etwas am Anblick der Leiche irritierte ihn. Irgendetwas fehlte. Er versuchte, sich an den lebenden Klaus Trockenbach zu erinnern. Was war nun am toten anders? Er kam nicht dahinter.

»Wir müssen die Polizei verständigen.« Die Stimme des Priors klang brüchig.

Gwendal nickte. Pater Ruben setzte sich in Bewegung. »Ich rufe von der Pforte aus an.« Er war offensichtlich froh, von hier wegzukommen. Einige aus der Gruppe der Seminarteilnehmer hatten trotz der schaurigen Entdeckung der Leiche immer wieder verstohlen auf den ehemaligen Turnlehrer geblickt. Einen halb nackten Benediktinermönch in

Boxershorts sah man nicht alle Tage. Die ersten Sonnenstrahlen schoben sich über die fernen Bergrücken, erreichten die Turmspitze der Stiftskirche. Gwendal fürchtete, dass die Morgenandacht heute ausfallen würde. Auch das war seines Wissens in 397 Jahren Klostergeschichte noch nie vorgefallen. Er spürte etwas in seiner Hand. Er hatte eine der abgepflückten Blüten behalten. Er schob sie in den Mund. Auch ihm würde die beruhigende Wirkung des Storchschnabels gut tun.

Die Polizei erschien kurz vor halb sieben. Die Riege der Tatortgruppe und der Ermittlungsbeamten wurde angeführt von Chefinspektorin Sybille Knaus. Bis auf Rosemarie Fingerlos, die man auf ihr Zimmer gebracht hatte, waren alle Klosterinsassen im Refektorium zusammen gekommen, dem schlichten Speisesaal mit seiner hellen vor 20 Jahren erneuerten Holzvertäfelung. Merima Sabic war auch nicht unter den Anwesenden. Die Heilmasseurin kümmerte sich um die immer noch zittrige pensionierte Englischlehrerin. Eine der beiden Küchen-Aushilfskräfte, die gegen sechs Uhr zum Dienst erschienen waren, hatte ein einfaches Frühstück auf die Holztische gestellt. Kaffee, Kräutertee, Schwarzbrot, Butter und Aufstriche. Der Prior hatte das Mahl gesegnet und ein kurzes Gebet gesprochen, in das er auch den Toten und dessen unerklärliches Ableben einbezog. Er bat die Anwesenden, für die Seele des Verstorbenen ein stilles Gebet zu sprechen, jeder nach seinem Gutdünken. Dann wies er einladend auf das Morgenmahl. Aber keiner im Raum griff mit der gewohnten Herzhaftigkeit zu, mit der an den vergangenen Tagen gefrühstückt worden war. Obwohl im Gegensatz zu Mittag- und Abendessen gemäß den Regeln in diesem Kloster beim Frühstück durchaus gesprochen werden durfte, sagte keiner ein Wort. Die Stille war bedrückend. Die Betroffenheit aller Beteiligten lag wie ein schwarzer Nebel über dem Saal. Auch Pater Gwendal hatte sich nur einen Kräutertee eingeschenkt. Nun saß er mit geschlossenen Augen auf seinem Stuhl. Endlich fand er Zeit, das Geschehen der letzten Stunden Revue passieren zu lassen. Er verstand nicht viel von Pathologie. Er hatte sich bei seinem Studium der Psychotherapie zwar immer wieder mit Medizin befasst, aber kaum mit pathologischen Erkenntnissen. Doch aufgrund der gewonnenen Eindrücke schloss er, dass der Tote bereits einige Stunden im Kräutergarten gelegen war. Er erinnerte sich an gestern Abend. Schon während des Nachmittagskurses, bei dem sie über die Wirkung von Zinnkraut und andere Schachtelhalme geredet hatten, war ihm Trockenbach verändert vorgekommen. Abwesend. Unkonzentriert. Nicht so aufgeschlossen wie an den beiden Tagen davor. Und so war Pater Gwendal gar nicht verwundert gewesen, dass Trockenbach ihn gestern nach der Abendmesse angesprochen hatte und um ein vertrauliches Gespräch bat.

Aber Gwendal musste weg. Dringend. Eine seiner sensibelsten Patientinnen, ein 14-jähriges Mädchen, das er psychotherapeutisch behandelte, hatte eine schwere Krise. Er hatte der verzweifelten Mutter versprochen, sich gleich nach der Abendmesse auf den Weg zu machen. *Tut mir sehr leid, Herr Trockenbach. Ich hoffe, ich schaffe es, bis zum Nachtgebet zurück zu sein. Danach nehme ich mir gerne Zeit für Sie.* Aber er hatte es nicht geschafft. Er war fast bis Mitternacht bei dem Mädchen geblieben. Als er gegen halb eins zurückgekehrt war, fand er sämtliche Gebäude des Klosters finster vor. Das war keinesfalls ungewöhnlich. Meistens löschten die Bewohner gegen elf Uhr das Licht, Ordensbrüder genauso wie Seminarteilnehmer, die im Gästehaus untergebracht waren. Gwendal hatte sich gestern nach seiner Rückkehr direkt in sein Zimmer begeben. War da Trockenbach schon erdrosselt unter dem Salbeistrauch gelegen? Pater Gwendal suchte in der warmen Jahreszeit bisweilen noch spätabends einen der beiden Klostergärten auf, um zwischen Kapuzinerkresse und Holunderblüten zu meditieren. Aber gestern Abend war er zu müde gewesen. Die Begegnung mit seiner Patientin hatte ihn ausgelaugt. Vielleicht war Klaus Trockenbach zum Zeitpunkt von Gwendals Rückkehr noch friedlich in seinem Bett gelegen und erst später getötet worden. Worüber hatte er mit dem Pater reden wollen? Stand sein Tod mit dem erbetenen Gespräch im direkten Zusammenhang? Wenn Gwendal Zeit für Trockenbach und dessen Anliegen gehabt hätte, wenn er den Besuch bei dem Mädchen verschoben hätte, wäre der Mann dann noch am Leben? Der Gedanke erfüllte den Mönch mit Unruhe. Auch wenn niemand die schrecklichen Ereignisse voraussehen konnte, fühlte Gwendal dennoch eine große Last auf seinem Herzen. Er brauchte kein schlechtes Gewissen zu haben, er hatte im Sinne seiner Patientin gehandelt, aber er konnte sich eines Anflugs von Schuld nicht erwehren. Seine Unruhe wurde stärker. Er rutschte auf dem Stuhl hin und her. Er musste sich konzentrieren. Er versuchte, ruhig zu atmen. Ein Bild tauchte in seinem Inneren auf, eine schlichte Zeichnung. Er sah einen Kreis mit einem verschlungenen Rautenmuster. Er erkannte das Symbol. Es war das Mandala der Melissenpflanze, das er erst kürzlich in einem neuen Buch über Heilkräuter entdeckt hatte. Melisse hat eine beruhigende Wirkung. Wenn das Herz in Unruhe ist, wenn dessen Pochen eher als Belastung empfunden wird denn als Belebung, dann ist Melisse hilfreich. Das hatte er schon vor 40 Jahren von seiner Großmutter gelernt. Er öffnete die Augen, griff sich mit der Hand an die Brust. Vielleicht sollte er in sein Zimmer gehen und sich einen Melissenextrakt holen.

»Pater Majoran!«

Gwendal war überrascht. Wer kannte hier seinen Spitznamen? Er blickte zur Tür.

Ein junger Mann in Uniform stand am Eingang. »Entschuldigung, ich meinte natürlich Pater Gwendal ...« Gwendal erhob sich, steuerte auf den Polizisten zu.

»Albert?« Das Gesicht des jungen Mannes erhellte sich. Er nahm die ausgestreckte Hand des Paters und schüttelte sie.

»Ich habe schon gehört, dass du bei der Polizei bist. Aber dich hier zu sehen, ist dennoch eine Überraschung.«

»Man hat mich vor drei Tagen nach Eulenberg versetzt, Pater. Das ist mein erster Einsatz.«

Gwendal erinnerte sich gut an Albert Thominger. Er war Ministrant gewesen, hatte eine Zeit lang im Kirchenchor gesungen und war schon in der Jugend der beste Mittelstürmer, den der USK Eulenberg je in seinen Reihen hatte.

Pater Majoran. So nannten ihn seit vielen Jahren die Kinder und Jugendlichen im Ort, mit denen er gelegentlich Volleyball spielte oder beim Sommerfest alte Rockhadern von Queen, U2 und den Stones röhrte. Pater Gwendals Vorliebe für Majoran war bekannt. Sein legendäres Malzbiergulasch mit Majoran und Kümmel durfte bei keinem Dorffest und bei keinem Kräuterseminar-Abschlussabend fehlen.

»Die Frau Chefinspektorin bittet Sie hinüber zum Tatort.«

Gwendal nickte, dann drehte er sich noch einmal um, sah auf die Menschen im Raum. Zehn Augenpaare waren auf ihn gerichtet. Auf der rechten Seite des großen Holztisches saßen fünf seiner Mitbrüder. Pater Ruben. Pater Sebastian. Pater Benjamin, dessen abstehende Ohren wie immer rot leuchteten. Pater Hadubrand. Und Pater Ägidius, seit 18 Jahren Prior ihres Klosters. Am linken Ende des Tisches kauerte das bedrückt schweigende Häuflein der Kursteilnehmer. Anna und Lars Dolder, das Ehepaar aus der Steiermark. Er war Landschaftsarchitekt und sie Geschäftsführerin eines Biorestaurants. Daneben saß Melanie Vanderleeg aus Hamburg, die in der Servicestelle einer Hotelkette arbeitete und krampfhaft die Hand ihres Begleiters drückte. Pascal Gruber, Anfang 50, war um einige Jahre älter als seine Lebensgefährtin. Die beiden waren gestern zur Gruppe gestoßen, genauso wie Dilara Melek, Radio-Journalistin aus Köln, die an einem Feature über Klöster und Kräutergärten interessiert war. Unwillkürlich hob Gwendal beide Hände, als wolle er die Gruppe segnen. Die nagende Unruhe von vorhin griff erneut nach ihm. Er machte sich Sorgen um die Menschen hier im Raum. Etwas Unerklärliches war in dieser

Nacht innerhalb der Klostermauern passiert. Ein Mensch war ermordet worden. Erdrosselt. Auf brutale Weise. Und irgend jemand war dafür verantwortlich. Jemand von den Anwesenden? Jemand von außen?

»Bitte kommen Sie, Pater. Die Frau Chefinspektorin wartet.« Die Stimme des jungen Polizisten war sanft, aber eindringlich. Gwendal ließ noch einmal seinen Blick über die besorgten Gesichter streifen. Dann wandte er sich um. Er war in seinem bisherigen Leben schon oft vor schwierigen Problemen gestanden, und hatte fast immer eine Lösung parat gehabt. Als Sohn einer Winzerfamilie wusste er, wie man Mehltau und Grauschimmel bekämpfte. Als aufmerksamer Psychotherapeut und Seelsorger hatte er immer wieder Wege zu den verschlossenen Herzen Hilfe suchender Menschen gefunden. Er hatte sogar das komplizierte Gitarren-Solo von Carlos Santana von ›Blues for Salvador‹ innerhalb von zwei Wochen erlernt. Darauf war er besonders stolz, auch wenn ihn das Üben zwei Blasen auf den Fingerkuppen und viele schlaflose Nächte gekostet hatte. Ihn konnte auch kein botanisches Anliegen aus der Ruhe bringen. Ob Gewürzkraut für die Küche, ob Linderung für Wehwehchen jeglicher Art, er wusste meist die richtige Antwort. Aber er hatte es noch nie mit Mord zu tun gehabt. Und jetzt lag ein Toter unter dem Salbeistrauch in seinem Klostergarten. Er seufzte. Eines wurde ihm schmerzlich bewusst. Um einen Mörder zu finden und dessen Gründe für die blutige Tat aufzudecken, hatte der liebe Gott leider kein Kraut wachsen lassen. Da musste er sich schon selber helfen.

Albert Thominger begleitete ihn hinaus und postierte sich wieder vor der Eingangstür.

»Wie ist eure Chefinspektorin denn so?«

Der junge Polizist musterte den Mönch mit einem Blick, der schwer zu deuten war. Hinter der Stirn des Mannes arbeitete es.

»Kennen Sie die missglückte Statue aus Eisenteilen am Kreisverkehr Richtung Grottenberg?«

Das Gebilde war Gwendal bekannt. Ein in der Region bekannter Bildhauer hatte im Auftrag der Gemeinde eine drei Meter hohe Frauenfigur geschaffen. Sie sollte Urania darstellen, die Muse der Astrologie. Immerhin lag in der Nähe eine Sternwarte, auf die man in der Kommune besonders stolz war. Der Pater hatte schon Skulpturen gesehen, die mehr Eleganz und Harmonie vermittelten, aber für missglückt hielt er die Plastik dennoch nicht.

»Ich sage Ihnen eines, Pater Majoran, diese sonderbare gesichtslose Frauenfigur aus verrostetem Stahl strahlt mehr Wärme und Zugänglichkeit aus als unsere Frau Chefinspektorin.«

Gwendal musste schmunzeln. Der ehemalige beste Mittelstürmer des USK Eulenberg hatte sich ein wenig in Rage geredet. Seine Wangen waren gerötet.

»Dann wirst du mich auf den aktuellen Stand eurer Ermittlungen bringen müssen, Albert. Denn eine unnahbare Kriminalistin wird einem kleinen Benediktinermönch wohl keine Auskünfte zum vorliegenden Fall erteilen.«

Der junge Mann schüttelte heftig den Kopf.

»Pater Majoran, Sie wissen genau, dass ich das nicht darf. Auch wir Polizisten haben eine Art Schweigegelübde.«

»Das verstehe ich voll und ganz, Albert. Aber ich möchte dir etwas sagen. In den Regeln des heiligen Benedikt heißt es an einer Stelle, dass Menschen, die einander zugetan sind, nicht so sehr auf das eigene Wohl achten sollten, sondern mehr auf das der anderen.«

Das war vielleicht eine etwas freie Interpretation der entsprechenden Passage in der Regel über *den guten Eifer der Mönche*, aber im Grunde stimmte sie.

»Nun weiß ich aus meiner Erfahrung, welche Erleichterung es oft ist, wenn man sich Dinge laut vorsagt, um sich selbst über bestimmte Angelegenheiten Klarheit zu verschaffen. Ein junger tüchtiger Polizist, kaum drei Tage an einem neuen Dienstort, wird zu einem ersten großen Einsatz gerufen. Ein Kapitalverbrechen. Ein Mord. Eine Situation, die ihm noch kaum vertraut ist. Das belastet Seele und Geist. Verstehst du?«

Der Angesprochene hielt sich mit seiner Zustimmung zurück. Er wartete, worauf dieses Gespräch hinauslaufen würde, deutete nur ein leichtes Nicken an.

Gwendal legte ihm vertraulich die Hand auf die Schulter. »Ich bin dir sehr zugetan, Albert, und dein Wohl ist mir wichtig. Folglich gebe ich dir jetzt einen wohlmeinenden Rat: Sprich laut mit dir selbst über das, was geschehen ist, und welche Aufgaben dir dabei zufallen. Es wird dich erleichtern. Ich werde neben dir stehen und darum beten, dass du die richtigen Worte findest.«

Dabei schaute er den jungen Mann mit einem unschuldigen Blick an, als würde er ihm im nächsten Augenblick ein Heiligenbildchen überreichen. Albert Thominger verbiss sich ein Lachen. »Es ist wunderbar, Pater Majoran, dass ein Mann Gottes für eine bedrängte Seele wie mich immer einen Ausweg weiß.«

Gwendal nickte und schloss die Augen. Der junge Polizist räusperte sich kurz, dann begann er vor sich hinzumurmeln: »Also Albert, nachdem du Pater Gwendal die Aufforderung der Chefinspektorin überbracht hast, wirst du weiterhin deinen Posten beziehen und darauf achten, dass keiner den Speisesaal verlässt. Das ist zwar langweilig, aber nicht zu ändern. Befehl ist Befehl. Vielleicht hast du Glück und wirst bald abkommandiert, um dich an der Aktion zu beteiligen, das gesamte Gelände zu durchkämmen und alle Räume abzusuchen. Das wäre aufregender und macht mehr Spaß. Vielleicht bist auch du es, der die Tatwaffe findet. Eine Art Schnur, eine Kordel, möglicherweise eine Drahtschlinge. Denn am Tatort wurde nichts entdeckt.

Mach dir auch keine Gedanken darüber, ob der Mord tatsächlich zwischen Mitternacht und drei Uhr früh geschah, wie der Gerichtsmediziner vermutet. Das muss dich nicht bekümmern, darüber sollen sich andere den Kopf zerbrechen. Auch die Tatsache, dass die erste kurze Befragung aller Klosterbewohner nichts Erhellendes für die Umstände zur Klärung des Falles gebracht hat, muss dich nicht belasten. Das ist nicht dein Bier.«

Er nahm mit schwungvoller Geste die Kappe ab, wischte sich theatralisch über die Stirn. »So, jetzt ist mir erheblich leichter. Danke, Pater.«

Gwendal öffnete die Augen. »Jederzeit wieder, mein Sohn.« Dann stapfte er davon in Richtung Terrassengarten.

Pater Gwendal überquerte den Hof. Die zerrupften Verbenenbeete fielen ihm auf. Ein Lächeln huschte über sein Gesicht, als ihm die Ursache für diesen Flurschaden einfiel. Pater Sebastian, der mit einigen Helfern für den kleinen landwirtschaftlichen Betrieb des Klosters zuständig war, hatte vergessen, ein Gatter zu schließen. Und so war plötzlich eine Horde von sieben aufgeweckten Ziegen über den Innenhof gestürmt. Die Viecher hatten alles angeknabbert, was sie mit ihren Zähnen nur erreichen konnten. Das Gemecker der Tiere und das Geschrei von Pater Sebastian hatte Gwendal aus seinem Zimmer gelockt. Gleichzeitig waren drei Kursteilnehmer angekommen. Alle zusammen halfen mit, die Ziegen wieder einzufangen. Was kein leichtes Unterfangen war. Es dauerte fast eine halbe Stunde, bis man auch das letzte vorwitzige Hornvieh zurück in den Stall getrieben hatte.

Gwendal war noch nie an einem polizeilichen Tatort gewesen, aber er sah sich hin und wieder einen Krimi im Fernsehen an. Deshalb wunderte er sich auch nicht darüber, dass an einigen Stellen des Gartens kleine gelbe Tafeln mit Nummern im Boden steckten. Das kannte er aus den Filmen. Die Kartons markierten Stellen, an denen die Ermittler Spuren gefunden hatten, die sie weiter auswerten wollten. Die Chefinspektorin stand etwa zwei Meter vom blühenden Salbeistrauch entfernt und blickte hügelabwärts auf den nahe gelegenen See. Als sie seine Schritte auf dem Kies wahrnahm, drehte sie sich um.

»Der Ausblick ist ja nicht schlecht, aber mir wäre es hier viel zu abgeschieden.

Ich denke, ich würde mich permanent langweilen. Sie sind schon seit 20 Jahren hier, wie man mir sagte?«

»Seit genau 19 Jahren, vier Monaten und elf Tagen.« Er streckte ihr die Hand hin.

Sie beachtete ihn nicht, sondern strich eine der blonden Haarsträhnen aus dem Gesicht. Ihre Augen waren grau, erinnerten an unverputzte Ziegelmauern. Zwei tiefe Furchen zogen sich links und rechts von der kantigen Nase nach unten, umrahmten einen schmallippigen Mund. Sie mochte Anfang 40 sein. Das Gesicht war nicht unhübsch, aber sie wirkte verhärmt.

»Ich habe genau vier Fragen an Sie.« Sie deutete auf den Salbeistrauch. »Haben Sie eine Erklärung dafür, warum jemand heute Nacht Klaus Trockenbach hier im Gemüsegarten Ihres Klosters umgebracht hat?«

Er ließ sich Zeit mit der Antwort, holte tief Luft.

»Das ist kein Gemüsegarten, Frau Chefinspektorin. Einen solchen haben wir an der Rückseite des Klosterladens angelegt. Wir befinden uns hier im Mariengarten, in einem der beiden Kräutergärten von Stift Eulenberg.« In ihrem Gesicht zuckte es. Bevor sie zu einer Erwiderung ansetzen konnte, fuhr er mit einem sanften Lächeln fort. »Und – nein! Ich habe leider keine Erklärung.« Sie verzog kurz die blutleeren ungeschminkten Lippen zu einer mürrischen Schnute.

»Zweite Frage: Klaus Trockenbach war seit drei Tagen in Ihrem Kurs. Was wissen Sie über ihn?« Ihre Frage klang gebellt. Er versuchte, seiner Stimme einen beruhigend sanften Klang zu verleihen.

»Leider nur sehr wenig. Wir freuen uns über jeden, der

sich für unser Kloster und unser bescheidenes Kursangebot interessiert. Wir führen aber keine erkennungsdienstlichen Befragungen durch. Meines Wissens stammt Herr Trockenbach aus Baden-Württemberg, aber das hat die Polizei sicher schon selbst festgestellt. Und ich weiß, dass er sich sehr für die *Euphrasia officinalis* interessierte.«

Sie starrte ihn an. »Wofür?«

Er drehte sich um, schlenderte gemächlich zu einem Beet in etwa zehn Metern Entfernung. Dann pflückte er einen der krautigen Stängel ab. Die Blüten waren noch nicht aufgegangen, aber man konnte schon deutlich die Knospen erkennen. Er kam zurück und reichte die Pflanze der Polizistin. Die war so verblüfft, dass sie unwillkürlich danach griff.

»*Euphrasia officinalis*, der Gemeine Augentrost, auch als Augustinuskraut bekannt.«

Sie blitzte ihn an. Dann ließ sie den beblätterten Stängel auf den Boden fallen.

»Sorry, ich kann mit Ihrem Grünzeug nichts anfangen. Aber wenn wir schon bei Ihren Pflanzen sind: Sie haben der Frau, die den Toten entdeckte, laut deren Aussage irgendwelche Blumen in den Mund gesteckt. Warum?«

»Frau Fingerlos stand sichtlich unter Schock.«

»Das mag schon sein. Aber deswegen geben Sie ihr Blumen zu essen?«

»Ich kenne kein besseres Akutmittel bei erschreckenden Erlebnissen als Storchschnabel. Und es hat gewirkt. Frau Fingerlos machte bald einen gefassteren Eindruck.«

Ihre ziegelgrauen Augen weiteten sich. »Sind Sie so eine Art katholischer Vodoo-Zauberer?«

Er lächelte. »Nein, ich bin nur ein einfacher Benediktinermönch, der sich für Kräuter interessiert.«

Sie zuckte unwirsch mit dem Kopf.

»Gut, vierte und letzte Frage. Ist Ihnen sonst irgend etwas aufgefallen, das bei der Aufklärung dieses Falles dienlich sein könnte?«

Gwendal zögerte mit der Antwort. Diese blonde Polizistin hatte mit ihrer barschen und abschätzigen Art nicht gerade einen Spitzenplatz auf seiner persönlichen Sympathieskala eingenommen. Andererseits war ihm sehr daran gelegen, dass der Fall möglichst bald aufgeklärt wurde. Die wichtigste Lehre der benediktinischen Tradition bedeutete: Beziehung aufbauen. Das hatte er sein ganzes Leben so gehalten. In Beziehung treten zu Menschen, zu Tieren, zu Pflanzen, zu allen Geschöpfen. Also würde er auch versuchen, zu dieser Kriminalpolizistin eine möglichst gute Beziehung aufzubauen. Weil es seiner benediktinischen Einstellung entsprach, und weil es seiner plötzlich erwachten kriminalistischen Neugierde förderlich war.

Folglich berichtete er der Chefinspektorin, dass Klaus Trockenbach ihn gestern um ein Gespräch gebeten hatte. Er sei aber leider durch einen wichtigen Termin verhindert gewesen. Sie dachte kurz nach, setzte zu einer Frage an, wurde aber durch einen Ruf unterbrochen.

»Frau Chefinspektorin!« Ein junger Mann eilte durch die Kräuterbeete auf sie zu. Offenbar einer der Kriminalpolizisten in Zivil. Er schwenkte einen kleinen durchsichtigen Sack. Darin befand sich etwas Helles, das in der Morgensonne blitzte. Gwendal wurde plötzlich heiß. Noch ehe er es im Detail ausmachen konnte, war ihm bewusst, was in der Umhüllung steckte. Eine goldene Uhr. Eine alte Rolex. Die hatte Klaus Trockenbach seit seiner Ankunft getragen. Und die war heute Früh, als sie die Leiche fanden, nicht an seinem Handgelenk. Das war es gewesen, was ihm beim Anblick des Toten gefehlt hatte. Der Angekommene flüsterte der Chefinspektorin etwas zu. Diese wandte sich an Gwendal.

»Gruppeninspektor Heidrich hat diese Armbanduhr bei der Durchsuchung des Klosterareals gefunden. An einem Ort, der im Regelfall wohl eher nicht für die Aufbewahrung von wertvollem Schmuck dient. Können Sie sich vorstellen, wo der Kollege fündig wurde?«

Pater Gwendal hatte keine Ahnung.

»In der Kirche!« Der Hinweis war dem jungen Mann herausgerutscht. Die Chefinspektorin strafte ihn mit einem strengen Blick.

In der Kirche? Pater Gwendal konnte sich noch immer keinen Reim darauf machen.

»Wo in der Kirche? Auf dem Altar? Zwischen den Bankreihen?«

Der Polizist schüttelte den Kopf, wagte aber nicht, zu antworten. Das überließ er seiner Vorgesetzten.

»Nein, in einem Gitarrenkoffer.«

Die Hitze in Pater Gwendals Körper stieg an. Er spürte etwas unangenehm Kribbeliges in seinem wohlgenährten Bauch.

»Wissen Sie, wem der Koffer gehört?«

Natürlich wusste er das. Bei allen Andachten und Messfeiern, die sie in der kleinen Klosterkirche mehrmals am Tag zelebrierten, wurde auch immer gesungen. Er selber begleitete die Lieder und Psalmen meist auf der Orgel, manchmal zupfte er auch die Harfe. Gitarre spielte er in der Kirche nie. Das überließ er einem anderen Ordensbruder. Der Koffer samt Gitarre, der im vorderen Teil der Kirche immer neben der kleinen Orgel stand, gehörte Pater Ruben. Und dort wurde die Uhr gefunden? Was hatte das zu bedeuten?

Gwendal war verwirrt. Die Polizei hatte Pater Ruben mitgenommen zur Einvernahme im Landespolizeikommando. Gwendal konnte sich schwer vorstellen, dass sein Ordensbruder etwas mit dem Tod von Klaus Trockenbach zu tun hatte. Aber wie kam die Rolex in dessen Gitarrenkoffer? Die Kirche war für jeden Klosterbewohner jederzeit zugänglich, auch nachts. Jeder Seminarteilnehmer hatte einen Schlüssel, falls jemand zu später Stunde noch in der Kirche beten oder meditieren wollte. Gwendal kannte Rubens persönliches Geheimnis. Zumindest war er sich ziemlich sicher, auch wenn sie nie offen darüber geredet hatten. Bruder Ruben hatte einen geknickten Eindruck gemacht, als er, begleitet von zwei Beamten, ins Polizeiauto gestiegen war. Das war vor vier Stunden gewesen. Einige der Seminarteilnehmer wollten abreisen, aber das erlaubte die Polizei nicht. Bis zur endgültigen Klärung des Verbrechens hatten alle Beteiligten im Kloster zu bleiben. Das Mittagsgebet, das die Mönche jeden Tag um halb zwölf in Form einer gemeinsamen Andacht in der Kirche zelebrierten, war ausgefallen. Der durch genau festgelegte Zeiten für Arbeit, Freizeit, und gemeinsame Gebete strukturierte Klostertag war wegen des schrecklichen Vorfalles völlig durcheinander geraten. Es galt, wieder Ordnung in die Unruhe zu bringen. Gwendal blickte auf die Uhr. Halb zwei. Er würde den für 14 Uhr angesetzten Kräuterkurs in jedem Fall abhalten. Um 16 Uhr hatte er ein Therapiegespräch im Ottilienzentrum. Um 17.30 Uhr waren wie jeden Tag gemeinsames Abendgebet und Eucharistiefeier angesetzt. Danach traf man sich zum Abendessen. Der Tag würde mit dem gemeinsamen Nachtgebet um halb zehn ausklingen. Die festgelegten Zeiten waren Ankerpunkte im täglichen Leben der Benediktiner, und das seit Jahrhunderten. Sie gaben auch Pater Gwendal Halt.

Er verlegte den Nachmittagskurs in den Seminarraum neben der Klosterbibliothek.

Ursprünglich hätte die heutige Lektion im Mariengarten stattfinden sollen, aber die Polizei hatte den Tatort noch nicht frei gegeben. Es war auch besser so. Wie hätte er seine Ausführungen an einem Platz abhalten können, an dem vor wenigen Stunden ein Teilnehmer ihres Kurses ermordet worden war. Pater Gwendal blickte auf die Runde der Seminaristen. Hatte jemand aus diesem Kreis mit dem brutalen Mord zu tun? Er wollte seine Schützlinge in den nächsten beiden Stunden genau beobachten, um mehr über sie zu erfahren. Die junge Radiojournalistin aus Köln hatte ihr Notebook aufgeschlagen und wischte zum wiederholten Male mit einem Tuch über den Bildschirm. Ihr Familienname war *Melek*. Soweit Gwendal wusste, kam *Melek* aus dem Arabischen und bedeutete *Engel*. War dieser Engel in der vergangenen Nacht in den Kräutergarten geschlichen, um Klaus Trockenbach eine

Schlinge um den Hals zu legen? Warum sollte Dilara Melek das tun? Die Hotelangestellte aus Hamburg, Melanie Vanderleeg, hielt mit beiden Händen den muskulösen Oberarm ihres Begleiters umfasst. Sie klammerte sich gerne an ihn, das war Gwendal schon am Vortag aufgefallen. Pascal Gruber, ein sportlich wirkender Mann Anfang 50, hatte keinen Hehl daraus gemacht, dass er nur seiner Lebensgefährtin zuliebe hier war. Sie wollte unbedingt einen mehrtägigen Kurs beim »berühmten Kräuterpater Gwendal« absolvieren. Auch wenn er nicht ganz aus freien Stücken mitgekommen war, hatte sich Pascal Gruber dennoch als wachsamer Teilnehmer erwiesen, aufmerksam, interessiert. Er hatte kluge Fragen gestellt. Im Gegensatz zu seiner Begleiterin. Die beteiligte sich nur selten an der gemeinsamen Seminararbeit. Sie war hauptsächlich daran interessiert, welche Pflanzen sich am besten als kosmetische Unterstützung für ihren Teint eigneten. Beim zweiten Paar im Raum schien eher der Mann die treibende Kraft für den Seminarbesuch gewesen zu sein. Lars Dolder, Anfang 40, war Landschaftsarchitekt in der Steiermark und interessierte sich vor allem für die optimale Gestaltung und pflanzliche Ausstattung von Kräutergärten. Er hatte schon einige solcher Anlagen für Privatsanatorien und kleinere Gemeinden errichtet. Anna Dolder war Geschäftsführerin eines Biorestaurants in der Südsteiermark und hatte sich nur schwer von ihren Verpflichtungen losreißen können, um ihren Ehemann nach Kloster Eulenberg zu begleiten. Rosemarie Fingerlos nahm nicht an der Nachmittagslektion teil. Sie brauchte dringend Schonung und war auf ihrem Zimmer geblieben. Pater Gwendal langte in seinen

Kräuterkorb und zog einen Vertreter aus der Familie der *Dryopteridaceae* hervor, einen Wurmfarn. Er wollte über die *Signaturenlehre* reden.

»Glücklich, dem es gelingt, den Grund der Dinge zu erfassen, sagte schon Hildegard von Bingen, die große Mystikerin, pflanzenkundige und universell gelehrte Äbtissin aus dem Mittelalter.«

»Gott kann nicht geschaut werden, sondern wird durch die Schöpfung erkannt«, ergänzte der Landschaftsarchitekt. Gwendal horchte auf. Offenbar hatte er hier einen Hildegard-Kenner unter den Anwesenden.

»Sehr richtig, Herr Dolder. Lassen Sie uns also über das Erkennen reden.« Er hob den Wurmfarn hoch, sodass ihn alle gut sehen konnten. »Manchmal können wir den Grund der Dinge, den wesentlichen Kern, der im Inneren steckt, besser erfassen, wenn wir achtsam für das Äußerliche sind.«

Wieder war es Lars Dolder, der sich meldete. »Sie meinen die Signaturenlehre, wie sie auch Paracelsus praktizierte? Äußere Form lässt Rückschlüsse auf Wirkung zu? Die Walnuss hat Ähnlichkeit mit der Form des menschlichen Gehirns. Deshalb vermutete man früher, dass sie hilfreich bei Krankheiten am Kopf wäre. Was zum Teil ja auch stimmt. Moderne wissenschaftliche Untersuchungen zeigen, dass die Walnuss tatsächlich wertvolle Fettsäuren für das Gehirn enthält.«

»Wo ist die nächste Walnuss? Her damit. Ich bin gestern Abend mit meinem Sudoku nicht weiter gekommen!« Der Einwurf der jungen Radiojournalistin löste Heiterkeit im Raum aus. Es tat gut, die durch den Todesfall ohnehin bedrückend angespannte Stimmung ein wenig zu lockern.

»Wer außer unserem Landschaftsarchitekten ist noch vertraut mit der Signaturenlehre?« Keiner in der Runde meldete sich. Pater Gwendal erhob sich von seinem Stuhl. Er würde gut auf die Reaktionen der anderen achten. Vielleicht konnte er dadurch Rückschlüsse gewinnen, die ihm halfen, die mysteriösen Vorgänge der vergangenen Nacht besser zu verstehen.

»Was sehen Sie?« Er hielt den Wurmfarn ein Stück höher.

»Ein grünes Irgendwas. Nicht sehr hübsch. Würde ich in keines unserer Hotelzimmer als Deko stellen.« Melanie Vanderleeg schüttelte indigniert den Kopf. Gwendal kommentierte die Antwort nicht, sondern blickte weiterhin fragend in die Runde. Anna Dolder, die Biorestaurant-Chefin hob den Finger. »Die kleinen Blätter mit ihren Zacken schauen ganz hübsch aus, würden sich vielleicht in einem gemischten Salat ganz gut machen. Aber ich weiß nicht, ob man das Ding essen kann.«

Auch darauf ging Gwendal nicht ein. Er beobachtete nur weiterhin seine Kursteilnehmer.

Der Landschaftsarchitekt hielt sich offenbar bewusst zurück, überließ den anderen das Antworten. Gwendal hielt den Wurmfarn vor das Gesicht von Pascal Gruber. Der lehnte sich zurück und fixierte das lang gezogene Farnblatt, das sanft in der Hand des Mönchs wippte.

»Ich sehe ein Pflanze mit zwei unterschiedlichen Wesensmerkmalen. Oben, an den Spitzen, sehr beweglich. Luftig mit ihren gefiederten Blättern. Je weiter es dem Stängel zugeht, wirkt der Farn fester, vermittelt den Eindruck von Standhaftigkeit.«

Pater Gwendal nickte anerkennend. Das war gut beschrieben. Wenn er sich recht erinnerte, hatte die plauderfreudige Melanie Vanderleeg erzählt, dass ihr Lebensgefährte ein kleines Taxiunternehmen mit drei Fahrzeugen in Berlin hatte. Sie hatte extra betont, dass ihr Schatz mit Pflanzen nichts am Hut habe, aber ihr zuliebe die weite Reise mitgemacht hätte. Das mochte seine Richtigkeit haben, dachte Gwendal, aber eines ließ sich festhalten. Egal, ob er Pflanzen schätzte oder nicht, Pascal Gruber war in jedem Fall ein guter Beobachter.

»Sehr aufmerksam beschrieben«, sagte er und strich mit den Fingern sanft über den Farn. »Oben beweglich. Unten fest. Und diese Eigenschaft deutet auch die Wirkung des Wurmfarns an. Diese ist stark ›abführend.‹ Meine Großmutter hat mir erzählt, ihre Tante hätte noch Wurmfarnblätter ins Bett gelegt, in die Matratze, zusammen mit Haferstroh. Der Wurmfarn hat eine entspannende und heilende Wirkung. Und das kann man bei aufmerksamer Wahrnehmung schon an der äußeren Form der Pflanze erkennen.«

Er legte den Farn beiseite und fischte aus dem Kräuterkorb einen schmalen Strunk mit kleinen violetten Blüten an der Spitze.

»Auch beim Storchschnabel kann man von der Erscheinungsform auf die Wirkung schließen.«

»Ah«, warf die Journalistin ein, »heißt diese Pflanze deswegen Storchschnabel, weil sie den Eindruck vermittelt, sie käme auf dünnen Stelzen daher?«

»Trefflich beobachtet«, lobte Pater Gwendal. Er schüttelte die Pflanze in seiner Hand. Für die Zuschauer sah es so aus, als würde das zarte Gebilde gleich in der Mitte abbrechen. »Der Storchschnabel sieht aus, als sei er gefährdet. Und das ist ein wichtiger Hinweis. Er hilft bei Gefährdung.«

»Ist das die Pflanze, die Sie heute unserer armen geschockten Rosemarie gegeben haben?«, fragte Dilara Melek weiter. »Sie erzählte es mir, als ich sie kurz in ihrem Zimmer aufsuchte.«

»Ja, der Storchschnabel wirkt wie Rescuetropfen. Bei Schockerfahrungen Storchschnabel zu sich nehmen, das hilft.«

Alle im Raum schauten fasziniert auf die kleine, wenig spektakuläre Pflanze mit den blauen Blüten in der Hand des Mönchs. Sie wirkte so unstabil und zeigte offenbar genau durch diese Erscheinungsform an, dass sie die Kraft hatte, anderen Stabilität zu verleihen.

Sie gingen noch weitere der mitgebrachten Kräuter durch und versuchten gemeinsam, durch die genaue Beobachtung der äußeren Form Rückschlüsse auf eine mögliche Wirkungsweise zu ziehen. Immer wieder prüfte Gwendal die Reaktionen seiner Kursteilnehmer. Auch bei Menschen ließen sich die Erkenntnisse der Signaturenlehre anwenden. Auch hier konnte man durch aufmerksame Wahrnehmung äußerer Merkmale versuchen, den *Grund der Dinge* zu eruieren. Nichts anderes machte er auch als Psychotherapeut. Aber aus seiner langjährigen therapeutischen Erfahrung wusste Gwendal, dass Menschen im Gegensatz zu Pflanzen fähig waren, sich mit großer Geschicklichkeit zu verstellen. War hier im Raum jemand, der allen anderen etwas vorspielte? War ein Mörder unter ihnen, eine Mörderin?

Und wenn ja, was konnte der Grund sein, Klaus Trockenbach umzubringen? Der Pater schickte ein stilles Stoßgebet zum Himmel. Pflanzen waren viel einfacher. Kräuter täuschten nichts vor. Sie zeigten sich stets in ihrer wahren Gestalt. Bei Kräutern wusste man immer, woran man war.

Das Therapiegespräch im Ottilienzentrum hatte länger gedauert als geplant, und so kam Gwendal zu spät zum Abendgottesdienst. Er wunderte sich, dass er den Prior nicht in der Gruppe der Mönche sah. Pater Hadubrand las an diesem Abend die Messe. Gwendal setzte sich rasch an die Orgel und schlug das Gesangsbuch auf. Von den Seminarmitgliedern war so wie in den vergangenen Tagen nur das Ehepaar Dolder anwesend. Den Klostergästen stand es frei, ob sie an den Andachten teilnahmen oder nicht. Als Gwendal nach dem Gottesdienst die Kirche verließ, entdeckte er die Chefinspektorin. Sie kam aus dem Büro des Priors. Auch sie hatte ihn erkannt und steuerte mit energisch raschem Schritt auf ihn zu.

»Haben Sie gewusst, dass Pater Ruben schwul ist?« Natürlich hatte er es gewusst oder zumindest geahnt. Alle hatten davon gewusst, davon war Gwendal überzeugt, auch wenn keiner darüber redete. Es war nie ein Problem gewesen. Pater Ruben hatte nie eine Andeutung, geschweige denn irgendeine Form von Annäherung gemacht.

»Die geschlechtliche Ausrichtung von Pater Ruben ist allein seine persönliche Angelegenheit.«

»Ist es nicht!« Sie zerrte ein Heft aus ihrer großen Umhängetasche, hielt es ihm vor die Nase. Es zeigte zwei muskulöse junge Männer mit schmalen Slips auf der Titelseite.

»Wir haben das hier und ähnliche Magazine in seinem Zimmer gefunden!«

Na und?, dachte Pater Gwendal, was bedeutet das schon?

»Der Prior ist entsetzt.«

Der Prior war immer entsetzt. Gwendal konnte sich ein genervtes Nüsternblähen nicht verkneifen. Der Prior war entsetzt, wenn die Seminare überbucht waren und sich seiner Meinung nach zu viele Leute in ihrem abgeschiedenen Kloster tummelten. Aber deutete die Reservierungsliste an, dass zu wenig Seminarbuchungen anstanden und die geplanten Einnahmen nicht erreicht wurden, war er genauso entsetzt. Das ständige Entsetztsein gehörte zur Grundausstattung der Gemütsverfassung von Pater Ägidius, dem Prior von Eulenberg.

»Könnte Klaus Trockenbach hinter das Geheimnis von Pater Ruben gekommen sein?

Wollte er vielleicht darüber mit Ihnen sprechen?«

Quatsch! Wovon redete die Frau da? Er hatte keine Ahnung davon gehabt, dass Pater Ruben in seiner Freizeit sich Magazine für homosexuelle Männer anschaute.

Das ging ihn auch nichts an. Die persönlichen Vorlieben eines jeden Mitglieds ihres Klosters waren dessen private Angelegenheit, solange sie nicht das Zusammenleben in der Gemeinschaft belasteten. Und das hatte es im Fall von Pater Ruben nie. Da mochte der Prior jetzt den Entsetzten mimen, so viel er wollte. Aber offensichtlich drechselte die Polizei aus der sexuellen Ausrichtung von

Pater Ruben ein an den Haaren herbeigezogenes Mordmotiv. Da hieß es, wachsam zu sein.

»Ich kann mir nicht vorstellen, Frau Chefinspektorin, dass Herr Trockenbach mit mir über Pater Ruben reden wollte. Warum sollte er?«

»Ist es euch Pfaffen nicht verboten, schwul zu sein?«

Er spürte eine Hitze in sich hochwallen, als hätte er einen Liter Thymiantee in einem Zug geleert. Wie redete diese Person denn mit ihm?

»Nein, ist es nicht.« Er hob die Stimme an. »Und außerdem sind wir keine Pfaffen sondern Mitglieder des Benediktinerordens. Zu unseren Grundsätzen gehört unter anderem die *discretio*, das bedeutet, den Dingen ›das richtige Maß‹ entgegen zu bringen. Diese Haltung würde auch Ihnen guttun, Frau Chefinspektorin.«

Damit ließ er sie auf dem Gang stehen und stapfte davon.

Er machte sich auf den Weg zum oberen Kräutergarten, der gleich neben der Kirche angelegt war, umgeben von einem Kreuzgang. In diesem Garten befanden sich vier Steinbänke zwischen den Beeten. Eine davon war besetzt. Pater Gwendal erkannte Rosemarie Fingerlos. Sie hielt ein Taschentuch mit beiden Händen und starrte auf die kleine Marienstatue, die genau in der Mitte des Gartens ruhte. Er setzte sich neben die Frau. Eine Zeit lang herrschte nur Stille. Dann unterbrach sie das Schweigen.

»Ich konnte gestern Nacht nicht schlafen. Ich frage mich die ganze Zeit, ob er noch am Leben wäre, wenn ich früher etwas unternommen hätte.«

Er blickte sie verwundert von der Seite her an.

»Ich fühlte mich vom ersten Augenblick an zu diesem Mann hingezogen. Er hatte Charme. Er strahlte eine gewisse Art von Stärke aus, auch wenn ich bisweilen den Eindruck hatte, er trage eine tiefe Wunde in sich. Er war sehr aufmerksam, aber zurückhaltend. Und plötzlich wirkte er wie verändert. Den ganzen gestrigen Tag über. Das hat mich sehr irritiert.«

Pater Gwendal nickte. Das bestätigte nur seine eigene Beobachtung.

»Ich habe gestern Nacht lange mit mir gerungen, ob ich aufstehen und ihn in seinem Zimmer aufsuchen sollte. Ich wollte mit ihm reden, und vielleicht …«

Sie sprach nicht weiter. Ihre Augen waren nass. Pater Gwendal betrachtete ihr Gesicht. Er schätzte sie auf Anfang 60, ein wenig jünger als Klaus Trockenbach.

Ihr immer noch volles dunkles Haar war von schmalen silbrigen Strähnen durchzogen. Sie war eine attraktive Frau. Vielleicht hätte sie von Klaus Trockenbach auch mehr gewollt, als nur mit ihm zu reden.

»Ich war zu feig. Oder zu rücksichtsvoll. Zu gut erzogen, um mich aufzudrängen.

Und als ich dann gegen fünf Uhr endlich aufstand, um im Mariengarten ein wenig Ruhe zu finden, war es zu spät.« Die dunklen Augen quollen über. Tränen tropften von ihren Wangen auf die helle Bluse. Sie griff nach seiner Hand.

»Pater Gwendal, ich habe Angst. Etwas Furchtbares ist passiert. Und ich habe den Eindruck, keiner unternimmt etwas. Die Polizei hat Pater Ruben mitgenommen, davon habe ich erfahren. Aber ich glaube nicht, dass er etwas mit dem schrecklichen Tod von Klaus zu tun hat.« Das glaubte er auch nicht. Er erhob sich. Sie hatte recht. Es wurde allerhöchste Zeit, dass jemand etwas unternahm.

Er eilte in sein Zimmer, öffnete am Computer den Ordner mit den Seminarteilnehmern.

Klaus Trockenbach, las er. Die Felder für Beruf und Alter waren nicht ausgefüllt.

Nur eine Adresse war angegeben. *69214 Eppelheim, Böhmestraße 11.*

Da er keine Ahnung hatte, wo sich Eppelheim befand, aktivierte er Google-Maps. Die Stadt lag nur ein paar Kilometer von Heidelberg entfernt. Das traf sich gut. Gleich in der Nähe gab es ein Benediktinerkloster: Neuburg, eine Abtei mit 900-jähriger Geschichte.

Klöster waren schon im Mittelalter bestens vernetzt gewesen. Zwischen ihnen herrschte ein reger Informationsaustausch. Nicht nur über Kräuterrezepte und Erkenntnisse aus Ackerbau und Viehzucht. In den Aufzeichnungen der Klöster wurde auch jedes Detail über politische Ränkespiele und andere weltliche Belange gespeichert. Moderne Geheimdienste von Mossad bis NSA mochten gut ausgerüstet sein, aber gegen das bestens funktionierende Informationsnetz von Kirchen und Klöstern, das seit fast zwei Jahrtausenden bestand, sah jeder Geheimdienst ziemlich alt aus. Und selbst ein kleiner Benediktinerpater konnte jederzeit auf dieses Netz zugreifen. Mit einem gewissen Anflug von Stolz auf diese Errungenschaft öffnete Pater Gwendal eine Datei mit den internen Telefonnummern der Abtei Neuburg. Er hatte Glück. Schon beim ersten Anruf erreichte er den Abt. Und das Glück blieb ihm hold. Vielleicht war es auch Gottes Fügung, die ihm beistand. Darüber zu sinnieren, ob Fortuna, der christliche Herrgott oder Tyche, die griechische Göttin des Zufalls, seinen Anruf begleitete, blieb dem Pater keine Zeit. Jedenfalls war dem Abt von Neuburg der Name Klaus Trockenbach nicht unbekannt.

»Ja, der gute Mann hat uns vor zwei Jahren mit einer großzügigen Spende bei der Renovierung unserer Kirchenfenster unterstützt.«

Pater Gwendal berichtete vom mysteriösen Todesfall und brachte sein Anliegen vor.

»Ich werde schauen, was ich machen kann, lieber Bruder Gwendal.« Der Eifer des Abts war deutlich hörbar. Das Netz funktionierte, die Räder begannen zu laufen. »Ich werde auf der Stelle den Pfarrer von St. Joseph in Eppelheim kontaktieren. Vielleicht weiß der mehr über den Verstorbenen. Und wenn nicht, dann schrecken wir auch nicht davor zurück, bei den Evangelischen nachzufragen. Da kennen wir nichts, oder?« Er begleitete seine Ausführungen mit einem schallenden Lachen. Gwendal bedankte sich und legte auf.

Dann lehnte er sich zurück, um nachzudenken. Sein Blick fiel auf die gegenüberliegende Wand. Dort hing seine E-Gitarre, gleich neben dem Kreuz. Er überlegte, ob er sie runternehmen und ein paar Riffs probieren sollte. Das half ihm oft bei seinen Gedankenausflügen. Er hatte sich bei seinen Ordensbrüdern ausdrücklich die Genehmigung geholt, wann immer ihm danach war, in die Saiten seiner »Red Special« hämmern zu dürfen. Die Brüder zeigten Verständnis für seine Gitarrenleidenschaft. Manchmal spielt er auch nachts in der Kirche, das war weniger störend für die anderen. Er beschloss, die Gitarre hängen zu lassen. Stattdessen ging er nach draußen und machte sich auf den Weg in den Mariengarten. Die Polizei hatte inzwischen den Tatort wieder freigegeben. Er setzte sich auf die Bank neben dem oberen Eingang. Von seinem Platz aus hatte er alle fünf Terrassenstufen des Gartens im Blick. Der Himmel war klar, die Sonne hatte sich bereits zur Hälfte hinter die Bergkuppen im Westen verzogen. Die letzten Strahlen tauchten den See in mildes Licht. Es war ein wunderbarer Sommerabend, beste Gelegenheit, um sich zurückzulehnen und die Gedanken auf Reisen zu schicken. Aber Gwendal hatte keine Zeit, den friedlichen Anblick auf sich wirken zu lassen. Er musste nachdenken. Was hatte Klaus Trockenbach veranlasst, in der vergangenen Nacht irgendwann zwischen Mitternacht und drei Uhr morgens den Mariengarten aufzusuchen? War er mit jemandem verabredet gewesen? Mit einem Mann, mit einer Frau? Vielleicht war es sogar Rosemarie Fingerlos gewesen, der er begegnete? Es war ja durchaus möglich, dass die ehemalige Lehrerin nicht ganz die Wahrheit sagte. Oder wollte er sich mit jemandem von außerhalb des Klosters treffen?

»Pater Gwendal.«

Er drehte den Kopf, Merima Sabic stand neben ihm. Die 22-jährige Masseurin wirkte verlegen. »Entschuldigen Sie bitte die Störung …«

Er deutete mit der Hand auf den freien Platz neben sich. »Bitte setzen Sie sich, Merima, Sie stören nicht.« Sie ließ sich neben dem Pater auf der Bank nieder.

»Ich weiß nicht, wie ich es sagen soll, Pater Gwendal. Mir ist etwas aufgefallen, aber ich weiß nicht, ob es wichtig ist.«

»Erzählen Sie.«

»Ich habe den toten Mann ... also ich meine diesen Herrn, als er noch am Leben war ...« Sie stockte.

»Sie meinen Klaus Trockenbach?«

»Ich kenne seinen Namen nicht, aber ich habe ihn gesehen, gestern hier im Garten, dort drüben.« Sie deutete zum Salbeistrauch auf der mittleren Terrassenstufe. Gwendal wurde hellhörig. Schon wieder der Salbeistrauch.

»Wann war das?«

»Gestern in der Mittagspause.«

Er wartete geduldig, bis sie weiter sprach.

»Ich war hier im Garten, um ein wenig nachzudenken über ... über meinen Verlobten ... und ob wir vielleicht nächstes Jahr heiraten, aber meine Mutter ist sehr krank, wie Sie wissen ... und ich bin an diesem Herrn vorübergegangen und habe ihn gegrüßt ...« Wieder kam sie ins Stocken.

»Daran sehe ich nichts Ungewöhnliches, Merima.«

Sie nickte heftig, ihre dunklen Haare tanzten auf den Schultern. »Natürlich nicht, Pater Gwendal. Aber mein Kopf war voll mit Gedanken, ich war so abgelenkt wegen Mama und Sarban, das ist mein Verlobter. Und da habe ich den Mann auf Bosnisch gegrüßt, nicht auf Deutsch ... *zdravo, dobar dan* ...«

Gwendal sah sie erwartungsvoll an.

»... und wissen Sie was, Pater Gwendal? Er hat mir auf Bosnisch geantwortet. Und mir sogar auf Bosnisch ein

Kompliment gemacht.« Gwendal horchte auf. Sie schaute ihn weiterhin verunsichert an. »Ist vielleicht nicht wichtig, Pater, aber ich war überrascht … und ich wollte es Ihnen erzählen … und jetzt muss ich wieder …Do videnja! Ich meine, auf Wiedersehen! Ach, ich bin ganz verwirrt.« Sie erhob sich mit einem Ruck und eilte mit schnellen Schritten davon. Gwendal sah ihr nach, bis sie am Eingang verschwunden war. Dann dachte er über das Gehörte nach. Klaus Trockenbach sprach Bosnisch. Zumindest ein paar Worte. War das ungewöhnlich? Merima Sabic war jedenfalls darüber erstaunt. Aber es musste gar nichts bedeuten.

Gwendal wusste nichts über das Leben des Ermordeten. Vielleicht war Trockenbach in der Reisebranche tätig gewesen, vielleicht hatte er seine Urlaube in Bosnien verbracht. Es gab so viele Möglichkeiten, warum jemand zumindest ein paar Brocken Bosnisch verstand. Aber etwas anderes aus Merimas Erzählungen interessierte ihn mehr. Der Salbeistrauch. Klaus Trockenbach war also schon gestern Mittag hier im Garten gewesen. Und Merima hatte ihn am selben Salbeistrauch getroffen, unter dem er wenige Stunden später tot aufgefunden wurde. Zufall? In den ersten beiden Tagen hatte sich Trockenbach bei den Kräuterkursstunden sehr für den Augentrost interessiert. Und nun tauchte er zumindest zweimal am Salbeistrauch auf. Gwendal erhob sich, setzte sich in Bewegung. Wieder spürte er ein Stechen in der Seite. Wann würde er Zeit finden, etwas für seine Kondition zu tun? Seine Schritte führten ihn abwärts zur mittleren Terrassenstufe. Er ging an hoch aufgeschossenen Stauden vorbei auf den Salbeistrauch zu. Ein Ausspruch von Siddharta Gautama, den alle Welt als Buddha kannte, fiel ihm ein:

Der Wald ist ein besonderes Wesen,
von unbeschränkter Güte und Zuneigung ...
... allen Geschöpfen bietet er Schutz
und spendet Schatten selbst dem Holzfäller,
der ihn zerstört.

Seit seiner Kindheit war Gwendal von Pflanzen fasziniert, von Bäumen, Sträuchern, Blumen, vor allem von Kräutern und Heilpflanzen. Er wurde oft gefragt, was denn seine Lieblingsheilpflanzen waren. Er hatte keine. Ihm waren alle gleich lieb. Es gab nur Pflanzen, die er besser verstand als andere. Pflanzen waren für ihn mehr als bloß Gewächse, biologische Erscheinungsformen. Sie waren für ihn lebendige Wesen mit einer transzendenten Dimension, die eine Wirkung auf alles Lebendige ausstrahlten. Nicht nur auf Insekten oder Vögel, auch auf Menschen. Er war fest davon überzeugt, dass jeder Mensch diese besondere Ausstrahlung von Pflanzen erspüren konnte, auch wenn es den meisten nicht bewusst war. Bei einem blühenden Sonnenblumenfeld geht uns das Herz auf, unsere Augen beginnen zu leuchten. Es berührt uns dabei mehr als nur das Zusammenspiel aus Licht und Farben. Die besondere Aufmerksamkeit allem Lebendigen gegenüber gehört zu den wichtigsten Regeln des Heiligen Benedikt. Vielleicht war es diese Auffassung von Achtsamkeit, die Gwendal schon in jungen Jahren dazu gebracht hatte, Benediktiner zu werden. Er hatte inzwischen den Salbeistrauch erreicht. Er strich mit den Händen kurz über die Blätter, hob sie dann vor sein Gesicht und atmete den Duft ein. Er schloss die Augen. Er wollte achtsam sein. Er richtete seine Gedanken auf Klaus Trockenbach und dessen auffällige Veränderung. Er erinnerte sich an das Auftreten des Mannes in den ersten Tagen. Er gab sich charmant, wenn auch zurückhaltend. Seine Erscheinung strahlte Stärke aus. Kein Wunder, dass sich Rosemarie Fingerlos zu ihm hingezogen fühlte. Und dann hatte sich plötzlich etwas verändert. Pater Gwendal wusste nicht, was es war. Und seit dieser Veränderung traf man Trockenbach in der Nähe des Salbeistrauchs. Bestand hier ein Zusammenhang? Gwendal betrachtete den Strauch vor ihm. Salbei galt schon im Altertum nicht nur als beliebtes Küchengewürz, sondern auch als erprobtes Heilmittel. In *Salbei* steckt das lateinische Wort für heilen. *Salvare.*

»Unter allen Stauden ist kaum ein Gewächs mächtiger als der Salbei, denn es dienet dem Arzt, Koch, Keller, Armen und Reichen«, stellte der deutsche Arzt, Prediger und Botaniker Hieronymus Bock im 16. Jahrhundert fest. Universal einsetzbar. In alten Aufzeichnungen findet man auch die Bezeichnung *Allerheilkraut.* Der Legende nach suchten Maria und Josef bei ihrer Flucht nach Ägypten Schutz unter einem Salbeistrauch. Gwendal war nicht so naiv anzunehmen, dass Klaus Trockenbach diese Geschichte kannte und deshalb hier Zuflucht suchte. Nein, gewiss nicht. Aber wir werden oft von etwas unwillkürlich angezogen, ohne den Grund dafür zu kennen. *Glücklich, dem es gelingt, den Grund der Dinge zu erfassen.* Er schloss die Augen, löste seine Gedanken von alten Legenden und Sprüchen und versuchte, sich darauf zu konzentrieren, was er über die Heilpflanze sonst noch wusste. Salbei hilft ganz besonders bei Erkältungen und bei Entzündungen im Hals. Er selbst hatte als Kind auf

Anleitung der Großmutter oft mit Salbeitee gurgeln müssen. Schrecklich! An den bitteren Geschmack hatte er sich bis heute nicht gewöhnt.

Der Hals ist ein Kanal, er bildet einen Durchgang vom Kopf in den Oberkörper. Eine enge Stelle. Auch im Leben gelangen wir manchmal an Engstellen. Wir müssen irgendwo durch. Das bedrängt uns bisweilen. Engstelle heißt auf Lateinisch *angustia*. Das ist auch der lateinische Name für *Hals*. Und von *angustia* leitet sich das deutsche Wort *Angst* ab. Nicht umsonst haben wir oft das Gefühl, die Angst sitzt im Hals. Hier offenbart sich ein Zusammenhang.

Er öffnete wieder die Augen. Er versuchte sich an die Begegnung von gestern Abend zu erinnern. Gwendal war aus Sorge um seine Patientin abgelenkt gewesen, hatte nicht recht auf sein Gegenüber geachtet. Aber wenn er es jetzt bedachte, hatte Trockenbach gestern durchaus einen nervösen Eindruck gemacht, ein Gefühl von Beklemmung ausgestrahlt. Was hatte die Verunsicherung dieses Mannes ausgelöst? Was war gestern anders als die Tage davor? Drei neue Kursteilnehmer waren gestern angekommen, und sieben Ziegen hatten den halben Innenhof verwüstet. Bestand hier ein Zusammenhang? Diese Gedanken beschäftigten ihn während des Rückwegs. Er konnte sie nicht einmal gänzlich bei Abendmesse und Nachtandacht ausblenden. Und sie verfolgten ihn bis in seine Träume. Er sah Drahtschlingen, die sich um violette Salbeiblüten wanden, bis daraus dunkelrotes Blut hervorquoll, das von Ziegen aufgeleckt wurde.

Beim gemeinsamen Morgengebet in der Kirche fehlte Pater Ruben. Er war immer noch nicht ins Kloster zurückgekehrt. Auch der Prior war nicht anwesend. Gwendal hatte am Vorabend noch versucht, mit dem Abt über die Vorfälle zu reden, aber Pater Ägidius hatte einen Termin in der Landeshauptstadt, der ihn auch heute noch dort festhalten würde. Die Bitte an Gott »O Herr, hilf mir!« aus dem Psalm 70 sang Gwendal dieses Mal mit besonderer innerer Regung. Überraschenderweise nahm heute auch Dilara Melek an der Frühandacht teil. Zum ersten Mal, soweit Gwendal sich erinnern konnte. Das Frühstück ließ er aus. Er machte sich schnurstracks auf den Weg in den oberen Kräutergarten mit dem Kreuzgang, um zu meditieren. Seine besonders inbrünstig gesungene Bitte musste Gott erreicht haben, denn Hilfe kam umgehend, gegen zehn Uhr vormittags. In Form einer Mailnachricht aus dem Stift Neuburg mit dem Ersuchen um Rückruf. Gwendals Herzschlag beschleunigte sich, als er die Nummer der Abtei wählte.

»Gott zum Gruße, geschätzter Bruder Gwendal. Ihr Auftrag wurde erledigt. Ich habe reiche Ernte für Sie. Aber ich muss gestehen, die Lutherischen haben mehr in Erfahrung gebracht als die Katholischen.« Gwendal konnte das dröhnende Lachen des Abts durchs Telefon hören. War das nicht oft so, dass uns die Protestanten einen Schritt voraus sind?, dachte Gwendal. Aber er wollte keine theologische Diskussion führen, er wollte lieber zuhören. Der Klostervorstand von Neuburg hatte tatsächlich eine Menge über den Mann aus Eppelheim zu erzählen. Das Telefonat dauerte fast eine halbe Stunde. Gwendal been-

dete das Gespräch und bedankte sich für die wertvolle
Hilfe. Er setzte sich auf sein Bett, legte die Hände auf die
Knie und versuchte einzuordnen, was er eben gehört hatte:

Klaus Trockenbach war 63 und hatte über 30 Jahre
lang für einen großen internationalen Rüstungskonzern
gearbeitet. Das hatte sicher die Polizei bei ihren Ermittlungen auch schon längst festgestellt. Aber was die Kriminalisten vielleicht nicht wussten, was vielleicht nur die
persönlichen Kontakte aus protestantischer, katholischer
und benediktinischer Netzwerkrecherche ergeben hatte,
war eine äußerst traurige, tragische Begebenheit. Vor vier
Jahren war eine Nichte Trockenbachs in Syrien getötet
worden. Bei einem Artilleriebeschuss hatte eine Granate
einen Bus mit Zivilisten getroffen. Die Kriegswaffen, die
hier im Einsatz waren, stammten aus jenem Rüstungskonzern, für den Klaus Trockenbach tätig war. Der Tod
der Nichte hatte dem Manager sehr zugesetzt. Er war drei
Monate von der Bildfläche verschwunden. Danach war er
zurückgekehrt, abgemagert, verändert. Seinen Job hatte
er gekündigt. Er begann, sich in der Gesellschaft zu enga-
gieren, unterstützte soziale und kulturelle Hilfsprojekte.
Den Großteil seiner Bekannten aus früheren Jahren mied
er. Er trank keinen Alkohol mehr, änderte seine Ernäh-
rung. Seine großzügige Hilfsbereitschaft hatte sogar zu
neuen Fenstern in der Stiftskirche von Neuburg geführt.

Gwendals Blick fiel auf das Kreuz an der Wand neben
der Gitarre. Zwei Balken, die einander schnitten. Zwei
Geraden, die sich kreuzten, die einen Weg mit mehreren
Wahlmöglichkeiten markierten. Klaus Trockenbach hatte
seinem Lebensweg eine radikale Wendung gegeben. Vor

vier Jahren nach dem schrecklichen Tod seiner Nichte, für den er sich wohl indirekt verantwortlich fühlte. Und er hatte hier im Kloster erneut eine plötzliche Verhaltensänderung gezeigt. Gwendal versuchte, die spärlichen Details, die er von Klaus Trockenbach wusste, wie bei einer Perlenkette nebeneinander aufzureihen. Er sah einen ehemaligen Manager eines Waffenkonzerns vor sich, der sein Leben radikal geändert hatte. Der hier im Kloster an einem Seminar teilnahm, das mit Heilung zu tun hat, mit dem Wissen über Kräuter und deren hilfreiche Kräfte. Er sah aber auch einen Mann, der plötzlich große Verunsicherung zeigte, vielleicht sogar Angst. Der sich mit einem Mal zum Salbeistrauch hingezogen fühlte. Wie hing das alles zusammen? Noch etwas fiel ihm ein. Er sah auch einen Mann, der Bosnisch sprach! Diese letzte Erkenntnis traf ihn wie ein Blitz. Manchmal, wenn Gwendal seine geliebten Kräutergärten aufsuchte, wählte er ganz bewusst einen anderen Weg zwischen den Beeten als die Tage davor, setzte sich an andere Stellen, wählte völlig neue Perspektiven, um auf den Garten und dessen Bewohner zu schauen. Dabei passierte es ihm regelmäßig, dass er auf etwas stieß, das ihm zuvor noch nie aufgefallen war. Die besondere Farbschattierung eines Umrandungssteines. Ein winziges helles Blatt in einer Umgebung dunklen Bewuchses. Und das Bild des Gartens veränderte sich durch den neuen Blickwinkel. Genau so ging es ihm jetzt. Ein neues Bild der Ereignisse rings um Klaus Trockenbach stieg in ihm hoch. Verschwommen noch, ohne feste Konturen. Eine Ahnung, mehr war es nicht. Aber er wollte dem nachgehen. Auf der Stelle. Und dazu musste er einen Anruf tätigen, der schwierig werden würde. Dennoch. Er musste es versuchen.

»Das ist nicht Ihr Ernst!« Er hörte die grobe Mischung aus Fassungslosigkeit und Zweifel aus der Stimme der Chefinspektorin. Es war ihm schon bewusst gewesen, dass sie ihn möglicherweise für verrückt hielt. Er würde sie nicht restlos überzeugen können, das war klar. Aber er musste sie wenigstens dazu bringen, mitzumachen.

»Und das alles wollen Sie davon ableiten, weil ein Mann sich zweimal unter irgend eine mickrige Staude verkrochen hat?«

»Das ist keine mickrige Staude, das ist Salbei. Und Trockenbach hat sich nicht darunter verkrochen, er hat sich zu ihr hingezogen gefühlt.« Er hörte ihr Schnauben durchs Telefon.

»Bei allem Respekt, Pater. Wir verlassen uns lieber auf kriminalistische Methoden. Spuren auswerten, Zeugen befragen, Motive ergründen. Ich habe keine Zeit für Ihren esoterischen Schwachsinn.«

1000 Jahre benediktinische Tradition mit dem Wissen um die Bedeutung von Beziehung zwischen allen Dingen ist kein esoterischer Schwachsinn. Dieser Satz lag ihm auf der Zunge. Statt dessen sagte er: »Was haben Sie schon zu verlieren, Frau Chefinspektorin? Wenn es schief geht, bin allein ich der Blamierte. Dann können Sie voll Genugtuung ein Schaff voll Hohn über mich ausgießen. Und lautstark verkünden, dass diese Pfaffen hinter ihren Klostermauern nur weltfremde Spinner sind.« Er spürte, wie sie zögerte. Die Versuchung, ihm eins auszuwischen, nagte offenbar an ihr. Schließlich sagte sie: »Also von mir aus.«

»Und bitte rufen Sie mich sofort an, wenn Sie die Biografien der Beteiligten überprüft haben.«

»Jawohl, Sie verhinderter Abtei-Schnüffler von Baskerville.«

Baskerville? Las die Chefinspektorin Sherlock Holmes Romane? *Der Hund von Baskerville?* Aber nein, sie hatte »Abtei-Schnüffler« gesagt. Das konnte sich nur auf Umberto Ecos Roman »Der Name der Rose« beziehen. Denn dort klärt ein Mönch namens *William von Baskerville* eine Reihe rätselhafter Morde auf. Gwendal musste lachen.

Sollte Ermittlungsleiterin Sybille Knaus unter ihrem schroffen Kriminalistenpanzer gar ein Gespür für feinen Humor haben?

Drei Stunden später kam der Anruf. Dieses Mal ohne einen Anflug von Humor.

Sie war kurz angebunden, sachlich, beschränkte sich auf das Wesentliche. Das war nicht viel. Aber immerhin hatte die Polizei auch nichts herausgefunden, das gegen Gwendals Theorie sprach.

Nach dem Abendessen versammelten sich alle in der Bibliothek, Seminarteilnehmer und Ordensbrüder. Gwendal hatte um diese Zusammenkunft gebeten. Auch der Prior und Bruder Ruben waren anwesend. Insgeheim musste Gwendal schmunzeln. Agatha Christie hätte es nicht besser arrangieren können. Aber das Schmunzeln verging ihm bald, wenn er daran dachte, dass er nichts in der Hand hatte. Nur eine vage Vermutung. Da war Hercule Poirot besser dran. Der hatte immer auch die zwingenden Beweise vorzulegen.

Er stellte einen großen irdenen Krug auf den Tisch, der am Fenster stand. Aus dem Krug ragten Strünke mit silbrig grünen Blättern und violetter Blütenpracht.

»Wir sind in unserem Kurs noch nicht dazu gekommen, uns mit dem Salbei zu beschäftigen. Das holen wir jetzt nach.«

Die meisten Leute im Raum sahen ihn ein wenig erstaunt an. Wollte er tatsächlich jetzt, nach all den Ereignissen, eine Kräuterlehrstunde abhalten? Der Pater blickte auf seine Zuhörer. »Was wissen Sie über Salbei?«

Anna Dolder meldete sich als erste. »Meine Großtante wohnte lange auf dem Land. Sie hatte immer ein geweihtes Büschel Salbei am Türstock hängen.«

»Ja«, erläuterte Gwendal, »Ihre Großtante war offenbar vorsichtig. Salbei hängte man früher zum Schutz auf, als Abwehr gegen Hexen.«

»Leider hat es nicht gegen Finanzbeamte geholfen«, lachte Annas Ehemann. »Das Haus wurde verpfändet, mitsamt dem vertrockneten Salbei.« Einige aus der Runde stimmten in das Lachen mit ein.

Gwendal ließ sich Zeit. Keiner wusste so recht, worauf diese Versammlung hinauslaufen sollte. Manche fingen auch an, sich ein wenig zu langweilen. Nur in einem Augenpaar glaubte Gwendal, leichte Unruhe zu erkennen.

»Salbei ist eine äußerst interessante Pflanze, mit vielen wunderbaren Eigenschaften für Küche und Körper. Es hat seinen Grund, warum Karl der Große in seiner Landgüterverordnung schon im Jahr 812 in die Liste der Pflanzen, die in allen kaiserlichen Gütern und Klöstern anzubauen wären, auch den Salbei mit aufnahm.«

»Gibt es da nicht eine Geschichte beim italienischen Dichter Giovanni Boccaccio, wo jemand durch Salbei stirbt?«, wollte die Journalistin wissen.

Gwendal nickte. »Ja, die gibt es tatsächlich. Es sterben sogar zwei Menschen, Simone und Pasquino, ein Liebespaar. Beide haben sich ihre Zähne mit Salbeiblätter eingerieben. Schuld für den Tod war allerdings nicht der Salbei, sondern eine Kröte, die man bei den Wurzeln des Strauches fand und deren Gift in die Pflanze übertragen worden war. Es zeigt sich auch bei dieser alten Erzählung, wie wichtig es ist, genau hinzuschauen und den Dingen buchstäblich auf den Grund zu gehen, um kein vorschnelles Urteil zu fällen.« Sein Blick streifte das Antlitz von Bruder Ruben. Der zeigte ein scheues Lächeln. Gwendal zog einen der Strünke aus dem Krug. »Salbei hilft bei Entzündungen im Hals. Das ist auch der Ort, wo manchmal unsere Angst sitzt, wenn wir das beklemmende Gefühl haben, etwas schnürt uns die Kehle zu. Ich glaube, Klaus Trockenbach verspürte so eine Art von Beklemmung. Und das hat mit einer bestimmten Person hier im Raum zu tun.«

Plötzlich herrschte betretenes Schweigen. Die Überraschung auf die unvermittelte Anschuldigung des Mönchs war spürbar.

»Sie meinen, Herr Trockenbach fühlte sich durch jemanden bedroht?« Die Frage kam vom Landschaftsarchitekten.

»Ich glaube nicht, dass er sich gleich bedroht fühlte. Ich glaube, es war ihm etwas aufgefallen, das ihn in

Unruhe versetzte. Er kämpfte vermutlich mit der Ungewissheit, ob er recht hatte. Und diese Unsicherheit verursachte bei ihm ein beklemmendes Gefühl, vielleicht einen Anflug von Angst. Er wollte wahrscheinlich genau aus diesem Grund mit mir vorgestern Abend reden. Aber leider war ich wegen einer Patientin verhindert, ihm die entsprechende Zeit zu widmen. Und danach war es bedauerlicherweise zu spät.« Er überlegte kurz, ob er den Salbeistrunk mit großer Geste in der Mitte entzwei brechen sollte, aber das erschien ihm doch eine Spur zu theatralisch. Er hätte gerne gesehen, ob die Unruhe in dem betreffenden Augenpaar gewachsen war. Doch er schaute nicht hin. Noch war er nicht soweit, zum direkten Angriff überzugehen. Er steckte den Salbeistiel zurück in den Krug und trat näher an die Versammelten heran.

»Klaus Trockenbach, den wir hier als einen charmanten, aufgeschlossenen Menschen erlebt haben, interessierte sich erst seit Kurzem für Gottes blühende Geschöpfe in all ihrer vielfältigen Pracht. Früher interessierte er sich für anderes: in erster Linie für Waffen, für Objekte der Zerstörung. Er war Manager eines Rüstungskonzernes. Er fädelte Waffengeschäfte ein, reiste dazu bisweilen auch direkt in die verschiedenen Kriegsgebiete. Wir wissen alle, dass Kriege oft im Namen irgend einer angeblich gerechten Sache geführt werden. Aber es gibt keine gerechte Sache, um dafür zu töten. Egal, wer angefangen hat, der Krieg verändert immer alles. Und schreckliche Verbrechen passieren meist hüben wie drüben.« Es war still im Raum. Man hätte eine Stecknadel fallen hören oder das sanfte Hinabgleiten eines welken Salbeiblattes. »Ich habe mich gefragt, was Klaus Trockenbachs Gemüt so beschäftigte, dass er plötzlich ein deutlich verändertes Verhalten an den Tag legte. Worüber wollte er mit mir reden?« Wieder ließ er kurz seine Augen über die Menschen im Raum gleiten. In manchen Gesichtern entdeckte er Neugierde, in anderen Ratslosigkeit, in einem registrierte er Anspannung.

»Vielleicht wollte mir der ehemalige Waffenmanager sagen, dass er Anfang der 1990er Jahre auf dem Balkan war. Dass er während des Bosnienkrieges direkt am Schauplatz agierte. Dass ihm Berichte von ethnischen Säuberungen, Massengräbern und Kriegsverbrechen damals gleichgültig waren. Dass es ihm nur darum ging, lukrative Geschäfte abzuschließen.« Aus den Augenwinkeln nahm er wahr, dass ihn die meisten betroffen anstarrten. Das eine Gesicht war zur Maske gefroren.

»Klaus Trockenbach hatte versucht, mit seiner Vergangenheit abzuschließen. Seine Nichte war in Syrien durch eine Artilleriegranate gestorben, abgefeuert von einer Waffe, die von jenem Konzern geliefert wurde, für den er arbeitete. Nach diesem einschneidenden Ereignis hatte er versucht, sein Leben zu ändern. Er machte keine Geschäfte mit dem Tod mehr. Er schlug eine völlig neue Richtung ein. Er wandte sich dem Leben zu. Er spendete für wohltätige Organisationen. Er begann sogar, sich für jene Geschöpfe der Natur zu interessieren, die uns helfen, geheilt zu werden.«

Er deutete auf den Salbeistrauch. »Deshalb kam er wohl hierher, in unser Kloster.

Und genau hier holte ihn seine Vergangenheit wieder ein.«

»Sie meinen, er hatte Angst, dass ihn jemand erkennt?« Anna Dolder schüttelte irritiert den Kopf. »Und dass seine Vergangenheit als Waffenhändler auffliegt?«

»Nein, davor hatte er keine Angst. Er stand ja zu seiner Vergangenheit. Er hatte niemals etwas unternommen, das Geschehene zu vertuschen. Es war umgekehrt, Frau Dolder. Er hatte seinerseits jemanden erkannt, auch wenn er sich nicht ganz sicher war. Auch derjenige hatte sein Leben verändert, aber aus völlig anderen Motiven.«

Er trat einen Schritt zurück, hob seine Stimme an. »Ich glaube, dass Klaus Trockenbach den Eindruck hatte, hier im Kloster einen ehemaligen Söldner wieder getroffen zu haben, der vor über 20 Jahren in schreckliche Kriegsverbrechen verwickelt war.«

»Und wer sollte das sein?« Auch wenn er nicht hinblickte, wusste Gwendal, dass Melanie Vanderleeg diese Frage stellte. Jetzt kam das Schwerste. Es war ihm bewusst, dass seine Ausführungen diese Frau tief treffen würde, aber es gab keinen anderen Weg.

Er drehte sich langsam zur Seite.

»Möchten Sie es Ihrer Lebensgefährtin nicht lieber selber sagen, Herr Gruber?«

Das Gesicht des Mannes war noch immer starr wie eine bleiche Fratze. Nur der spitze Adamsapfel war in Bewegung. Melanie Vanderleegs Augen weiteten sich entsetzt. Jegliche Farbe war aus ihrem Gesicht gewichen.

»Wovon reden Sie da?« In ihrem Blick kämpften Ungläubigkeit und wachsende Verzweiflung. »Schatz, du warst doch nie in Bosnien!«

Gwendal fixierte Gruber. Er wusste, dass er recht hatte. Er sah es in den sich langsam verengenden Sehschlitzen seines Gegenübers. Ein gefährlicher Mann. Man spürte förmlich die unterdrückte lodernde Wut. Ein Raubtier. Eine tickende Bombe.

»Pascal, sag auf der Stelle, dass das alles Quatsch ist!«

»Halt die Klappe, du dumme Kuh!« Mit einer schnellen Bewegung griff er hinter seinen Rücken, nestelte am Hosenbund. Als die Hand wieder nach vor schnellte, hielt sie eine Pistole. Gruber richtete sie auf den Pater. Gwendal hob erschrocken beide Arme. Mit dieser Reaktion hatte er nicht gerechnet. Angst packte ihn. Sein Herz begann zu hämmern. Er fürchtete mehr um das Leben der anderen als um sein eigenes.

»Ganz ruhig, Herr Gruber.«

Der Mann schwenkte herum, zielte nun mit der Waffe auf die Frau an seiner Seite.»Du blöde Gans hast mir das eingebrockt. Alles nur wegen deiner plötzlichen Marotte für grüne Stauden. Mach die Handtasche auf. Sofort!« Sie folgte mit zitternden Händen der Aufforderung.

»Die Autoschlüssel! Und das Geld!«

Er schnappte mit der Linken danach. Die Angst pochte in Gwendals Kopf. Er überlegte fieberhaft, wie er verhindern konnte, dass der Mann hier ein Blutbad anrichtete.

»Herr Gruber, bitte kommen Sie zur Vernunft …« Doch der beachtete ihn gar nicht. Er schnellte vom Stuhl hoch, hetzte auf den Pater zu, stieß ihn kraftvoll zur Seite. Dann fegte er mit der Hand den Salbeikrug vom Tisch, sprang hinauf, riss das Fenster auf und war mit einem Satz draußen. Als er unten auf dem Pflasterboden auftraf, nahm er neben sich eine schnelle Bewegung wahr. Zwei schwarzgekleidete Gestalten mit Vollvisierhelmen sprangen aus ihrer Deckung und ergriffen Grubers Arme. Drei weitere Vermummte zielten aus fünf Meter Entfernung mit erhobenen Waffen auf ihn. Daneben stand Chefinspektorin Sybille Knaus und hielt ein Funkgerät ans Ohr.

Der See lag da wie ein Spiegel. Die Morgensonne hatte längst an Kraft gewonnen und wärmte die unteren Terrassen des Mariengartens. Die hellen Blütensterne des Schnittknoblauchs funkelten im Licht. Die Chefinspektorin war vor einer halben Stunde eingetroffen. Sie saß neben Gwendal auf der Bank. Heute war Sonntag. Sie war dennoch gekommen, um ihm zu berichten. Sie hatten gestern, wie von Gwendal erbeten, noch einmal die Lebensläufe der Seminarteilnehmer gecheckt. Sie hatten zwar vor dem Auftritt des Paters in der versammelten Schar der Beteiligten keine stichhaltigen Beweise entdeckt. Aber immerhin waren die Ermittler auf ein paar Ungereimtheiten im Lebenslauf von Pascal Gruber gestoßen. Inzwischen wusste die Polizei mehr.

»Sein richtiger Name ist Tarek Krocher. Er war tatsächlich in Bosnien. Er befehligte als Söldner eine der brutalsten Truppen dieses furchtbaren Krieges. Auf deren Konto gehen einige der übelsten Massaker unter Zivilisten. Anfang 1995 setzte Krocher sich ab. Er besorgte sich falsche Papiere, änderte seine Identität. Seinen kompletten neuen Lebenslauf haben wir noch nicht rekonstruieren können, aber er landete vor rund fünf Jahren in Hamburg, baute sich dort ein kleines Taxiunternehmen auf. Dabei lernte er auch Melanie Vanderleeg kennen, die als Hotelangestellte öfter die Dienste der Taxifirma in Anspruch nahm.«

Gwendal nickte. Die Frau tat ihm leid. Er hoffte, dass der tiefe Riss in ihrem Herzen eines Tages heilen würde. Er trauerte auch um Klaus Trockenbach, den ehemaligen Rüstungsmanager. Pater Gwendal war nicht auf dieser Welt, um über das Verhalten eines Menschen ein Urteil zu fällen. Im Gegenteil. Er freute sich für jeden, der sich im Lauf seines Weges für eine entscheidende Wende entschloss, die ihn dem Leben wieder näher brachte. Klaus Trockenbach hatte das versucht. Das Fatale in dieser schmerzlichen Geschichte war der Umstand, dass nicht nur Trockenbach im Kursteilnehmer Pascal Gruber einen ehemaligen Bosniensöldner auszumachen glaubte, sondern, dass umgekehrt Tarek Krocher auch den ehemaligen Waffenmanager erkannt hatte. Und er musste mit allen Mitteln verhindern, dass seine falsche Identität aufflog. Krocher hatte Trockenbach wohl heimlich belauert, auf eine günstige Gelegenheit gewartet und dann zugeschlagen. War es dem ehemaligen Söldner nach so vielen Jahren schwer gefallen, erneut zu töten? Oder war das Auslöschen von Leben für ihn nach wie vor Routine? Pater Gwendal war sich nicht sicher, ob er auf diese Frage überhaupt eine Antwort haben wollte.

»Wir haben die Tatwaffe bisher nicht gefunden. Herr Krocher ist nicht sehr kooperativ. Und ich muss auch noch ein ernstes Wort mit meiner Truppe reden. Die haben doch glatt bei der Durchsuchung des Klosters übersehen, dass der Mann irgendwo eine Waffe versteckt hatte.«

Gwendal seufzte. In diesem alten Kloster gab es so viele geheime Winkel, da stieß selbst die Polizei an ihre Grenzen. Er fragte sich, ob der ehemalige Söldner Trockenbachs alte Rolex absichtlich im Gitarrenkoffer von Pater Ruben versteckt hatte, um diesen zu belasten. Vielleicht wollte er aber auch nur Verwirrung stiften, eine falsche Spur legen.

Sybille Knaus erhob sich. Sie blickte hinüber zum Salbeistrauch, schüttelte ihren Kopf. »Ich glaube Ihnen einfach nicht, dass Sie allein durch dieses Gewächs auf die richtige Spur gekommen sind.« War er auch nicht. Der Salbei hatte ihn nur der Frage näher gebracht, ob Klaus Trockenbach vielleicht vor etwas Angst hatte, ob er ein Gefühl der Beklemmung spürte, das den Hals einengte. Und wenn das so war, dann konnte es vielleicht hilfreich sein, nach möglichen Ursachen für dieses Unwohlsein zu forschen.

Glücklich, dem es gelingt, den Grund der Dinge zu erfassen.

Nein, Pater Gwendal war nicht glücklich. Er war traurig. Ein furchtbares Verbrechen aus der Vergangenheit, ein vielfacher Mord im Krieg hatte zu einer weiteren grausamen Tat in der Gegenwart geführt. Selbst der friedvoll eingezäunte Klostergarten, in denen Gottes Geschöpfe wuchsen, war nicht gefeit vor schrecklichen Vergehen. Das Leben hatte eben viele Seiten. Wunderbare und auch furchterregende. Die Polizistin streckte ihm die Hand hin. Das freute den Benediktinerpater. Bei ihrer ersten Begegnung hatte sie seine dargebotene Hand noch übersehen.

»Sie sind ein sonderbarer Mensch, Pater Gwendal. Ich wünsche Ihnen einen schönen Tag. *Grüß Gott* will ich nicht sagen, denn ich kann mit Ihrem Gott nicht viel anfangen.« Er ergriff ihre Rechte, schüttelte sie bedächtig. »Ich manchmal auch nicht, Frau Chefinspektorin.« Diese Antwort hatte sie offenbar nicht erwartet. Sie blickte ihn fragend an. »Woran glauben Sie dann in solchen Momenten?«

Er hielt kurz inne, machte mit der Hand eine Bewegung in Richtung Garten.

»An das Leben.«

Dill, *Anethum graveolens,* auch: *Till, Däll, Gurkenkräutel, Kapern-kraut, Bähkraut.*
Erfreut sich als Gewürzkraut in der Küche großer Beliebtheit.
Gefragt auch bei den Gladiatoren im alten Rom: Sie rieben sich vor
den Kämpfen mit Dill-Öl ein, um Wunden vorzubeugen.

DILL

Ein Geständnis ablegen …? Wie meinen Sie das? … Wie? …
Ob ich nicht gleich jetzt und hier …? Also wenn Sie nichts
dagegen haben, setze ich mich kurz hin. Danke … Wollen
Sie nicht auch Platz nehmen? … Moment, Entschuldigung,
ich mache Ihnen gleich den Stuhl frei … das sind nur meine
Kochbücher … also prinzipiell koche ich ja ohne Rezept-
vorlage, aber ich sammle Kochbücher, alte und neue …So,
bitte sehr. Machen Sie es sich nur bequem. Geht es so? …
Sie sind noch sehr jung, Anfang 30 schätze ich … 32? Ah,
und schon so eine wichtige Stelle bei der Kriminalpolizei,
interessant … wohl sehr fleißig und ehrgeizig, oder? Jaja,
von nichts kommt nichts … darf ich Ihnen etwas anbieten? Vom Fenchelrisotto wäre noch etwas übrig … Ah,
Sie mögen keinen Fenchel, schade. Ist sehr gut geworden.
Ich gebe da immer eine Prise Safran dazu. Den beziehe
ich direkt von meinem persischen Gewürzhändler … Ich
sage immer »mein« persischer Gewürzhändler, das hört er
gerne, der Farid, ich beziehe ja viel über ihn, und er ver-
sorgt mich auch mit exzellenter Ware … Wie? … Nein,
ich wollte nie Koch als Beruf ausüben, jeden Tag in der
Restaurantküche stehen, das wäre mir viel zu anstren-
gend und langweilig … ich meine, ich bin gerne Lehrer,
ich unterrichte an einem Gymnasium, dort habe ich auch
meine Frau kennengelernt … und Kochen ist meine Lei-
denschaft in der Freizeit … meine Freunde sagen immer,

ich sei der beste Sieben-Hauben-Hobby-Koch aller Zeiten ... möchten Sie nicht doch etwas essen? Einen Salat vielleicht? Da ist kein Fenchel dabei, nur Radicchio, Äpfel, Möhren, Zitronensaft ... ah, Sie haben wirklich keinen Hunger, verstehe ... Wie? ... Sie wollen keine Möhren, Sie wollen Antworten ... Ja, wer will die nicht ... wir wollen immer alle auf alles Antworten ... und vergessen dabei oft, die richtigen Fragen zu stellen ... Also angefangen hat alles mit dem Dill ... Wie? Kennen Sie nicht? Ja dass es so etwas noch gibt! Da sitzt mir ein junger Mann gegenüber in meiner Küche, gut aussehend, sicher auch hoch gebildet, sonst würde er nicht so schnell Karriere bei der Kriminalpolizei machen, und dann kennt der keinen Dill?

Moment, ich gehe nur zur Anrichte ... nein, ich verschmutze keine Spuren ... ich bin ja schon wieder zurück ... So! Sehen Sie, das ist Dill! Anethum graveolens! ...

Ah, kennen Sie doch, na wer sagt's denn. Aber Sie wussten nicht, dass diese Pflanze Dill heißt ... vielleicht kennen Sie das Gewürz unter dem Namen Gurkenkraut? ... Auch nicht? Kapernkraut? Gurkenkümmel? Blähkraut? Nein, haben Sie noch nie gehört ... macht nichts, man kann nicht alles wissen ...

Dabei wurde Dill schon im alten Ägypten angebaut, als Heil- und Gewürzpflanze ... im Grab von Amenophis II. hat man Reste von Dill gefunden, die waren 3400 Jahre alt. Das muss man sich vorstellen, lässt sich der alte Pharao mit Dill bestatten! Unglaublich! ... In unserer Familie hat Dill eine lange Tradition ... meine Oma hat mit Dill nicht nur gekocht, sie hat Dill auch ins Badewasser gegeben ... Sitzbad ... Dill wirkt beruhigend, entspannend ... hilft auch gegen Blähungen … haben Sie auch nicht gewusst, oder? … Wie? Was heißt, ich soll mich auf das Wesentliche beschränken? Junger Mann, ich bin beim Wesentlichen … durch Dill habe ich auch meine Frau kennengelernt … Ich habe damals für eine Benefiz-Schulveranstaltung gekocht, für den Vorstand des Elternvereins … Saibling mit Gemüse und Dill … Henriette, meine Frau, die damals noch nicht meine Frau war, hat mich auf der Stelle nach dem Rezept gefragt … ich habe gesagt, ich gebe keine Rezepte weiter, aus Prinzip nicht, aber wenn sie wolle, würde ich für sie noch einmal Saibling mit Gemüse und Dill zubereiten, in meiner Wohnung, ganz privat … und sie ist gekommen … und beim zweiten Besuch gab es dann toskanisches Huhn mit Kürbis und Dill, beim dritten Besuch einen Quinoa-salat mit Heilbutt und Dill … warum immer Dill? … Ja, weil ich Dill faszinierend finde! Und meine Frau fand das auch … also zumindest anfangs … *Ich habe Senf und Dill, mein Mann muss tun, was ich will.* Kennen Sie diesen alten Spruch? Den haben früher junge Frauen vor sich herge-sagt, wenn sie zum Traualtar marschierten. Und sie hatten tatsächlich einige Dillsamen und Senfkörner im Schuh … Das hat angeblich wirklich geholfen … Bräute, die wäh-rend der Hochzeit Dillsamen bei sich hatten, konnten spä-ter mit ihren Männern herumspringen, wie sie wollten …

Ob das auch bei Tennisschuhen funktioniert, und man dann mit seinem Gegner Katz und Maus spielen kann, weiß ich nicht … Wie? Nein, das war eher scherzhaft gemeint. Sie spielen doch Tennis, oder? … Ihr Gesicht kam mir gleich so bekannt vor, ich dachte, ich hätte Sie im Tennisklub gesehen … Nein, mich haben Sie dort sicher nie angetroffen, ich spiele nicht, aber ich habe meine Frau hin und wieder abgeholt … und einen guten Bekannten von mir und meiner Frau kennen Sie sicher auch, der ist ebenfalls Klub-Mitglied, Wendelmar Riggenbeck … genau, das ist dieser Promikoch … tritt öfter im Fernsehen auf … Moment, darf ich noch einmal kurz aufstehen? … Nein, ich achte schon auf die Spuren und werfe auch keine Tatorttafeln um … So, wo habe ich es nur? Ah da … schauen Sie, dieses Foto ist bei Riggenbecks erster TV-Show aufgenommen worden … das ist meine Frau, sie kennt Wendelmar noch aus der Volksschule, und das bin ich. Das ist nicht gleich zu erkennen, weil Riggenbecks Autogramm fast mein ganzes Gesicht verdeckt, aber ich bin es wirklich … ich denke, ich sollte das Bild wieder hier in der Küche aufhängen … Haben Sie etwas dagegen, wenn ich schnell einen Hammer und einen Nagel …? Wie? … dafür ist jetzt keine Zeit? Wie Sie meinen … aber da Sie schon einmal da sind, kann ich Sie ja fragen, wo sie Ihrer Meinung am besten hängen sollte, diese Fotografie … da neben dem Kalender mit den Urlaubsfotos oder doch besser dort drüben neben meinen Dill-Stichen? … Immer mit der Ruhe, ich bin ja durchaus bereit, alle Ihre Fragen zu beantworten, da können Sie sich drauf verlassen, aber diese Entscheidung ist mir jetzt wichtig! Ich möchte auf der Stelle geklärt haben, wo dieses Foto künftig hängen soll, sonst schwirrt mir diese Frage ständig im Kopf herum, und ich kann mich nur noch schwer auf die Antworten konzentrieren, die Sie von mir hören wollen … Wie? … Eben, das dauert auch nicht lange. Also was meinen Sie, wohin? … Ja, da muss ich Ihnen zustimmen. Ich finde auch, neben dem Urlaubskalender kommt das Bild nicht so gut zur Wirkung. Es neben die Dill-Stiche zu hängen, passt besser ... Einverstanden! ... Ich sehe schon, junger Mann, Sie haben wirklich einen guten Geschmack ... Sie sollten sich später in Ruhe alle meine Dill-Bilder anschauen ... im Wohnzimmer drüben hängen noch ein paar hervorragende Grafiken, asiatische Tusch-Zeichnungen, da sieht man, wie fein verästelt die Fasern der Dill-Pflanze sind, wie sehr das Filigrane des Dills die Künstler immer wieder inspiriert ... wunderbar! Wird Ihnen gefallen, davon bin ich überzeugt. Sie verstehen etwas von Raumwirkung, das sieht man schon daran, wie Sie sich für die beste Platzierung dieses Fotos entschieden haben ... Übrigens, von meinem Ururgroßvater habe ich ebenfalls noch eine Dillzeichnung, Rötel auf Karton, in der Ausführung etwas gröber als die Tuschzeichnungen, aber in der Wirkung mindestens ebenso stark. Er war Lehrer genau wie ich. Mit ihm hat die Dillleidenschaft in unserer Familie angefangen. Faszination über fünf Generationen ... deshalb haben mich meine Eltern auch Till getauft, Till Theodor Hausner, ...Theodor nach meinem Vater, der hatte Till als zweiten Vornamen, aber ich als ersten ... Wie? Ja, TILL, genauso wie dieser Schauspieler, der hat allerdings nur ein L, also ›Til‹ ... Kennen Sie ihn? Wie finden Sie den? ... Aha, dachte ich mir. Also ich mag ihn nicht besonders, der ist mir zu aalglatt, ein unsympathischer Schnösel, und, ehrlich gesagt, *Coq au vin* gehört nicht zu meinen Lieblingsgerichten, aber ich habe ein Autogramm von ihm ... habe ich mir besorgen lassen über meine Frau ... ja von Til Schweiger, wegen seines Vornamens ... mich interessiert alles, das mit Till oder Dill zu tun hat ... ob Dill oder Till, das ist alles eins. In alten Pflanzenbüchern findet man manchmal auch noch das harte T anstelle des weichen D. Unterschiedliche Schreibweisen sind gang und gäbe bei Pflanzen. Schlagen Sie nur einmal in verschiedenen Rezeptbüchern nach, da finden Sie etwa ›Broccoli‹ einmal mit zwei C geschrieben, und dann wieder ›Brokkoli‹ mit zwei K ... wie? Sie mögen Broccoli? Mit K oder mit C? ist Ihnen egal ... schade, dass ich den Risotto mit Fenchel zubereitet habe und nicht mit Broccoli, weil Sie doch Fenchel nicht mögen, und Broccoli schon ... aber warten Sie! Mir fällt etwas ein! Es müsste im Kühlschrank noch ein Rest meines Gemüsecocktails von gestern Abend stehen ... darf ich Ihnen den servieren? Da ist hauptsächlich Broccoli dabei, neben Gurken, Sellerie, Tomaten und Frühlingszwiebeln ... aber ich weiß nicht, ob Sie meinen Cocktail vertragen, denn das ist ein Getränk für wirklich harte Jungs, nichts für Weicheier ... immerhin sind da auch chilenische Paprikaschoten untergemengt ... Das würde Ihnen nichts ausmachen? Sie stehen auf scharfe Sachen? Ehrlich? Also machen Sie mir die Freude? ... Wie? ... Ja, danach werde ich sofort weiter erzählen, und auch auf die einzelnen Details eingehen. Wir sind ja bisher schon gut vorangekommen ... Aber einen Koch wie mich freut halt doch, wenn seine Gerichte auch probiert werden ... Moment, ich gehe nur schnell zum Kühlschrank ... so, ich fülle Ihnen den Rest in ein Glas um ... bitte sehr ... und hier ist noch grüner Tabasco ... den können Sie ganz nach Belieben noch ein wenig unterrühren ... Wie? ... Nein, bei diesem Gemüsecocktail ist ausnahmsweise kein Dill dabei ... weder mit hartem T noch mit weichem D. Der würde sich bei dieser intensiven Mischung aromatisch nicht durchsetzen ... Und? schmeckt Ihnen mein Cocktail? Doch ein wenig scharf? ... Moment, ich bringe Ihnen ein Glas Wasser und ein Stück Brot ... Jaja, ich rede ja gleich weiter ... Bitte sehr, greifen Sie zu ... Was meinen Sie, wird dieser Fall Sie in Ihrer Karriere ein entscheidendes Stück nach oben bringen? ... Natürlich interessiert mich das. Sie sind ein ehrgeiziger junger Mann, das sieht man sofort. Sie wollen Erfolg haben, und das möglichst auf der Stelle ... Ja, so schätze ich Sie ein ...

Ich verstehe Sie, ich wollte das auch immer. Also nicht in der Schule. Da habe ich mich nie in die erste Reihe gedrängt, aber als Koch ... ich möchte als bester Sieben-Hauben-Hobby-Koch aller Zeiten gelten ... und ich wollte der großen Dill-Tradition in meiner Familie immer die gebührende Ehre erweisen ... Was habe ich nicht alles ausprobiert, um unsere seit Generationen überlieferten Dillrezepte zu verfeinern und neue zu kreieren ... Waller-Gurken-Curry mit Dill, Avocadorisotto mit Mangold und Dill, Wirsing-Berberitzen-Mousse mit Dill, sogar Falafel mit Dill ... und unser Erstgeborener hätte Dylan geheißen, Dylan Till Theodor Hausner ... Ich habe viel geforscht, ob der Name *Dylan*, wie wir ihn beim walisischen Dichter Dylan Thomas und beim amerikanischen Musiker Bob Dylan finden, ursprünglich auch mit dem Gewürzkraut zu tun hatte. Es spricht vieles dafür, immerhin ist die englische Schreibweise für meine Lieblingspflanze *dylle* ... Deshalb hätte mir Dylan Till Theodor Hausner gut gefallen. Aber meine Frau wollte das nicht. Sie bestand auf Henrik Balthasar, nach ihrem Großvater ... Nun, mittlerweile ist es ohnehin egal ... Wie? Warum ich es getan habe? Aber das sollten Sie doch inzwischen kapiert haben, ich rede doch schon über eine halbe Stunde mit Ihnen ... Dass meine Frau sich scheiden lassen wollte, wusste ich längst. Dass sie seit einem halben Jahr zu jemand anderem ins Bett hüpfte, habe ich von Anfang an mitbekommen. Damit komme ich schon zurecht, habe ich mir gesagt. Ich habe ihr auch nachgesehen, dass die anfängliche Dillleidenschaft allmählich nachließ. Obwohl mich das schon getroffen hat. Ich konnte sie im vergangenen Jahr nicht mehr dazu überreden, mit mir in England Urlaub zu machen. Dabei wollte ich so gerne in die Grafschaft Northumberland. Dort gibt es einen Nebenfluss des Tweed, und der heißt Till. Und in dessen Gewässer kennt man eine ganz bestimmte seltene braune Forellenart, die unter Naturschutz steht, quasi eine Till-Forelle. Aber das hat meine Frau nicht mehr interessiert. Sie wollte mir auch nicht mehr helfen, meine Dill-Till-Sammlung zu erweitern. Keine Besuche mehr auf Auktionen, um seltene Dill-Grafiken zu erwerben. Keine Kontaktanbahnung mehr zu Personen, die Till als Vor- oder Nachnamen führen, um mein umfangreiches Till-Persönlichkeits-Archiv zu vervollständigen. Weder zu lebenden Tills noch zu Nachfahren von längst verstorbenen Personen wollte sie mehr Kontakt aufnehmen. Dabei findet man gerade in der Till-Namens-Kategorie die interessantesten Leute: Politiker, Sänger, Erfinder, Mörder ...

Und Henriette wollte auch keine Dillgerichte mehr aus meiner Küche essen. Nicht einmal mehr meinen wunderbaren Saibling, dessen durch Dill verfeinerten verführerischem Geschmack sie doch von Anfang an erlegen war. Nichts wollte sie mehr. Selbst darüber hätte ich hinwegsehen können. Alles hätte ich ihr vergeben. Aber eines konnte ich ihr nicht verzeihen. Den größten Betrug von allem: Dass sie sich hinter meinem Rücken ausgerechnet mit Wendelmar Riggenbeck eingelassen hat. Mit diesem schmierigen Möchtegern Kochlöffel Schwinger aus der Bussi-Bussi-Gesellschaft. Und sie hätte sich von ihm quer durch die Küche und meinetwegen auch über prall gefüllte Buffettische hinweg vögeln lassen können, so viel sie wollte. Das wäre mir egal gewesen. Aber ein Vergehen kann ich ihr nicht nachsehen. Dass sie diesem jämmerlichen Teigschüsselheini die Zusammensetzung meiner legendären Dillbeize verraten hat. Ich gebe nie Rezepte weiter. Niemals! Da könnten Sie mich foltern, ich bliebe standhaft! Eine ganz spezielle Art der Zubereitung von Lachs in Dillbeize ist in unserer Familie ein seit fünf Generationen gehütetes Geheimnis. Und ich habe das Rezept sogar noch verfeinert. Ich habe Koriander durch ein anderes Gewürz aus der Gruppe der Doldenblütler ersetzt, dessen Namen ich hier nicht nenne, und bin über meinen persischen Vertrauensmann zu einer seltenen Hochland-Dillart gekommen, wodurch die Geschmackskomposition der Beize zu einem kulinarischen Wunderwerk wurde. Und dieses Geheimnis hat Henriette weitergegeben! An ihren ehemaligen Volksschulklassenkameraden mit der Promi-Kochschürze! Dieser Verrat konnte nicht ungesühnt bleiben! Deshalb musste es kommen, wie es eben kam! Das war so klar wie das Amen im Gebet. Wie das Dessert am Ende des Menüs! Deshalb sind Ihre Mitarbeiter vor zwei Stunden mit einem Zinksarg aus meiner Küche marschiert!

… was meinen Sie? … die Tatwaffe? … na, die musste natürlich stilgerecht sein, dem Anlass entsprechend … Haben Sie schon einmal einen atlantischen Lachs gesehen? Kann bis zu 1,5 Meter lang werden, so ein Tier. Aber 60 Zentimeter tun es auch. Mit einem Gewicht von knapp sechs Kilo. Ich bin kein Tennisspieler, aber ich glaube, man nennt das beidhändige Rückhand … wo der Fisch jetzt ist? … Hängt unten im Keller, im Kühlraum. Der kann gut und gerne noch verarbeitet werden … nur weil er fünf Mal auf den Hinterkopf einer 44-jährigen Frau geknallt ist, bleibt er doch genießbar … Da gehen sich noch einige Portionen *Lachs in Dill-Beize* aus … Möchten Sie den Fisch sehen? … Ist Ihnen nicht gut? Sie schauen so merkwürdig … aber vielleicht mögen Sie auch keinen Lachs …

… Wenn wir schon dabei sind, muss ich Ihnen noch etwas gestehen … ich habe Ihnen vorhin nicht ganz die Wahrheit gesagt … im Grunde war es doch ein zweifaches Vergehen, das meine Frau begangen hat. Der Verrat meines Dillbeize-Rezept-Geheimnisses war das eine. Und mir hinterrücks auch noch Hörner aufzusetzen war das andere. Dass sie mit einem anderen ins Bett stieg, damit kam ich schon zurecht, habe ich Ihnen vorhin gesagt. Aber es stimmt nicht. Es hat mich gewurmt. Ich bin selbst erst sehr spät drauf gekommen. Ich habe mir lange erfolgreich eingeredet, dass mir ihr Fremdgehen egal wäre. Aber dann konnte ich der Wahrheit nicht mehr ausweichen. Es hat mir etwas ausgemacht, dass ein anderer sie irgendwo in einem Hotelzimmer vögeln durfte, während ich zu Hause wartete und Garnelen-Lauch-Tarte mit Dillsoße vorbereitete. Es hat mir sogar viel ausgemacht. Richtig zugesetzt hat mir das! … Das ist auch der Grund, warum ich erst so spät die Polizei anrief, obwohl Henriette schon längst tot auf meinem Küchenboden lag. Aber ich brauchte Zeit. Denn ich hatte noch ein paar Vorbereitungen zu treffen. Ich wusste, das würde nicht einfach werden, aber ich hatte mir nun einmal in den Kopf gesetzt, auch ihren Liebhaber zu töten. Und was ich mir vornehme, das führe ich auch aus.

Nein, Sie müssen jetzt nicht nach Ihrem Handy greifen, um die Kollegen anzurufen.

Ein Einsatzkommando in die Geranienstraße 17 zu schicken, das würde nichts bringen. Sparen Sie sich den Personenschutz für Wendelmar Riggenbeck, das ist zu viel Aufwand und kostet nur unnötige Überstunden … Wie? Ob der schon tot ist? Das weiß ich nicht … ich habe ihn schon einige Wochen nicht mehr gesehen … Gut möglich bei dem Fraß, den er so fabriziert, dass er inzwischen das Zeitliche gesegnet hat … Dass er manchmal selber essen muss, was er so zusammenkocht, ist schon Strafe genug, finde ich. Denn im Grunde ist er ein miserabler Koch. Viel Schicki, aber wenig Talent …. Dass Wendelmar nun die Zutaten für meine einzigartige Dillbeize kennt, ist zwar höchst bedauerlich. Aber es wird ihm nicht viel nützen. Denn dieser Soßenversemmler kriegt in 100 Jahren meine Beize nicht so hin wie ich. Und wenn er tausendmal das Rezept kennt! Der nicht! … Das schmälert natürlich in keiner Weise den Betrug, den Henriette begangen hat. Dafür musste sie büßen. Das war klar! Aber eines muss man auch sehen. Sie hat zwar dem tranigen Wendelmar mein Rezept weitergegeben. Sie hat ein über fünf Generationen bewahrtes Familiengeheimnis schändlich verraten. Aber sie hat sich von diesem schmalzigen Fettabschöpfer nicht vögeln lassen. Weder in der Küche noch auf vollgeräumten Buffettischen. Nie und nimmer. Warum sollte ich dem windigen Riggenbeck in der Geranienstraße 17 etwas antun, wenn er gar nicht der Liebhaber meiner Frau war? Das war ein anderer. Das waren Sie! ...

Nur die Ruhe, Sie sollten keine übertrieben heftigen Bewegungen machen, das tut Ihnen nicht gut. Langsam, ich weiß, dass Ihnen übel ist. Man sieht es Ihnen an. Das wird gleich vorbei sein ... Sie haben sich im Tennisklub kennengelernt. Und meine Frau ist ... ich korrigiere: war ... immer noch eine attraktive Person, der man die 44 Jahre bei Weitem nicht ansah ... Es muss ihr unheimlich geschmeichelt haben, dass ein 30-jähriger attraktiver, durchtrainierter Bulle mit ihr ins Bett wollte ... bleiben Sie sitzen! Das bringt nichts mehr. Sie hätten Ihre Truppe nicht wegschicken sollen, um mit mir alleine zu sein. Um mich durch Ihre geschickte Befragungstaktik, auf die Sie sich vermutlich weiß Gott was einbilden, zu einem umfassenden Geständnis zu bewegen, was die Angelegenheit schnell abschließen würde, und Ihrer Karriere nützlich wäre. Kriminalistischer Senkrechtstarter löst Mordfall in Rekordzeit! ...

Was haben Sie empfunden, als Sie Henriette da auf dem Küchenboden liegen sahen? Ich habe wenig Reaktion bei Ihnen bemerkt. Hat sie Ihnen überhaupt etwas bedeutet oder war sie nur eine Bettgeschichte, eine von vielen? Mir hat sie viel bedeutet. Immer schon ... Ich sagte doch, Sie sollen sitzen bleiben, dann ist es ein wenig erträglicher ... Es war im Cocktail ... Aber egal, ob Sie den Fenchelrisotto genommen hätten oder den Salat. Es ist überall drin. Und im Kühlschrank habe ich noch eine Quendel-Kartoffel-Zwiebelsuppe und zwei Dessertvariationen. Um optimal vorbereitet zu sein. In allen Gerichten befindet sich eine letale Dosis von Aconitin, dem Gift des Blauen Eisenhutes. Mein persischer Gewürzhändler hat auch Eisenhut im Repertoire, wenn ich einen brauche. Das tödliche Alkaloid daraus zu gewinnen, war nicht schwer. Sie haben vergessen, ich bin Lehrer. Ich unterrichte auch Chemie, neben Englisch und Geschichte ... Ich musste mir nur ein paar Gerichte einfallen lassen, denen man das Aconitin beimengen kann, ohne dass es geschmacklich auffällt ... Ich hatte schon damit gerechnet, dass Sie wahrscheinlich meine Angebote ablehnen würden. Immerhin sind Sie im Dienst. Sie wollten verhören und nicht verkosten. Sie sind gekommen, um einen Mörder zu überführen und nicht dessen Risotto zu essen. Aber ich war gut vorbereitet, mit einer breiten Palette an Möglichkeiten des kulinarischen Angebots. Doch im Grunde hätte ich mich auf den Cocktail beschränken können. Die Gemüsemischung mit dem Broccoli im Zentrum war der Favorit ... Ich sehe die Frage in Ihren Augen stehen, auch wenn Sie nicht mehr sprechen können ... Ja, Sie hätten vorsichtiger sein sollen, immerhin sind Sie Kriminalist. Aber woher hätten Sie auch ahnen können, aus welcher Richtung die Gefahr droht. Sie haben sich zwar mit meiner Frau gern in abgelegenen idyllischen Restaurants getroffen, ehe Sie mit ihr ins Bett stiegen, aber Sie konnten nicht wissen, dass ich fast alle Küchenchefs in der Region kenne. Mit vielen bin ich gut befreundet. Es war nicht schwer herauszubekommen. Sie haben fast immer ein Gericht gewählt, bei dem Broccoli dabei war. Daraus ließ sich schließen, dass sie Broccoli besonders gern mögen ...

Ich war mir sicher, dass Sie den Cocktail nicht ablehnen würden. Schon um mir zu zeigen, dass Sie kein Weichei sind ... Dem Mann, dessen Frau Sie nach Belieben vögeln konnten, noch zu beweisen, was für ein harter Kerl Sie sind, muss Ihnen besonders Spaß gemacht haben ... Ich sehe, dass das Zittern stärker wird. Das ist normal. Nach den Schweißausbrüchen kommt das Frösteln. Darauf folgen in der Regel Erbrechen und die ersten Lähmungserscheinungen. Und dann stehen die Chancen fifty:fifty. Entweder Herzversagen oder Atemstillstand. In etwa zehn Minuten, schätze ich. Bei Ihnen tippe ich auf Atemstillstand. Das Herz würde bei Ihnen länger durchhalten, denn Sie sind ja durchtrainiert, vom vielen Tennisspielen und dem intensiven Besteigen meiner Frau ...

Wissen Sie, was Hildegard von Bingen über den Dill sagte? »Sein Genuss stimmt den Menschen zu Traurigkeit.« Dann werde ich mir jetzt ein kleines Stück Saibling mit reichlich Dill gönnen und um meine Frau trauern ... Sie könnten mittrauern. Sechs bis sieben Minuten bleiben Ihnen noch ...

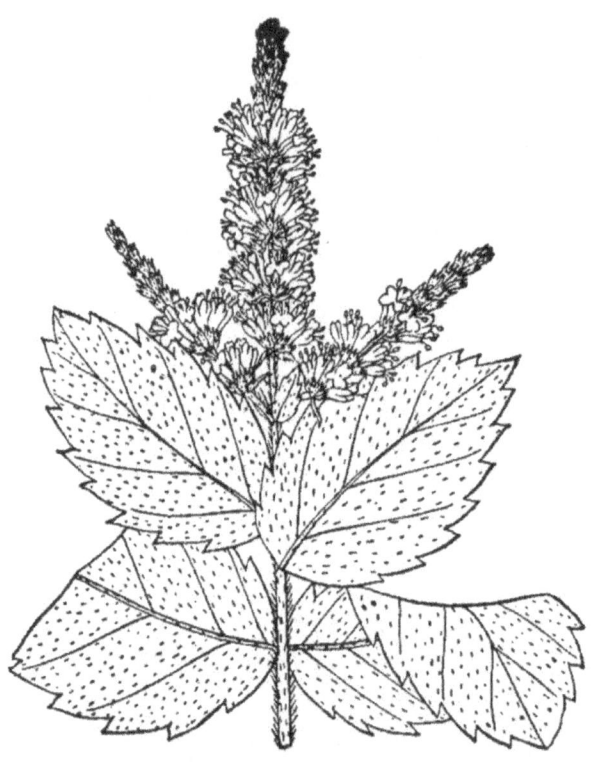

Apfelminze, *Mentha rotundifloia.*
Wegen geringerem Mentolgehalt milder als andere Minze-Arten.
Eignet sich gut für Mintsoßen, Cocktails, Liköre, Gewürzessig.
Schmetterlinge, Bienen, Hummeln lieben ihren duftenden Nektar.
Ihr gebt den Zehnten von Minze, Gewürzkraut und allem
Gemüse ... (Lk 11,42).

APFELMINZE

Wenn Hartbert nach Hause kam, demonstrativ die Pantoffeln missachtete, die für ihn bereit standen, und sich in Socken an den Tisch setzte, dann war er schlecht gelaunt. Das wusste sie aus der Erfahrung von 17 Ehejahren. Sie fragte dennoch:

»Wie ist es gelaufen?«

Er trommelte mit den Fingerkuppen auf der Tischplatte.

»Wie schon? Ich konnte diesen Wichtigtuer noch nie leiden.« Sie kam aus der Küche, stellte ihm ein Glas hin und goss ihm von seinem Lieblingswein ein. Sie selbst genehmigte sich auch einen Schluck.

»Da wir die Tatzeit nur ungefähr abschätzen können, ist ihm auch schwer mit fehlendem Alibi beizukommen.«

Sie drückte ihm das Glas in die Hand, hob ihres kurz in die Höhe.

»Hast du Hunger?«

Er schüttelte missmutig den Kopf.

»Wie lange warst du dort?«

»Fast zwei Stunden. Und dem Mistkerl war nichts zu entlocken. Aber er war es. Das spüre ich im Urin.« Marlies ersparte sich die Bemerkung, dass er diese harnintensive Methode zur Wahrheitsfindung oft ins Treffen führte und in den meisten Fällen daneben lag. Stattdessen ließ sie ihr Glas sanft gegen seines klirren. Er griff nach dem Wein.

»Du solltest es aufschreiben.«

Er nahm einen kräftigen Schluck.

»Wie meinst du das?«

»Setz dich an den PC und schreib auf, was dir aus der Begegnung im Gedächtnis geblieben ist. Liste die Fakten auf und vergiss nicht, deine Stimmungen zu schildern. Vielleicht wird eine gute Story daraus, und du bringst die Geschichte wieder im *Agatha-Krimi-Magazin* unter. Das hast du ja schon zweimal erfolgreich hinbekommen. Ich bereite inzwischen einen kleinen Imbiss vor.« Sie erhob sich. Genau genommen war es nicht er, sondern sie gewesen, die die Geschichten eingereicht hatte. Aber das würde sie nie erwähnen. Er zögerte. Sie gab ihm einen Kuss auf den schon schütteren Haaransatz.

»Nun mach schon. Das wird dir gut tun.«

Er brummte etwas Unverständliches, erhob sich aber und trottete ins Arbeitszimmer.

»Was hältst du von Tomaten und Mozzarella mit Oliven und frischer Minze?«, rief sie ihm aus der Küche nach. Er knurrte etwas, das sie als Zustimmung deutete. Sie öffnete den Kühlschrank und griff nach den Käsepackungen.

Hartbert schaltete den PC ein. Er musste warten, bis das alte Modell seine Start-Programme hochfuhr. Er nützte die Zeit, sich die Weinflasche aus dem Wohnzimmer zu holen und nachzugießen. Dann eröffnete er eine neue Textdatei. Er trank sein Glas aus, dachte kurz nach, und begann zu schreiben, erst zögerlich, dann zunehmend rascher.

Ich kann diesen Schnösel nicht ausstehen. Wenn er da steht und wichtigtuerisch mit seinen Händen in der Luft herumfuchtelt, kriege ich Magenläuse. Aber ich weiß, dass er es war. Das sagt mir mein Instinkt, den ich mir in 15 Jah-

ren Polizeiarbeit angeeignet habe. Davon drei Jahre als Postenkommandant. Und nur weil er jetzt Großunternehmer ist und 280 Leute beschäftigt, soll er nur ja nicht glauben, dass er sich alles erlauben kann. Und überhaupt ...

Er kam ins Stocken. In seinem Bauch steckte so viel Grimm, weil er dem Kerl das Vergehen nicht nachweisen konnte, dass es nur so rumorte. Er wollte am liebsten alles gleichzeitig loswerden, aber jetzt fiel ihm die passende nächste Zeile nicht ein.

Er löschte das »überhaupt« und versuchte es erneut.

Und außerdem ...

Das war auch nicht besser.

Und was endlich einmal gesagt gehört ...

Ja was gehörte denn gesagt? Alles! Aber wie? Ausgerechnet jetzt wollten sich die richtigen Worte nicht einstellen. Er hieb mit der Faust auf die Schreibtischplatte.

»Wie läuft's?«

Er drehte sich um. Seine Frau stand hinter ihm. Normalerweise mochte er ihr Lächeln, aber im Augenblick fand er es völlig deplatziert. Marlies kam näher, beugte sich über seine Schulter und las den Text. Oje, dachte sie insgeheim, da haben wir noch ein langes, zähes Stück Arbeit vor uns.

»Also das mit deiner persönlichen Stimmung hast du schon ganz gut hinbekommen, Schatz. Aber vielleicht wäre es besser, die Begegnung nicht in der Ich-Form zu schildern. Lass doch Inspektor Isegrimm wieder ermitteln.«

In seiner Miene lag eine Spur von Zweifel. »Meinst du?«

»Ja, ich finde, mit Isegrimm ist dir eine wirklich originelle Figur gelungen, die bei den Lesern gut ankommt.«

Dass Inspektor Isegrimm ihre Idee war und sie ihm den kauzigen Kriminalisten ans Schriftstellerherz gelegt hatte, brauchte jetzt nicht extra erwähnt zu werden. Sie hoffte, er würde auf ihren Vorschlag eingehen. Er kratzte sich mit der Linken am stoppeligen Kinn, während er mit der Rechten nach der Weinflasche griff.

»Inspektor Isegrimm ist nicht aus unserer Gegend. Der lebt doch in der Hauptstadt und kennt sich hier auf dem Land überhaupt nicht aus.«

»Aber das ist ja das Interessante bei der Geschichte. Weil er nicht von hier ist, muss er sich in die Situation im Ort, in die Lebensweise der Menschen erst hineinfinden. Und dadurch erfährt auch der Leser mehr über die Angelegenheit.«

Er war immer noch nicht überzeugt von ihrem Vorschlag.

»Aber Inspektor Isegrimm ist doch bei der Kripo. Der würde doch nicht extra aus der Hauptstadt hierher ins tiefste Waldviertel kommen, nur weil jemand Sachbeschädigung begangen hat. Ich meine, der entstandene Schaden ist ziemlich hoch, aber deswegen verlässt doch das Top-As der Kripo nicht sein Dezernat.«

Sie holte tief Luft. Das wird eine schwierige Geburt. Es war ihr von Anfang an klar gewesen. Aber immerhin hatte sie ihn schon auf halbem Weg, jetzt brauchte es nur noch ein treffliches Argument, damit er endlich weiter schrieb.

»Ja, auf den ersten Blick schaut es nur nach Sachbeschädigung aus. Aber es könnte doch viel mehr dahinterstecken. Wirtschaftskriminalität, ein internationaler Skandal im Handels- und Finanzbereich. Immerhin es

geht um Produktgeheimnisse, vielleicht sogar Betriebs-
spionage ...«

Er dachte nach. »Jaja, darum mag es schon auch gehen.
Aber deswegen kann sich dieser Emporkömmling nicht
alles herausnehmen und glauben, er steht außerhalb des
Gesetzes, nur weil ihn so ein Käseblatt zum *Unternehmer
des Jahres* vorgeschlagen hat.«

Es war nicht irgendein Käseblatt, sondern das wichtigste Wirtschaftsmagazin des Landes. Und Matthias Gutberg hatte sich diese Ehrung auch redlich verdient, aber
darauf wollte Marlies jetzt wirklich nicht eingehen. Sie
wollte auch nicht erwähnen, dass Hartbergs Vater genau
so wie andere Bauern in der Gegend ebenfalls die Bewirt-
schaftung seiner Felder hätte umstellen können. Gutbergs
Unternehmen zahlte seit Jahren einen fairen Preis. Die
Landwirte profitierten mit ihren Kräutererträgen vom
wachsenden Unternehmenserfolg. Aber Hartbergs Vater
war ein Dickschädel. Dass er vor acht Jahren seinen Hof
verkaufen musste, dafür konnte Matthias Gutberg am
allerwenigsten. Und es war ihm auch nicht anzukreiden,
dass er einen Teil der Felder erworben hatte, um seinen
Betrieb zu erweitern. Sie konnte den Groll ihres Mannes
auf den Erfolg von Gutberg nachvollziehen, auch wenn er
ihrer Meinung nach jeder Grundlage entbehrte. So kamen
sie jedenfalls im Moment nicht weiter. Sie musste anders
vorgehen.

»Schatz, lass uns in aller Ruhe etwas essen. Ich bin
sicher, dann fällt dir der richtige Zugang ein, wie du die
Geschichte aus Inspektor Isegrimms Perspektive spannend erzählst.«

Sie wartete seine Antwort nicht ab, sondern schnappte sich sein Weinglas und trug es zusammen mit der Flasche hinüber ins Wohnzimmer. Sie hatte bereits den Tisch gedeckt. Er nahm Platz und lud sich eine große Portion auf den Teller.

Marlies hatte Tomaten und Mozzarella mit natürlich gepresstem Olivenöl, Aceto Balsamico und frischen Kräutern angerichtet. Sie reichte ihm ein Stück Olivenbrot.

Er begann zu essen.

»Was ist das?« Er deutete mit der Gabel auf die fein geschnittenen grünen Blätter in der Marinade.

»Apfelminze, haben wir auf dem Balkon.«

Er fuchtelte mit der Gabel. »Weißt du, dass mir der Ungustl heute Nachmittag genau das angeboten hat? Apfelminze! Und zwar als Tee! Der spinnt total.« Marlies nickte nichtssagend, kaute weiter. Sie trank Tee aus Apfelminze selbst gerne, lieber als Pfefferminze. Erst vor drei Tagen hatte sie sich eine frische Packung besorgt. Aber sie hütete sich, das jetzt preiszugeben. Stattdessen sagte sie:

»Und was hat er sonst noch getan, außer dir Apfelminzentee anzubieten?«

»Was schon. Gefaselt hat er, wie immer!«

»Was zum Beispiel?«

»Weißt du, Hartbert, hat er gesagt, es geht immer um Geschichten.« Dabei holte er theatralisch mit der Hand aus und versuchte, den Mann nachzumachen, den er heute einvernommen hatte. Marlies legte die Gabel auf die Serviette.

»Aber das wäre doch ein guter Anfang für die Story mit Inspektor Isegrimm. *Es geht immer um Geschichten*. Und Isegrimm, der Matthias natürlich nicht so gut kennt wie alle anderen hier in der Region, muss sich anhören, was der Unternehmer über seinen Betrieb zu sagen hat. Und gleichzeitig bekommen es die Leser mit.«

»Wen soll das interessieren?«, fragte er laut.

Alle!, war Marlies schon versucht zu sagen. Aber sie konnte sich die Erwiderung gerade noch verkneifen. Natürlich interessierte die Geschichte des Kräuter-Unternehmens »Sonnenrund« viele Leute. Matthias Gutberg hatte aus einer einfachen Idee über viele Jahre mit Fantasie und großem Einsatz ein geschäftliches Erfolgsmodell entwickelt. Jeden Tag karrten Busse Hundertschaften von begeisterten Kunden an. Die Leute staunten über den Betrieb und freuten sich wie die Schneekönige, wenn es ihnen gelang, ein Selfie mit dem Firmenchef zu ergattern. Matthias Gutberg war für die Natur- und Kräuterfreunde, für die Tee- und Gewürzliebhaber zum regelrechten Star geworden. Marlies zögerte kurz mit der Antwort. Sie musste ihm den Plot auf andere Weise schmackhaft machen.

»Ich fände es toll, wenn man Inspektor Isegrimms professionelle Skepsis von Anfang an spürt. Dann könntest du an der Erfolgsgeschichte des Unternehmens besser herausarbeiten, was du daran für fragwürdig hältst. Das würde die Leser fesseln.«

Sie schaute ihn neugierig von der Seite her an, ob er den Köder schluckte. Er nickte. Der Vorschlag gefiel ihm. Sie gab ihm noch behutsam einige Anregungen, in welche Richtung er die Form der Darstellung vorantreiben könnte. Er hörte ihr zu. Dann verputzte er den Rest der Tomaten, trank sein Glas aus und griff nach der Serviette.

Mit entschlossener Bewegung wischte er sich einen Rest des Olivenöls vom Kinn und stapfte zurück ins Arbeitszimmer. Eine Minute später war bereits das Klacken der Tasten zu hören.

»Es geht immer um die Geschichten, Herr Inspektor.« Isegrimm lehnte sich im Besucherstuhl zurück. Er wusste nicht, worauf die Erläuterungen des verdächtigen Unternehmers hinausliefen. Aber er wollte abwarten, um sich ein Gesamtbild von der Situation zu machen. Er verengte die Lider zu schmalen Sehschlitzen, fixierte mit höchster Konzentration sein Gegenüber.

»Nehmen wir einmal die Apfelminze.« Matthias Gutberg wies auf das Teeglas des Inspektors. »Für mich ein besonderes Kraut, denn es war Hauptbestandteil meines allerersten Tees, den ich verkaufen konnte.« Die weit ausholende Hand des Firmenchefs unterstrich die Bemerkung mit einer theatralischen Geste.

»Wir bieten einerseits Tee an, der nur aus Apfelminze besteht, so wie Sie ihn hier trinken. Wir kombinieren Apfelminze aber auch gerne mit anderen Zutaten wie Zitronenmelisse, Malve, Kornblumen, Rosenblüten. Diese Mischung können Sie jetzt einfach ›Kräutertee‹ nennen. Die Bezeichnung wäre, was Material und Inhalt anbelangt, korrekt. Aber würde Ihnen das gefallen? Einfach nur ›Kräutertee‹?«

Die Sehschlitze des erfahrenen Kripobeamten wurden noch enger. Was bezweckte der Kerl mit seinem Gequatsche? Isegrimm beschloss, dem Verdächtigen Zeit zu lassen. So konnte er ihn besser kennenlernen, vielleicht hinter seine Maske blicken. »Ich weiß nicht, Herr Gutberg. Der Tee besteht aus Kräutern, warum also nicht die Bezeichnung ›Kräutertee‹?«

»Gut. Lassen wir es einmal dabei. Jetzt verändern wir die Zusammenstellung, ersetzen die Apfelminze durch Brennnessel, geben Baldrian dazu und Ysop. Und wie nennen wir das?«

»Auch ›Kräutertee‹?«

»Bei allem Respekt, Herr Inspektor, das scheint mir doch ein bisschen einfallslos. Erfinden wir einen anderen Namen. Wie wäre es mit ›Abendfreude‹? Woran denken Sie dabei?«

»Ans Heimkommen, die Füße auf den Tisch legen, den Tag vergessen.«

»Jawohl, Herr Inspektor. Wunderbar. Ein langer Arbeitstag liegt hinter Ihnen. Sie haben viel geleistet. Und jetzt wollen Sie nur mehr entspannen und ein wenig ›Abendfreude‹ genießen. Das verdiente Ende eines arbeitsreichen Tages ist die Geschichte, die zu diesem Tee passt. Alle unsere Tees, alle unsere Produkte sind mit kleinen Geschichten verbunden, Abendgeschichten, Morgengeschichten, Liebesgeschichten, Geschichten von kleinen Kindern und großen Träumern, von fernen Ländern und vertrauter Umgebung, von Glücksgefühlen und Daseinsfreude. Und das mögen die Leute.«

Dem Inspektor dämmerte, was der Mann mit seinen hektischen Bewegungen meinte. Er hatte sich vorhin den Betrieb zeigen lassen. Er war erstaunt über die Bilder und Plakate, die bunten Etiketten, die stimmigen Fotos. Auch die Vielfalt der Waren war ihm aufgefallen: Kräuter, Tees, Gewürze, Getränke, Pflegeprodukte, Kaffee, Geschirr.

»Es kommt immer auf die Geschichten an, Herr Inspektor. Angefangen habe ich mit drei Bauern aus der Umgebung. Ich machte ihnen den Vorschlag, einen kleinen Teil ihrer Wiesen und Äcker für den Anbau von Kräutern zu verwenden. Jahrelang haben uns alle für Spinner gehalten. Ich bin mit den ersten selbst gemischten Kräutertees von Wochenmarkt zu Wochenmarkt getingelt. Heute beliefern uns 200 Bauern, und es werden täglich immer mehr. Unsere Sonnenrund-Produkte finden Sie inzwischen weltweit. Die Basis dafür ist die Arbeit der Bauern, die Kräuter ansetzen und ernten. Und die alte Großmutter am Hof bringt sich auch noch mit ein, indem sie die Kräuter in Papierbeutel steckt oder Etiketten aufklebt. Und zwar gern und freiwillig, denn sie fühlt sich dabei gebraucht. Auch das sind Geschichten, die wir zu den Menschen rüberbringen.

Hartbert hielt inne, um durchzulesen, was er bisher geschrieben hatte. Er war überhaupt nicht zufrieden. Er hatte zwar den Ratschlag seiner Frau befolgt, die Entwicklung des Unternehmens nachzuzeichnen, damit der Leser einen besseren Einblick in das Ambiente bekam. Aber er musste eindeutig kritischer vorgehen. Schließlich arbeitete er ja nicht für die Marketingabteilung der Firma »Sonnenrund«. Sonnenrund! Das war auch so eine Unverfrorenheit von Matthias Gutberg. Die Sonnenscheibe galt in dieser Gegend jahrhundertelang als Zeichen freier Bauern, oft dargestellt durch eine einfache Holzscheibe. Und dann kam dieser Knilch und verwendete das Zeichen der Sonnenscheibe für seine Produkte, als wäre er auch ein Bauer. »Echte Bauern halten Vieh, bauen Kartoffeln, Rüben und Getreide an«, hatte sein Vater immer gesagt. »Aber sie ziehen nicht Wasserminze und Malvenstrünke auf den Feldern. Das ist Unkraut!« Das fand auch Hartbert. Genug über Firmenphilosophie gefaselt. Es wurde Zeit, dass Inspektor Isegrimm dem guten Matthias ein wenig die Daumenschrauben anzog.

»*Und der* ›*Alles paletti Tee*‹, *was hat der für eine Geschichte, Herr Gutberg?*« *Isegrimm bemerkte mit Genugtuung, dass diese Frage sein Gegenüber ins Mark getroffen hatte.*

Hartbert nahm die Finger von der Tastatur. Nein, das ging noch härter, direkter.

Er löschte die beiden letzten Sätze und versuchte es mit einer schärferen Version.

»*Und der* ›*Alles paletti Tee*‹, *Herr Gutberg? Was ist mit dem? Sie stellen ja aller Welt gegenüber die dreiste Behauptung auf, dieses Erfolgsprodukt der Firma* ›*Goldmatt*‹ *sei in Wahrheit von Ihnen!*« *Isegrimm bemerkte, wie der Unternehmenschef zusammenzuckte, als hätte ihn eine Keule getroffen.*«

Jawohl! Hartberg jauchzte. So musste das sein. Marlies würde zwar beim Korrekturlesen wieder meinen, er sei zu schnell auf das Ziel losgegangen, aber das war ihm jetzt egal. Er wollte Matthias Gutberg leiden sehen. Mehr leiden, als es der Schnösel heute Nachmittag in der echten Vernehmung getan hatte. Er grinste. Das war das Geniale am Literarischen, dass man sich da die Wirklichkeit zurecht biegen konnte. Seine Finger huschten über die Tasten.

Wieder einmal hatte Isegrimm einen Verdächtigen durch eine blitzschnell aus der Hüfte geschossene Frage verunsichert!

Er hob kurz die Finger. Konnte man eine Frage aus der Hüfte schießen? Egal. Er musste jetzt dran bleiben. Mit der Hüfte sollte sich Marlies dann beim Durchlesen plagen. Also weiter.

Auf Matthias Gutbergs Stirn zeigten sich erste Schweißperlen. Er fuhr sich mit dem Zeigefinger zwischen Hals und Hemdkragen. Dann wischte er die feuchten Hände an der alten abgetragenen Lederhose ab. Was für ein ausgefallen hässliches Kleidungsstück, dachte Isegrimm und genoss es, den Mann schwitzen zu sehen.

In Wirklichkeit hatte Matthias Gutberg heute überhaupt nicht geschwitzt. Und er hatte auch die Lederhose nicht getragen. Die galt zwar als sein persönliches Markenzeichen. Damit hatte er sich jahrelang auf den Bauernmärkten präsentiert, weil er sich anfangs keine andere Hose leisten konnte. Diese alte Lederhose trug er heute noch zu besonderen Anlässen, wenn er bei wichtigen Produkt-Messen auftrat oder vor Wirtschaftsmanagern im Rahmen von Seminaren über Erfolg referierte. Heute Nachmittag hatte Gutberg ganz normale Jeans und ein Leinenhemd angehabt. Aber für die Geschichte passte die lächerliche Lederhose besser, entschied Hartbert.

»Herr Inspektor, es ist vielleicht besser, wenn ich meinen Anwalt hinzuziehe. Die Angelegenheit um die Markenhoheit des ›Alles paletti Tees‹ ist derart komplex, dass ich hier nicht ohne rechtlichen Beistand antworten möchte.«

Hartbert grinste. So war es recht! Er roch förmlich den Angstschweiß. In Wahrheit hatte Matthias Gutberg heute natürlich nicht nach dem Anwalt geschrien. Er war provozierend locker geblieben und hatte nur gesagt: »Aber Bertl, du weißt doch, wie ich angefangen habe. Mit fünf verschiedenen selbst zusammengestellten Kräutertee-Mischungen. Und dann durfte ich die nicht einmal *Husten-Tee* nennen, auch wenn sie gegen Erkältungen halfen. Denn da hatten die Apotheker-Standesvertreter etwas dagegen. Also suchte ich mir andere Namen: *Nimmer heiser Tee*, *Happy Schneuz Tee*. Das gefiel auch den Leuten besser. Und wenn einer sagt, in seinem Tee sind Käsepappel und Zitronenverbene, dann mag das ja seine Richtigkeit haben, aber die meisten Leute können sich darunter nichts vorstellen. Also habe ich mir halt einen *Träum selig Tee* einfallen lassen und anderes. Und irgendwann bin ich auch auf den *Alles paletti Tee* gekommen. Das war witzig und originell. Ich wollte mir den Namen auch schützen lassen. Aber das kostet einiges. Und als Jungunternehmer, der auch schauen muss, dass seine Bauern etwas verdienen, hatte ich damals das Geld nicht flüssig. Also habe ich es leider nicht getan.«

Genauso hatte Matthias Gutberg heute mit ihm geredet. Aber Hartbert hatte ihm kein Wort geglaubt. Jetzt wurde es Zeit, den Druck auf den Täter zu erhöhen. Seine Finger hämmerten auf die Tasten.

Inspektor Isegrimm ließ sein Opfer nicht mehr aus. Er wischte den Einwand mit dem Anwalt beiseite wie eine lästige Schmeißfliege. Dann donnerte er dem Firmenchef die Anschuldigungen an den Kopf wie tödliche Giftpfeile.

»Fakt ist: Vor zehn Jahren hat der Konzern ›Goldmatt‹ gegen Sie Klage eingereicht.

Denn Sie führten in Ihrem Unternehmen ein Produkt unter der Bezeichnung ›Alles paletti Tee‹. Sie gaben damals an, dass der Produktname ursprünglich von Ihnen stammte. Fakt ist jedoch, dass im Öffentlichen Markenregister die Bezeichnung ›Alles paletti Tee‹ eindeutig als Einreichung des ›Goldmatt Konzerns‹ aufscheint. Sie hatten ferner die Unverfrorenheit zu behaupten, Sie hätten vor vielen Jahren Teepackungen unter dieser Bezeichnung an Holger Wetzlaff verkauft. Der besaß damals einen kleinen Bioladen. Sie unterstellen Herrn Wetzlaff, dass er den von Ihnen angeblich erfundenen Namen ›Alles paletti Tee‹ später widerrechtlich zum ›Goldmatt Konzern‹ mitnahm, als er dort Sales Manager wurde. Holger Wetzlaff bestreitet …«

Hartbert hielt kurz inne, überlegte. Dann stellte er dem Namen ein *Doktor* voran. Holger war zwar nie auch nur in die Nähe einer Universität gekommen, aber eine akademische Aufwertung des Sales Managers eines großen Lebensmittel- und Hotelkonzerns erzielte in der Geschichte garantiert eine bessere Wirkung.

»Herr Doktor Wetzlaff bestreitet dies. Und damit kommen wir zu den Ereignissen der vergangenen Nacht.« Inspektor Isegrimm genoss es, wie sein Gegenüber sich wand. *»Doktor Holger Wetzlaff kam vor zwei Tagen hier im Ort an. Er war viele Jahre nicht in seiner ehemaligen Heimatgemeinde gewesen. Doch nun war er Gast beim erstmals in der Region zelebrierten ›Sommer-Kräuter-Fest‹. Im Rahmen der Eröffnungsveranstaltung hielt er gestern eine Rede zur wirtschaftlichen Entwicklung des Handels mit Kräuterprodukten, genau wie Sie. Am Ende der Kräuter-Gala …*

Hartbert unterbrach erneut das Tippen. Es stimmte zwar. Holger Wetzlaff und Matthias Gutberg waren gestern beim Kräuterfest mit einem kurzen Vortrag aufgetreten. Aber für seine Krimigeschichte passte ihm das überhaupt nicht, dass Matthias mit Holger auf einer Stufe stand. Es machte sich besser, nur den Sales Manager als Redner in Erscheinung treten zu lassen. Das ließ Gutberg unwichtiger erscheinen. Er strich im Text den Sonnenrund-Chef als Vortragenden und schrieb weiter.

»Am Ende der Kräuter-Gala begab sich Herr Doktor Wetzlaff zum Anwesen seiner Schwester Karin, um dort zu übernachten. Als er heute Morgen in sein neues Mercedes S-Class Cabriolet steigen wollte, musste er mit größtem Entsetzen feststellen, dass der Innenraum des Wagens bis auf Fensterhöhe mit Jauche angefüllt war. Herr Doktor Wetzlaff taxierte diese vandalische Sachbeschädigung sofort als Racheakt und äußerte der Polizei gegenüber umgehend den Verdacht, dass für die schändliche Tat nur Sie in Frage kämen. Wollen Sie gleich ein Geständnis ablegen, Herr Gutberg, oder sollen wir Sie mit zur Polizeidirektion nehmen?«

Das hatte gesessen! Hartberg war stolz auf seine literarische Leistung. Dann überlegte er kurz, ob er für seine fiktive Geschichte einen Zeugen erfinden sollte. In Wirklichkeit hatte er bei seinen Ermittlungen noch keinen Tatzeugen aufgetrieben. Und er hegte die starke Befürchtung, dass dies so bleiben würde. Der stets gerissene Matthias Gutberg hatte sicher penibel darauf geachtet, dass ihn keiner bei seiner nächtlichen Racheaktion beobachtete. Aber für die Story könnte er durchaus dramatische Wirkung erzielen, wenn er zum Verblüffen aller einen Zeugen aus dem Hut zog.

»Und wie geht es voran?«

Er fuhr erschrocken herum. Er war ganz vom dramatischen Aufbau seiner Geschichte gefesselt gewesen, sodass er Marlies nicht gehört hatte.

»Gut. Ich bin gleich fertig.«

»Tatsächlich? Darf ich lesen, was du bisher geschrieben hast?«

Er nickte eifrig.

»Gerne. Es ist alles noch ziemlich roh hingeworfen. Der Feinschliff fehlt. Aber bitte, lies.«

Er bot ihr den Stuhl an. Während ihre Augen aufmerksam über das Geschriebene streiften, ging er aufs Klo und anschließend in die Küche, um sich eine Tafel Schokolade zu holen. Er fand, er hatte bis jetzt eine passable Arbeit hingelegt. Dafür durfte er sich belohnen. Er aß die Hälfte der Schokolade, den Rest hob er für später auf. Das eben Geschriebene würde seine fünfte Kurzgeschichte werden. Zwei waren schon veröffentlicht worden. Zwar konnte man sie nur im Internet lesen, aber immerhin. Einmal ein erfolgreicher Krimiautor zu werden, das war sein heimlicher Traum. Mit seinem Polizeijob war er nicht wirklich zufrieden. Polizist auf dem Lande, das war keineswegs das Gelbe vom Ei. Aber ein Leben führen wie sein Vater und sich als Bauer zu Tode rackern, das hatte er auch nie gewollt. Er ging zurück ins Arbeitszimmer, war gespannt auf die Reaktion seiner Frau. Die strahlte ihn an.

»Das ist dir wirklich gut gelungen. Wie geht es weiter?«

Sie tauschten wieder die Plätze.

»Ich lasse einen Zeugen auftauchen, und dann bricht Matthias zusammen und legt endlich ein Geständnis ab.«

»Gab es denn einen Zeugen?«

»Weiß ich nicht, ich habe noch keinen gefunden. Aber morgen ist auch noch ein Tag. Und wir lassen da nicht locker.«

»Und was ist jetzt mit der Wirtschaftskriminalität, mit den internationalen Verstrickungen?«

Er sah sie irritiert an. »Wie meist du das?«

»Davon haben wir doch vorhin gesprochen. Wenn Isegrimm, das Kripo-As aus der Hauptstadt, extra in der tiefsten Provinz auftaucht, dann sollte doch mehr dahinter stecken. Dann reicht es nicht, dass der Chef eines mittelständischen Kräuter-Unternehmens einem früheren Bekannten das Auto versaut.«

»Aber genauso war es. Matthias hat sich an Holger gerächt.«

»Das ist doch für die Leser langweilig, das reißt keinen vom Hocker. Viel spannender wäre es, wenn hinter dieser Cabrio-Affäre wesentlich mehr steckt. Nehmen wir an, der Goldmatt Konzern befindet sich in einem Wirtschaftskrieg mit einem chinesischen Lebensmittelgiganten, der mit unlauteren Methoden auf den Markt drängt und vor nichts zurückschreckt. Produktspionage, Kundenbetrug, Bestechung, Dumpingpreise, Qualitätszertifikatsfälschungen. Und die Schmutzattacke auf den Luxuswagen war nur der erste Schritt eines groß angelegten Einschüchterungsterrors gegen den Sales Manager der Konkurrenzfirma. In einem solchen Plot liegt Spannung. Da zeigt sich Potenzial für einen echten Thriller.«

Er runzelte die Haut oberhalb seiner Nasenwurzel. Ein untrügliches Zeichen, dass er nachdachte. Marlies war zufrieden. Sie fuhrt weiter fort.

»Ist dir gestern bei der Kräutergala nicht aufgefallen, dass Holger andauernd die bildhübsche Chinesin im roten Kleid angebraten hat? Was dem chinesischen Delegationsleiter äußerst zuwider war.«

»Ja schon. Aber das ist doch nichts Neues bei Holger. Das hat er immer schon gemacht. Auch wenn er sich fast zehn Jahre lang hier nicht mehr blicken ließ, hat er sich nicht verändert. Aber die Chinesen von gestern Abend stammen nicht aus einem Lebensmittelkonzern. Die sind hier wegen eines Erfahrungsaustauschs im Bereich Kultur und Tourismus.«

»Trotzdem hat Holger die Chinesin gestern belästigt, und der Delegationsleiter war sauer. Also könnte auch der die Jauche in das Cabrio gegossen haben.«

Hartbert schaute seine Frau an. Er überlegte. Ausgeschlossen war es nicht, was Marlies da aufs Tapet brachte. Der Chinese mit der großen Brille hatte sich tatsächlich äußerst wütend gezeigt. Aber nein, es war Matthias Gutberg gewesen, der Holgers Auto verwüstet hatte! Das spürte er im Urin.

»Überleg mal in Ruhe, mein angehender Bestsellerautor. Du könntest das gestrige Auftauchen von Chinesen zumindest für deine Geschichte nützen. Mach aus ihnen skrupellose Wirtschaftsspione, die beinharte Kommerzinteressen vertreten und bei ihren Methoden vor nichts zurückschrecken. Das versaute Cabrio des Sales Managers ist nur der Anfang. Wer weiß, wohin Sabotage, Erpressung und ähnliche düstere Machenschaften im Lauf der Geschichte noch führen!«

Er gähnte. Er war fasziniert, wenn er seiner Frau so zuhörte. Irgendwie hatte sie recht. Das würde dem weiteren Verlauf der Geschichte den richtigen Kick geben. Erneut riss es ihm den Mund auf.

»Gut, ich werde es mir überlegen. Aber für heute bin ich zu müde. Ich werde morgen weiter schreiben.« Er blinzelte seine Frau an. »Was meinst du? War ich heute schon so fleißig, dass ich auch die zweite Hälfte der Schokolade essen kann?«

»Aber auf jeden Fall!« Sie küsste ihn auf den Mund. Er grinste und machte sich auf den Weg in die Küche. Den Rest der Schokolade ließ er sich genüsslich schmecken. Dann verzog er sich ins Badezimmer. Fünf Minuten später hörte sie ihn aus dem Schlafzimmer rufen.

»Kommst du?«

»Ja gleich. Ich schau mir noch die Spätnachrichten an.«

Nach zehn Minuten war nur mehr sein tiefes Schnarchen zu vernehmen. Marlies blickte auf die Uhr. Es war kurz vor Mitternacht. Sie griff zum Handy und wählte Giovannas Nummer.

»Hallo Marlies, wie ist es gelaufen?«

»Gut.«

»Hat er irgendeinen Verdacht?«

»Nein.«

»Bist du sicher?«

»Absolut. Ich habe ihn dazu gebracht, alles was er weiß, als Krimigeschichte aufzuschreiben.«

»Inspektor Isegrimm?«

»Ja. Er hat sich voll und ganz auf Matthias eingeschossen.«

»Das ist schlecht, auch wenn es zu erwarten war. Das dürfen wir nicht zulassen.«

»Mach dir keine Sorgen. Er wird nichts gegen Matthias ausrichten. Außerdem habe ich ihm einen kleinen Floh ins Ohr gesetzt, damit seine Gedanken in andere Richtungen wandern. Überschreitung kultureller Grenzen. Belästigung weiblicher Gäste.«

»Die kleine Chinesin, die Holger dauernd bedrängt hat?«

»Ja.«

»Und du meinst, wir sollen es dabei lassen?«

»Ja. Alles paletti!«

Am anderen Ende der Verbindung erklang ein helles Lachen.

»Na dann gute Nacht, liebste Freundin. Und danke.«

»Gute Nacht, Giovanna.«

Marlies legte auf. Sie lehnte den Kopf gegen die Couchlehne. Es war höchste Zeit geworden, dass Holger Wetzlaff endlich einmal eine über die Rübe bekam. Holgers Verhalten damals war eine bodenlose Sauerei. Er hatte Matthias Gutberg übers Ohr gehauen und ihm den »Alles paletti«-Produkt-Namen geklaut. Dieser Verrat hatte den Chef von »Sonnenrund« sehr getroffen. Immerhin waren die beiden einmal befreundet gewesen. Dennoch hatte Matthias keine große Sache daraus gemacht. Und dann taucht Holger nach zehn Jahren wieder hier im Ort auf, als sei nichts gewesen. Zeigt sich mit überlegenem Grinsen und protzigem Cabrio als das arrogante Arschloch, das er im Grunde immer schon war. Ich bin der Größte, was scheren mich die anderen. Selbst da hatte Matthias Gutberg halbwegs gute Miene zum bösen Spiel gemacht und seinen alten Groll nicht hochkommen lassen. Im Gegensatz zu Giovanna. Bei der hatte Holgers selbstgefällig schamloses Auftreten die Galle überkochen lassen. Giovanna war seit 15 Jahren im Unternehmen. Sie gehörte zu den ersten Mitarbeitern im Team von »Sonnenrund«. Sie war über Holgers unverfrorenen Markenklau nicht so locker hinweggekommen wie Matthias. Und auch nicht über die Tatsache, dass Holger sie nach einer kurzen Affäre wegen einer anderen beiseite geschoben hatte wie einen schmutzigen Fetzen.

Und so hatte Giovanna gestern Abend nach der Gala ihre beste Freundin Marlies gefragt, was sie davon halte, spät nachts noch einmal mit einem Schraubenzieher, einem Schlauch und einem Behälter auszurücken, in den man Jauche füllen konnte.

Marlies hatte zugestimmt. Denn wenn Holger Wetzlaff etwas wirklich bis ins Mark traf, dann war es die Angst, dass in seinem heiß geliebten Mercedes Cabrio irgendwo auch nur ein Fitzelchen Schmutz klebte. Und 15 Kanister voll brauner, flüssiger stinkender Scheiße, die sich über die Ledersitze ergoss, im Teppichboden festsaugte und bis zu den Fenstern reichte, waren mehr als ein Fitzelchen.

Marlies erhob sich von der Wohnzimmercouch. Sie würde gleich ins Schlafzimmer hinüber gehen, ins Bett steigen und sich eng an ihren Gatten kuscheln. Sie liebte ihren Mann. Sie wusste, er war keine große Leuchte in seinem Job, aber das machte ihr nichts aus. Er war manchmal vorschnell und ungerecht in seinem Urteil, aber im Grunde ein guter Kerl. Sie schätzte seine Zuverlässigkeit, seine Loyalität und, wenn ihn nicht gerade dienstliche Sorgen plagten, auch seine brummige Zärtlichkeit.

Er brauchte jemanden, der ein wenig achtgab auf ihn. Das übernahm sie gerne. Seit 17 Jahren. Sie gähnte. Es war Zeit schlafen zu gehen. Aber vorher würde sie sich noch einen Tee zubereiten. Mit Apfelminze.

Großes Hexenkraut, *Circaea lutetiana*, auch *Stephanskraut, Wald-klette.*
Liebt feuchten Boden und schattige Plätze. Hat ihren lateinischen
Namen von *Circe/Kirke*, der großen Zauberin aus der griechischen
Mythologie, ›bezirzte‹ auch Odysseus.

HEXENKRAUT

Der Schrei kam aus der Ferne, aus der Tiefe des Waldes. Vielleicht ein Kauz, dachte Emely und öffnete behutsam das verrostete Eisentor. Der Mond schickte seine matten Strahlen durch die lichten Baumreihen und schälte die Grabsteine des Friedhofs aus der Dunkelheit. Emely steckte ihre Taschenlampe ein. Das schwache Mondlicht reichte aus, um den Grabstein zu finden. Sie kannte sich hier aus. Wieder drang der Schrei an ihr Ohr. Sie drehte den Kopf, versuchte, in der Finsternis etwas zu erkennen. Aber außerhalb der Friedhofsmauern glich der Wald einer schwarzen Wand. Vielleicht stammte der Schrei auch von keinem Vogel, sondern von einer der verwilderten Katzen, die man gelegentlich in der Gegend traf. Sie wandte sich wieder dem Grab zu, holte aus der Jackentasche eine Kerze und ihr Feuerzeug. Sie bückte sich. Es dauerte, bis sie den kleinen Riegel der Grablaterne aufbrachte. Dann zündete sie die Kerze an und stellte sie in die Leuchte. Als sie sich wieder erhob, hatte sie plötzlich das Gefühl, nicht mehr allein zu sein. Sie drehte sich um. Wie aus dem Boden gewachsen stand die Gestalt hinter ihr. Emely schrie auf, ihr Herzschlag setzte für einen Moment aus. Der Schatten bewegte sich auf sie zu. »Was soll das?« rief Emely. »Warum erschreckst du mich so? Wir wollten das doch morgen besprechen!« Statt einer Antwort hörte sie wieder den Schrei in der Ferne. Dann spürte sie ein Brennen im Bauch. Sie schaute erstaunt nach unten. Eine Hand hatte ihr ein Messer in den Leib gestoßen. Jetzt wurde die Klinge herausgezogen. Sie stöhnte, sackte in die Knie. Die Faust mit dem blitzenden Stahl schnellte erneut auf sie zu, durchbohrte ihren Hals. Sie fiel vornüber. Als die Klinge sie zum dritten Mal traf, schallte wiederum der seltsame Ruf aus der Tiefe des nächtlichen Waldes.

Kommissar Büttner konnte nicht schlafen. Er hätte die zwei Speckbrote am Abend nicht mehr essen sollen. Sie lagen ihm schwer im Magen. Er stand auf, trank einen Schnaps und legte sich wieder nieder. Es half nichts. Der Speck im Bauch fühlte sich an wie die Wackersteine aus dem Märchen. Er hasste Märchen. Schon als Kind hörte er lieber Polizeigeschichten. Er knüllte das Kopfkissen zusammen, versuchte es mit Seitenlage, ein Bein angezogen. Draußen ratterte ein Moped vorbei. Dem Lärm nach könnte es auch eine auspufflose Mittelstreckenrakete sein. Er schob widerwillig die Bettdecke zurück, stand auf und schloss das Fenster. Lieber ersticken als Schädelweh bekommen von dröhnendem Motorengeknatter. Er freute sich auf seinen Urlaub. Er brauchte dringend Abwechslung. Übermorgen war es soweit. Noch einen Tag arbeiten. Dann Kofferpacken und ab in den Süden. Seine Kollegen rümpften immer die Nase, wenn er von Mallorca schwärmte, aber er liebte den Rummel. Er brauchte das. Highlife am Ballermann, mit Stranddisco, knapp bekleideten Mädchen und Getränken. Was gab es Schöneres? Seine Kollegen bevorzugten eher die Zurückgezogenheit, einsame Fjorde, Wanderungen in stillen Bergtälern, die

Abgeschiedenheit der Natur. Darauf konnte er verzichten. Wenn er in der tristen Umgebung der Gerichtsmedizin geöffneten Leichen gegenüberstand, hatte er Abgeschiedenheit genug. Nun war ihm viel zu heiß. Er rappelte sich erneut auf, trottete zum Fenster und öffnete es. Als hätte ein Uralt-Fiat mit kaputtem Auspuff nur darauf gewartet, machte er sich mit ohrenbetäubendem Geknatter bemerkbar.

Büttner schaute auf den Digitalwecker. 3.46 Uhr. Er rechnete im Kopf nach.

Keine 30 Stunden mehr, dann hob sein Flieger in Richtung Mallorca ab.

»Bis wann bekomme ich Bescheid wegen dem Kredit?« Theresia Abfalter kramte ihre Unterlagen zusammen und steckte sie in die Tasche. »Ich schaue mir noch an, ob wir vielleicht bei den Konditionen für dich noch eine günstigere Variante anbieten können, und gebe dir nächste Woche Bescheid.« Die Bankfilialleiterin erhob sich hinter ihrem Metallschreibtisch und streckte die Hand aus. Theresia ergriff sie. »Danke, Friederike, das passt mir gut.« Sie schüttelte die Hand der Dame im braunen Trachtenkostüm. »Gibst du im Herbst wieder einen Kräuterkurs?«, fragte die Filialleiterin.

»Ja, wenn genügend Teilnehmer zusammenkommen. Hast du wieder Interesse? Wir haben dich heuer im Frühjahr sehr vermisst.«

»Du weißt, Theresia, die viele Arbeit …« Die Filialchefin deutete auf die Stapel an Unterlagen auf dem Schreibtisch. »Kreditanträge, Wertpapiere, Gutachten, Firmenbonitäten …« Die Tür wurde aufgerissen. Friederike Taubert blickte erstaunt auf. Dass ihr Stellvertreter Henning Strulz ins Büro stürmte, ohne anzuklopfen, hatte sie noch nie erlebt.

»Friederike, etwas Furchtbares ist passiert. Man hat die Emely gefunden. Sie ist tot.« Der Schreck war dem Mann ins Gesicht geschrieben.

»Tot?«, flüsterte die Filialleiterin und ließ sich kreidebleich auf ihren Stuhl zurücksacken.

»Ja, sie liegt draußen im Waldfriedhof. Der Lewin hat sie gefunden. Überall soll Blut sein. Die Polizei ist schon unterwegs.«

Für einen Moment herrschte Schweigen. Es brauchte ein paar Sekunden, bis die beiden Frauen das Entsetzliche der Nachricht erfasst hatten. Dann eilten sie zusammen mit dem Filialleiter-Stellvertreter nach draußen.

Kommissar Büttner war sauer. Wie konnte sich nur jemand erdreisten, in diesem Provinzkaff zu nächtlicher Stunde einer Mittvierzigerin ein Messer in den Leib zu rammen. Und das ausgerechnet einen Tag, bevor er mit dem Flugzeug in den Süden abgerauscht wäre. Das Urlaubsticket konnte er sich samt Reisepass in den Allerwertesten schieben. Und was hatte die dumme Person auch mitten in der Nacht auf diesem sonderbaren Friedhof zu suchen, zwei Kilometer außerhalb des Dorfes? Wer sich spät abends allein in den dunklen Wald schleicht, der ist verloren. Den holt der böse Wolf, den schnappt sich das gruselige Nachtgespenst oder der heimtückische Hälseaufschlitzer. Das steht doch in jedem Märchenbuch. Aber die Leute lernen

106

nichts aus Märchenbüchern. Wozu lesen sie sie überhaupt? Er trat gegen einen Kieselstein und kickte ihn gegen die Tür der kleinen Kapelle.

»Mit welchem Fuß sind Sie denn heute aufgestanden, Chef? Offenbar mit dem falschen!«

»Dreschen Sie hier keine Phrasen, Frau Walburga. Sammeln Sie lieber Spuren ein.«

Die junge Frau mit dem blonden Pferdeschwanz stemmte die Hände in die Hüfte. »Egal, wie Sie gelaunt sind, Herr Kommissar. Mein Name ist Valbruga und nicht Walburga!«

Das wusste er. Aber Valbruga war für ihn kein richtiger Name. Eine Kriminalassistentin, die seit zwei Monaten in seinem Team war, hatte anders zu heißen.

»Wie lange braucht die Pinzetten-Tante noch?« Die Pinzetten-Tante hörte auf den Namen Frau Dr. Irene Krümmer und war die Gerichtsmedizinerin.

»Sie müsste bald fertig sein.«

Er stapfte durch die Reihen der alten Grabsteine und näherte sich der Stelle, wo die Ärztin in weißem Overall immer noch über die Leiche gebeugt war. Die Tote lag unweit der kleinen verwitterten Mauer, die den Waldfriedhof einfasste. Wieder packte den Kommissar der Groll, dass er sich morgen nicht Richtung Palma di Mallorca vertschüssen konnte, sondern in diesem elenden Kaff nach einem Mörder suchen musste. Er trat wütend gegen ein paar Stauden, die etwa einen halben Meter hoch innerhalb der Friedhofsmauern wucherten.

»Das würde ich nicht machen, Herr Kollege. Das bringt Unglück!«

Er wandte sich um. »Wovon redest du da, Pinzetten-Tante?«

Irene Krümmer und Arno Büttner kannten einander schon an die 20 Jahre. Er durfte sie manchmal spöttisch aufziehen. Andere nicht.

»Wundere dich nicht, wenn dir die Zehen abfallen, du plötzlich Ausschlag auf der Kopfhaut verspürst oder impotent wirst. Diesen Pflanzen nähert man sich mit gebührendem Respekt und tritt nicht gegen sie.«

»Was ist das?«

»Hexenkraut.«

Davon hatte er noch nie gehört. Wollte sie ihn aufziehen?

»Woher weißt du das?«

»Hat mir mein Großvater gezeigt, wenn wir im Wald spazieren waren.«

Er war nie mit seinem Großvater im Wald spazieren gegangen. Sein Opa nahm ihn auf den Fußballplatz mit und ab und zu ins Wirtshaus, wo es rund ging. Der hatte auch etwas gegen Abgeschiedenheit.

»Bist du neben Leichenfledderin jetzt auch noch Botanikexpertin?«

Sie seufzte. »Leider nein, sonst wüsste ich auch, was das ist.«

Sie ließ sich wieder neben der Leiche in Hockstellung nieder. Büttner schaute auf die tote Frau. Die riesige Blutlache, in der sie lag, war längst eingetrocknet. Einen Teil der Flüssigkeit hatte der Waldboden aufgesaugt. Das helle Kleid der Toten war über und über mit dunklen Flecken übersät. Der Täter hatte viermal zugestochen. Die Leiche lag auf dem Rücken. Der linke Arm war ausgestreckt. In der geöffneten Hand war ein Gegenstand zu erkennen. Eine Art Wurzel, länglich, mit verschlungenen Ausbuchtungen.

»Was ist das?«

»Ich habe keine Ahnung. Aber ich vermute, dass sie das Ding noch nicht gehalten hatte, als sie erstochen wurde. Das wurde ihr nachträglich in die Hand gedrückt.«

Büttner kratzte sich am Kopf. Wollte hier jemand mit ihm Großes Rätselraten spielen?

»Das müssen Sie die Theresia fragen, die kennt sich mit solchem Zeug aus.« Der Kommissar wandte sich überrascht um, um festzustellen, wer sich da einmischte. Er erkannte Otmar Dellerblend. Der Dorfpolizist hatte die Kripo alarmiert, nachdem er vom Fund der Leiche erfahren hatte und an den Tatort geeilt war.

»Können wir ins Freie … ?« Mehr brachte Büttner nicht heraus. Seit einer Minute schüttelte ihn eine Niesattacke. Er litt an Heuschnupfen. Getrocknete Pflanzen in jeder Form führten bei ihm zu heftigen allergischen Reaktionen. Der kleine Laden von Theresia Abfalter mit Hunderten von Kräutern in Säcken und Regalen war für den Kommissar wie der Vorhof zur Hölle. Er wartete gar nicht die Antwort ab. Er riss die Tür auf und flüchtete nach draußen.

Theresia und Kriminalassistentin Cornelia Valbruga folgten. Büttner schnäuzte sich ins Taschentuch. Man hätte auch meinen können, ein Elefant übe sich im Posaunenspiel. Dann wischte er sich über die tränenden Augen.

»Zeigen Sie ihr das Foto.« Die Polizistin öffnete den Ordner am Smartphone und hielt es Theresia entgegen.

Auf dem Bild war die Hand der Toten mit dem seltsamen Wurzelstück zu sehen. Theresias Stirn legte sich in Falten. Sie sah besorgt aus.

»Das ist die Wurzel einer Alraune.«

»Alraune? Noch nie gehört. Was soll das sein?« Die Nase des Kommissars drohte schon wieder zu explodieren. Aber er konnte das Niesen zurückhalten.

»Alraune, das ist doch so ein alter Film mit Hildegard Knef?« Kriminalassistentin Cornelia Valbruga ging oft ins Kino, hatte zu Hause eine große DVD-Sammlung.

»Das mag schon sein«, sagte Theresia. »Den kenne ich leider nicht. Aber ich kann Ihnen sagen, dass Alraune schon im Altertum als die berühmteste aller Zauberpflanzen galt. Das hat wohl auch damit zu tun, dass die Wurzeln durch ihre eigenartige Bildung manchmal auch an die Körper von Menschen erinnern, mit Armen und Beinen.«

»Zauberpflanzen? Glauben Sie an solchen Unsinn?« Der Kommissar schüttelte missmutig den Kopf, griff zum Taschentuch.

»Das kommt darauf an, was Sie unter Zauber verstehen. Wenn man darüber verwundert sein darf, welche verblüffende Heilwirkung manche Pflanzen entwickeln, dann glaube ich an solchen ›Zauber‹.«

»Haben Sie eine Idee, warum jemand der Toten diese komische Wurzel in die Hand drückte?«

»Nein, aber ich bin sehr beunruhigt darüber.«

»Warum?«

»Auch wenn man nicht an Zauberpflanzen glaubt, ist es ein sonderbares Zeichen. Es ranken sich die wildesten Geschichten um die Alraune, und die meisten dieser

Legenden nehmen ein schreckliches Ende. Die Alraune war auch immer ein wichtiger Bestandteil von Hexensalben.«

Hexensalben? Dem Kommissar fielen die kniehohen Strünke mit den hellen Blüten ein, gegen die er in seinem Groll getreten hatte.

»Sagt Ihnen auch *Hexenkraut* etwas?«

»Ja, gehört in der Überlieferung ebenfalls zu den magischen Pflanzen. Man sagte früher, wenn man die rosa Blüten des Hexenkrautes sieht, dann ist man zu weit vorgedrungen, dann hat man sich verirrt. Denn diese Pflanze war meist nur an den abgelegensten Stellen des Waldes zu finden. Stimmt heute alles nicht mehr, ich habe sogar Hexenkraut in meinem Garten. Und dort gedeiht es prächtig.«

»Am Waldfriedhof, wo Emely Hartmann getötet wurde, wächst auch Hexenkraut.«

»Ich weiß. Die Blüten dort sind etwas dunkler als jene in meinem Garten.«

»Kannten Sie die Tote gut?«

»Wie man sich halt so kennt, wenn man seit über 20 Jahren im selben Ort wohnt. Wobei Emely ja einige Jahre lang nur selten hier war. Engen Kontakt gab es keinen.«

Kommissar Büttner starrte auf die Frau mit den grauen Strähnen in den dunkelbraunen Haaren. Leute, die sich mit vertrocknetem Gewächs umgaben, das einen zum Niesen anregte, und von Hexensalben faselten, waren ihm von vornherein verdächtig. Er würde ein wachsames Auge auf diese sonderbare Dorfbewohnerin haben.

Theresia Abfalter machte sich Sorgen. Nachdem die beiden Polizisten abgezogen waren, kehrte sie zurück in ihren Laden. Sie griff nach einigen Büchern und begann zu lesen, was sie über die *Alraune* finden konnte. *Galgenmännchen*, *Satansapfel*, *Menschenwurzel* nannte man diese Zauberpflanze früher auch.

Die klügsten Waldgeister sind die Alräunchen, langbärtige Männlein mit kurzen Beinchen, schrieb der deutsche Dichter Heinrich Heine in seinem Gedicht *Waldeinsamkeit.* Manche Leute behaupteten, die Heilige Johanna von Orleans konnte nur deshalb die Engländer besiegen, weil sie ein Alraunenmännchen mitgeführt habe. In der Volksmedizin half die Alraune gegen Magengeschwüre, Koliken und Keuchhusten. Aber die Alraunenwurzel war auch in Liebesdingen gefragt, brachte dem Besitzer Reichtum und Glück und schützte das Vieh vor dem Verhextwerden.

Theresia kannte sich gut aus mit Pflanzen, aber sie hielt nicht viel von abergläubischem Geschwätz. Dennoch machte sie der Gedanke an den gewaltsamen Tod von Emely Hartmann betroffen. Jemand hatte sie erstochen. Auf einem Friedhof. Und dieser Jemand hatte ein Zeichen hinterlassen. Nicht irgendeines, sondern die Wurzel der alten Zauberpflanze Alraune. Die Türglocke schellte. Die Ladenbesitzerin fuhr erschrocken von ihren Büchern auf.

»Hast du die furchtbare Sache von der Emely schon gehört, Theresia?« Uljana Drombusch stand mitten im Geschäft, eine hübsche junge Frau von 27 Jahren. Sie trug das glatte weißblonde Haar am Kopf gescheitelt, es fiel ihr in langen Strähnen fast bis zu den Hüften. Manchmal erinnerte Theresia die Erscheinung dieser jungen Frau an eine bleichwangige Fee.

»Ja, ich war gerade bei Friederike in der Bank, als uns Henning die Nachricht überbrachte. Die Polizei hat mich auch schon aufgesucht.«

»Wegen der Alraune?« Theresia war nicht verwundert, dass Uljana vom Fund der Zauberwurzel wusste. In einem so kleinen Dorf verbreiteten sich Nachrichten in Windeseile.

»Ja.«

Die Blonde kam näher, berührte die Ältere sanft an der Schulter. Ihre Stimme wurde zu einem heiseren Raunen.

»Was schlägst du für einen Abwehrzauber vor?«

Theresia schüttelte den Kopf. »Uljana, das bringt nichts. Ich vermittle euch in meinen Kursen gerne Wissenswertes über Gewürzqualität und Heilkraft von Kräutern. Ich berichte euch auch immer wieder, welche Vorstellungen die Menschen früher mit bestimmten Kräutern verbanden. Aus Erzählungen über magische Eigenschaften lassen sich oft Rückschlüsse auf medizinische Eigenschaften bestimmter Kräuter ziehen. Aber das sind Geschichten, Symbole, Bilder. Das hat nichts mit der Wirklichkeit zu tun.«

»Was hältst du von Hexenkraut als Abwehrzauber, bei Neumond gepflückt, mit neun Blättern an jedem Strunk, die Blütenköpfe nach unten?«

»Gar nichts!«

»Dann vielleicht Wilder Wermut? Den hast du doch selber immer bei dir.«

»Ja, weil er mir manchmal gegen Migräne hilft. Ich weiß, dass er früher als Schutz gegen alles Böse eingesetzt wurde. Aber das ist symbolisch gemeint.«

Die bleiche junge Frau mit den hüftlangen Haaren, die durch das schräg einfallende Gegenlicht noch mehr einem Wesen aus einer anderen Sphäre glich, schüttelte nur den Kopf: »Du solltest mehr an die alten Überlieferungen glauben, die du uns vermittelst, Theresia. Etwas Böses ist passiert. Alraune ist im Spiel. Es gilt sich zu schützen. Ich für meinen Teil werde es mit Hexenkraut versuchen, vielleicht auch mit Fenchel.«

Dann trat sie zwei Schritte auf die Ladenbesitzerin zu, die gut einen Kopf kleiner war. Sie beugte sich hinunter und küsste Theresia auf beide Wangen.

»Die Kräuterfeen mögen dich beschützen.« Sie drehte sich um und verließ mit wehendem Rock das Geschäft. Theresia sah ihr lange nach.

»Was wissen wir bisher über die Tote, Walburga?« Die Kriminalassistentin setzte zu einem Protest wegen des falschen Namens an, aber Büttner hob die Hand. »Sie können sich später offiziell beim Betriebsrat, bei der Polizei-Genderbeauftragten oder auch beim Papst beschweren, aber jetzt beantworten Sie bitte meine Frage.«

Cornelia Valbruga schleuderte ihm einen vernichtenden Blick aus ihren blaugrünen Augen entgegen, dann öffnete sie eine Datei an ihrem Notebook.

»Die Tote heißt Emely Tatjana Hartmann, 43, Witwe. Ihr Mann starb vor einem halben Jahr bei einer gemeinsamen Auslandsreise. Unfall bei einer Bergtour. Sie hatte die letzten sieben Jahre die meiste Zeit in München verbracht, weil ihr Mann dort einen florierenden Autozulieferbetrieb aufzog. Gleich nach dem Tod des Gatten wurde der Betrieb verkauft, und Emely Hartmann kehrte zurück in ihren Heimatort. Auch ihr Mann stammte von hier.«

»Wie viel hat der Verkauf des Betriebes gebracht?«

»Da sind wir noch dran. Es gab einige zu tilgende Altlasten, aber schlussendlich dürften ihr ein bis zwei Millionen Euro geblieben sein.«

»Kinder?«

»Eine Tochter, Eva Maria, 22, studiert in London.«

»Und die erbt jetzt, was die tote Mama auf dem Konto hatte?«

»Vermutlich. Das müssen wir noch klären.«

»Follow the money.«

»Wie bitte?«

Der Kommissar schaute sie belustigt an. Er liebte es, die junge Kriminalassistentin gelegentlich aufzuziehen. Man hat ja sonst nur wenig Vergnügliches.

»Dafür, dass Sie zu Hause eine stattliche DVD-Sammlung haben und sogar cineastische Uraltschinken mit Hildegard Knef kennen, wissen Sie offenbar wenig über die wichtigste Regel von Ermittlern und Aufdeckern. Der Film *Die Unbestechlichen*, im Original *All The President's Men*, mit Dustin Hoffman und Robert Redford erzählt die Geschichte des Watergate Skandals. Einer der Informanten rät den beiden Ermittlern: *Follow the money*. Wer die Spur des Geldes verfolgt, findet auch die wahren Motive und schlussendlich die richtigen Täter.«

Büttner genoss es, das erstaunte Gesicht samt offenem Mund der jungen Kollegin zu betrachten. Auch wenn er von Märchen und Hexensalben wenig Ahnung hatte, bei Filmen über Polizeiarbeit und investigative Aufdeckermethoden kannte er sich aus. Kriminalassistentin Cornelia Valbruga war tatsächlich verblüfft. Manchmal überraschte sie ihr Chef. Vom verknitterten, oft etwas einfältigen Eindruck, den er gerne verbreitet, durfte man sich nicht täuschen lassen.

»Sie meinen, wer immer das Vermögen von Emely Hartmann erbt, ist von vorneherein verdächtig?«

Er wiegte den Kopf hin und her. »Ich möchte es einmal so formulieren: Ich habe schon einige vertrackte Fälle gelöst. Und bei den meisten ging es dabei schlussendlich nur ums Geld.«

»Du kannst schon hineingehen, Theresia, Friederike erwartet dich.« Henning Strulz deutete auf die Tür mit der Aufschrift »Direktion«. Er machte wie immer einen ruhigen, freundlichen Eindruck. Nur letztens, als er ins Büro gestürzt kam, um die Nachricht von Emelys Tod zu überbringen, hatte sie ihn zum ersten Mal fassungslos erlebt. Seit diesem Morgen war das Dorf in Aufruhr. Ein Mord in der beschaulichen Abgeschiedenheit ihres Ortes war noch nie vorgekommen. Und noch dazu stammte die Ermordete aus ihrer Mitte. Auch wenn Emely Hartmann ein paar Jahre nach ihrer Heirat zusammen mit ihrem Mann Egon nach München übersiedelt war, blieb sie eine der Ihren. Sie war immerhin zwei- bis dreimal im Jahr zu Besuch gekommen. Als Emelys Vater, der Alt-Bürgermeister Julian Flackner, noch gelebt hatte, sogar öfter.

Und die ganze Dorfgemeinschaft hatte es Emely hoch angerechnet, dass sie nach Egons Tod zurückgekehrt war, um endgültig in ihrer ursprünglichen Heimat zu leben. Alle hatten sie gemocht. Umso heller war die Bestürzung darüber, dass sie auf dem Waldfriedhof, nahe am Grab ihrer Eltern, ermordet worden war. Das musste jemand von auswärts gewesen sein, ein Fremder, irgendein Zigeuner, ein Ausländer oder auch jemand aus dem Nachbardorf. Den Leuten aus dem Nachbarort traute man ohnehin nicht über den Weg, seit sie gegen die Umfahrungsstraße abgestimmt hatten. Auf gar keinen Fall kam der Mörder von hier, aus ihrem Dorf. Theresia hatte schon die wildesten Gerüchte gehört, böse Anschuldigungen. Deshalb schätzte sie die ruhige Art, die Henning Strulz an den Tag legte. Er strahlte stets Besonnenheit aus, wohlüberlegtes Handeln. Seit er vor einem Jahr die Geschicke des örtlichen Fußballklubs übernommen hatte, war es sogar mit den Kickern aufwärts gegangen.

»Darf ich dir eine Tasse Kaffee anbieten, Theresia? Ich bin gerade dabei, die Espressomaschine einzuschalten.« Das Angebot nahm sie gerne an. Auch wenn sie meistens selbst zusammengemischten Kräutertee trank, gegen eine gute Tasse Espresso hatte sie nie etwas einzuwenden. Sie sah durch die Glasfront des Foyers auf der Straße Lewin Norkschlot vorbeigehen, im Gespräch mit der Briefträgerin. Seit Lewin die Leiche am Waldfriedhof entdeckt hatte, war er ein begehrter Gesprächspartner. Der Gemeindearbeiter ließ sich nur allzu gerne zu einem kleinen Bier oder einem Cappuccino einladen, um von den bluttriefenden Ereignissen zu erzählen, als er die bedauernswerte

Emely gefunden hatte. Lewin war im Ort als Gemeinde-bediensteter für den Park, die Spazierwege, den Spielplatz und auch für den Waldfriedhof zuständig.

»Bitte sehr Theresia, nimmst du Milch und Zucker?« Zucker brauchte sie keinen, aber einen Spritzer Milch gönnte sie sich.

»Danke, Henning.« Sie nahm vom Bankangestellten die Tasse entgegen, klopfte an die Bürotür und trat ein. Friederike Tauber war beim Telefonieren, gab aber Theresia ein Zeichen, näherzukommen und sich zu setzen. Sie beendete das Gespräch.

»Danke, Theresia, dass du gekommen bist.«

»Geht es um den Kredit?« Sie nahm einen Schluck vom Espresso. Hoffentlich waren die Zinsen nicht allzu hoch. Sie wollte ihren Laden erweitern, vielleicht in den Sommermonaten sogar ein kleines Mittagsbuffet eröffnen, mit Kräuteraufstrichen, Salaten, Limonaden. Dafür brauchte sie das Geld.

»Tut mir leid, Theresia, da benötige ich noch ein, zwei Tage. Ich wollte dich etwas anderes fragen. Kannst nicht du versuchen, herauszubekommen, wer hinter dem Tod meiner Cousine steckt?«

Theresia war überrascht. Wie kam Friederike auf diese sonderbare Idee? Sie war keine Detektivin aus einer Fernsehserie. Sie betrieb ihre kleine Landwirtschaft mit Hühnern und Ziegen, kümmerte sich um den ehemaligen Hof ihrer Eltern und verkaufte drei Mal die Woche Kräuterprodukte an Einheimische und Touristen. Ihr fehlte jegliche Voraussetzung für eine Arbeit, die der Polizei vorbehalten war. Doch die Bankchefin ließ nicht locker.

»Emely und ich sind uns sehr nahe gestanden, wie du weißt. Ihr schrecklicher Tod macht mir zu schaffen. Ich habe letzte Nacht keine Sekunde geschlafen. Die Polizei war zweimal bei mir. Aber ich habe das Gefühl, dieser einfältige Kommissar tappt völlig im Dunkeln. Der bekommt nie heraus, was mit Emely passiert ist. Der kennt die Begebenheiten in unserem Ort nicht. Aber du kennst dich hier aus. Es muss doch einen Grund haben, warum Emely eine Alraunenwurzel in der Hand hatte. Vielleicht existiert irgendein böser Fluch, eine mysteriöse Geschichte aus der Vergangenheit. Davon hat ein Polizist wie dieser Büttner natürlich keine Ahnung.«

Theresia war verwundert, was sie da zu hören bekam. Jetzt fing Friedrike Taubert auch noch mit sonderbaren Andeutungen an. Gut, die Filialleiterin hatte zweimal einen Kurs bei ihr besucht und sich auch wie alle anderen ganz gerne alte Geschichten über Kräuterzauber erzählen lassen. Aber das waren Geschichten! Eine Bankdirektorin, die sich täglich mit nüchternen Zahlen und Abrechnungen auseinanderzusetzen hatte, sollte über solchen Aberglauben erhaben sein. Sie stellte die leere Tasse ab.

»Ich weiß nicht recht, Friederike. Das ist nicht meine Sache. Die Polizei hat da ganz andere Methoden. Die werden schon herausfinden, was passiert ist.«

Die Frau am Schreibtisch beugte sich vor, ergriff Theresias Hand. »Bitte Theresia, versuche es. Ich weiß, dass Emely und du nicht die besten Freundinnen wart. Aber bitte, tu es für mich. Die Sache mit der Alraune bereitet mir Angst.«

Theresia seufzte. Friederike Taubert traf mit dieser Aussage einen wunden Punkt. Auch sie machte sich Sorgen, seit sie von der Alraunenwurzel erfahren hatte. Sie erhob sich schwerfällig. »Also gut, Friederike. Ich werde mich nicht in die Ermittlungen der Polizei einmischen. Aber ich kann mich ja ein wenig im Ort umhören. Dagegen ist sicher nichts einzuwenden.«

Der zunehmende Mond war etwa zu einem Viertel voll. Von Westen her schoben sich dunkle Wolkenbänke über den Himmel, verdeckten bald die spärlichen fahlen Sterne. Der Wind gewann an Kraft. Das Wolkentreiben am schwarzen Nachthimmel wurde stärker. Ein heller Schrei fegte durch das Unterholz, schrill, das Kreischen eines Vogels. Eine der verwilderten Katzen hatte in der Ruine am Waldrand eine Dohle erhascht, machte mit Krallen und Zähnen dem Tier den Garaus. Uljana war aufgeschreckt, als sie das Todeskrächzen des Vogels hörte. Das brachte Unheil. Sie schloss das geöffnete Küchenfenster und zog sich in das Wohnzimmer zurück. Hinter ihrem Haus begann der Wald, in dem auch der Friedhof lag, wo die Leiche von Emely entdeckt worden war. Sie öffnete die Terrassentür und überprüfte, ob das Hexenkraut über dem äußeren Türrahmen auch gut befestigt war. Sie hatte das Kraut selbst beim letzten Neumond gepflückt. Am kleinen Waldfriedhof, dort, wo später Emely in ihrem Blut gelegen war. Sie schloss wieder die Terrassentür. Auch über die Haustür an der Vorderfront hatte sie Hexenkrautstrünke gehängt und dazu noch Wilden Wermut. Aus dem Abstellraum holte sie eine Dose mit getrockneten Kräutern, leerte die Hälfte davon in eine Metallschale, in der schon kleine glühende Kohlestücke schwelten. Dann drückte sie eine

Taste der Stereoanlage. Harfenklänge, begleitet von wilden Trommelschlägen, erfüllten den Raum. Uljana lächelte. Sie fächelte sich den Duft der rauchenden Kräuter in die Nase. Dann knöpfte sie ihre Bluse auf und begann sich auszuziehen. Sie rieb ihren nackten Körper mit einem duftenden Öl ein. Die Trommelmusik wurde intensiver. Uljana begann zu tanzen.

»Tante Theresia, erzählst du mir bitte noch eine Geschichte? Ich kann nicht schlafen.«

Theresia setzte sich ans Bett ihres achtjährigen Neffen. Wenn ihre Schwester und deren Mann, die in der nächsten Stadt wohnten, abends einen Termin hatten, dann übernachtete Sebastian meist bei ihr. »Bitte eine Geschichte von Zauberern und Hexen.« Sebastian war ein großer Harry-Potter-Fan. »Nein, Sebastian, dann träumst du wieder schlecht. So wie beim letzten Mal.«

»Bitte, Tante Theresia. Nur eine ganz kurze. Und ich werde auch keine Angst haben.

Ich habe meinen Beschützer mit.« Er deutete auf eine Spielzeugfigur auf dem Nachtkästchen, etwa zehn Zentimeter groß. »Das ist Omega-1000, der klügste Roboter aus der Zentauri-Serie. Schau mal.« Er betätigte eine kleine Taste am Brustpanzer der Figur. Der Roboter ließ einmal den Kopf kreisen, dazu leuchteten Mini-Farblampen auf. Nach etwa fünf Sekunden schnarrte die Stimme laut: »Ich bin der Beschützer der Galaxis, der Wächter des Geheimclans von Zentauri. Mein Name ist Omega-1000. Was kann ich für dich tun?« Theresia musste lachen. Der Kerl erinnerte sie an den Geist aus Aladins Wunderlampe, der auch immer fragte, was er für seinen Meister tun könnte. »Und das ist dein Wächter, Sebastian?«

»Ja, der beschützt mich vor bösen Geistern.« Es gibt keine bösen Geister, wollte Theresia erwidern. Aber seit sie von der toten Emely am Waldfriedhof gehört hatte, kamen ihr gelegentlich Zweifel. Quatsch! Sie wollte sich nicht beirren lassen. Offenbar half manchen Leuten der Gedanke an wirksamen Abwehrzauber. Früher waren es Alraunenwurzeln oder Wermutbüschel gewesen, die vor allem Bösen schützten, und heute eben kleine sprechende Plastikroboter. »Also gut, eine Geschichte. Aber ohne Zauberer und Hexen.«

»Aber ich will etwas hören, das es nicht in der Wirklichkeit gibt, nur im Märchen.«

»Wie wäre es mit einer Erzählung, in der sprechende Tiere vorkommen?«

Sebastian dachte kurz nach, dann nickte er. »Okay, auch gut.«

Uljanas Haut glänzte. Sie hielt die Augen geschlossen. Auf ihrem Gesicht und den kreisenden Hüften zeigten sich Schweißperlen. Die Bewegungen ihres Körpers folgten den wilden Schlägen der Trommel. Wie in Trance ließ sie ihr langes Haar kreisen. Den Mund hatte sie geöffnet. Ab und zu stieß sie einen heftigen Schrei aus. Der Himmel war pechschwarz, völlig von Wolken bedeckt. Im Garten an der Rückseite des Hauses bewegten sich die Blätter des Magnolienstrauches. Einer der belaubten Zweige bog sich langsam zur Seite. Ein Gesicht kam zum Vorschein. Eine Zunge strich nervös über spröde Lippen. Zwei Augen starrten in Richtung Haus. Keine Vorhänge verbargen, was im Wohnzimmer vor sich ging. So traf der Blick ungehindert auf die nackte Frau mit den langen Haaren, die in zuckenden Bewegungen sich zur Musik wiegte. Kleine Rauchsäulen dampften aus einer Schale, die auf dem Boden stand, als stiegen Nebelschleier aus feuchten Wiesen, auf denen eine Waldfee im Mondlicht ihren nackten Körper kreisen lässt. Oder eine Hexe.

Die Augen im Magnolienstrauch glühten wie hitzige Kohlen.

Balthasar Mayer war wie immer der Erste am Sägewerk der Firma Quellstall.

Um sechs Uhr begann die Frühschicht. Er traf meist schon kurz nach fünf ein. Er parkte seinen alten Volvo, schnappte sich die Thermoskanne und betrat das Werk durch den Seiteneingang. Die Tür war nicht verschlossen. Wahrscheinlich hatte der Chef wieder bis spät nachts im Büro gearbeitet und vergessen abzusperren. Das kam öfter vor. Wie jeden Morgen war Balthasar Mayer gut gelaunt. Er pfiff einen alten Operettenschlager. *Was kann der Sigismund dafür, dass er so schön ist.* Im Gang zwischen Büro und Werkshalle blieb er abrupt stehen, das Pfeifen brach ab, die Erinnerung an den schönen Sigismund verpuffte. Auf dem Boden vor ihm lag der Chef. Der würde nie wieder nachts im Büro arbeiten, das erkannte Balthasar auf den ersten Blick. Rüdiger Quellstall, der Besitzer des Sägewerks in dritter Generation hatte ein Beil im Hinterkopf stecken. Rings um Kopf und Oberkörper schimmerte eine riesige Blutlache. Der erste Vorarbeiter des Werks spürte plötzlich ein Würgen im Hals. Er schaffte es nicht mehr, ins Freie zu kommen. Das halb verdaute Müsli mit den Bananenstücken landete auf dem Bretterboden. Mit zittrigen Knien tapste Balthasar Mayer zurück zur Leiche. Der linke Arm des Toten war zur Seite gestreckt, die Hand nach oben gedreht. Zwischen den Fingern des Toten entdeckte Mayer eine Art Knolle. Ein leichter Schüttelfrost packte ihn, als er nach seinem Handy tastete. Er rief Otmar Dellerblend an. Er hatte die Privatnummer des Dorfpolizisten eingespeichert. Schließlich waren sie seit zwölf Jahren im selben Kegelverein.

Die Nachricht vom gewaltsamen Tod des Sägewerkbesitzers verbreitete sich noch schneller als die Meldung über den ersten Mord. Theresia stellte eben für Sebastian eine zweite Tasse Kakao auf den Tisch, als das Telefon läutete. Es war Alina Rennmautz, die im Dorf einen kleinen Laden führte, eine Kombination aus Bäckerei, Schreibwarengeschäft und Poststelle. Sie berichtete von der grauenvollen Entdeckung der Leiche. Theresia begann zu zittern. Ein zweites Gewaltverbrechen im Ort innerhalb kurzer Zeit. Und wieder war eine Alraune beim Toten gefunden worden. Klamme Angst griff nach ihrem Herzen. Sie fröstelte. Fünf Minuten später erschien ihre Schwester Karoline, um Sebastian abzuholen. Sie war völlig durch den Wind, hatte nicht einmal zum Abschied gewunken. Draußen war es kalt, in der Nacht hatte es zu regnen begonnen. Sie musste in den Laden. Sie irrte durchs Haus, auf der Suche nach ihrer blauen Jacke. Wie eine Schlafwandlerin tappte sie durch alle Zimmer. Schließlich fand sie die Jacke dort, wo sie immer war, hinter der linken Kastentür. Zu allem Überfluss hatte Sebastian auch noch den kleinen Roboter auf dem Nachtkästchen vergessen. Sie steckte das Spielzeug in die riesige Handtasche, die sie immer mit sich herumschleppte. Karoline hatte in Erwägung gezogen, am späten Nachmittag im Laden auf einen Plausch vorbeizukommen, dann konnte sie den Plastikmann gleich mitnehmen. Theresia war schon auf der Straße, schloss die Gartentür. Da bemerkte sie, dass sie die Ladenschlüssel auf dem Küchentisch liegen lassen hatte. Sie machte wieder kehrt, um den Bund zu holen. Kaum war sie wieder im Freien, fielen die ersten Tropfen. Jetzt brauchte sie auch noch einen Schirm. Sie stöhnte auf, hoffte, irgendwie über diesen schrecklichen Tag zu kommen. Ständig schwebte ihr das Bild einer Alraune vor Augen, gehalten von bleichen erstarrten Fingern.

Es goss wie aus Kübeln. Ein kalter Wind fegte über das Gelände. Kommissar Büttner kletterte ächzend aus dem Einsatzwagen. Wie feine Lanzen schossen ihm die vom Wind quer getriebenen Wassertropfen ins Gesicht. In Mallorca hatte es jetzt 31 Grad. In einem Anfall von Masochismus hatte er sich am Morgen den internationalen Wetterbericht angesehen. Über den Balearen war eine stabile Hochdrucklage für viele Tage angesagt. Seine Laune wurde nicht besser, als er endlich die Leiche erreichte.

»Pinzetten-Tante, sag mir nicht, dass das noch so eine verdammte Knolle ist!«

»Doch, Spurenschnüffler, das ist sie. *Mandragora officinarum*, Alraune, der Name leitet sich ab von *Alb*, also

Elfe, und *runen*, was so viel heißt wie heimlich flüstern und Geheimnis.« Frau Doktor Krümmer hatte sich nach dem Fund der ersten Wurzel offenbar schlau gemacht. »Und dieses Exemplar ist noch schöner als das vorige.« Sie bog sachte die Finger des Toten zurück. Sichtbar wurde eine Knolle, die mit vier Ausbuchtungen und einer Verdickung am oberen Ende tatsächlich wie ein kleines Männchen aussah.

»Walburga!« Der Kommissar brüllte. Einer der Tatortleute, der Abdrücke an den Türgriffen sicherte, zuckte zusammen. Die blonde Kriminalassistentin erschien am Eingang zur Werkshalle.

»Zeugen? Lösung? Geständnis? Beförderung!«

»Leider nein, Chef. Gefunden wurde die Leiche vom Vorarbeiter. Seine Aussage haben wir schon. Der Notarzt hat ihm ein Beruhigungsmittel gegeben.«

»Wenn wir nicht augenblicklich zu Resultaten kommen, brauche ich auch ein Beruhigungsmittel. Ich will alles über den Toten wissen. Wie viele Feinde er hatte. Wann er das letzte Mal beim Friseur war. Was er am liebsten zu Schweinsbraten trank. Warum er sich eine Hacke in den Hinterkopf knallen ließ. Ob und woher er die erste Tote kannte. Ob er mit ihr im Bett war oder sie sich nur für frisch geschnittene Bretter aus seinem Sägewerk interessierte. Und am allermeisten interessiert mich, woher diese verdammten Knollen stammen! Verstanden?«

»Soll ich salutieren, Chef, oder genügt ein einfaches Ja?«

Er starrte sie an. Hinter ihr trommelte der Regen an die Fabriksfenster. Er bemühte sich weiterhin ernst zu bleiben, sonst tanzten einem die Jungen bald auf dem Kopf. »Aus meinen Augen!«

»Jawohl, Chef. Und mein Name ist Valbruga!« Nun deutete sie doch eine Geste des Salutierens an und verschwand wieder in der Halle. Die Pinzetten-Tante verbiss sich mit großer Mühe das Lachen.

Theresia hatte sich eine Tasse Tee gebrüht. Kurz vor Mittag machte sie sich auf den Weg zur Bank. Auf dem Dorfplatz kamen ihr zwei Autos eines TV-Senders entgegen. Schon am Vormittag war ein Zeitungsreporter bei ihr im Geschäft aufgetaucht. Aber sie hatte den jungen Mann höflich wieder hinaus komplimentiert. Vor dem Gemeindeamt standen einige Bewohner und diskutierten. Bürgermeister Helmut Krautberger sah sich von besorgten Müttern und heftig gestikulierenden Männern umringt. Er versprach, sich intensiv um eine ständige Polizeipräsenz im Ort zu bemühen. Die Leute hatten Angst. Auch der meist besonnene Henning Strulz hinter seinem Bankschalter wirkte heute aufgeregter als sonst.

»Die Leute erzählen merkwürdige Geschichten, Theresia. Bei beiden Toten soll man eine Art Wurzel gefunden haben. Hast du davon gehört?«

Theresia nickte. »Ja, Alraune.«

Er blickte sie leicht irritiert ab. »Ist das nicht der Titel irgendeines alten Films mit Hildegard Knef?« Theresia schüttelte verwundert den Kopf. Alle schienen diesen Streifen zu kennen, nur sie nicht.

»Vorhin waren einige besorgte Mütter bei mir. Sie wollen ihre Kinder nicht mehr unbegleitet zum Fußballtraining lassen. Außer der Verein schafft es, die Kinder von zu Hause abzuholen und danach wieder heimzubringen.

Aber dazu fehlen uns die personellen Kapazitäten. Ich fürchte, die allgemeine Verunsicherung könnte sich auch auf den Besuch der Heimspiele der ersten Mannschaft auswirken.« Er vermittelte einen geknickten Eindruck. Theresia verstand seine Sorgen. Gerade jetzt, wo die Mannschaft dabei war, in die nächste Klasse aufzusteigen. Seit Henning Strulz im Vorstand war, hatte er es geschafft, das Budget aufzustocken, einige Talente einzukaufen. Die Verunsicherung würde weitere Kreise ziehen. Kein Wunder bei zwei Morden. Wenn die Polizei nicht bald den Täter schnappte, dann würde sich bald niemand mehr aus dem Haus wagen. Kein Vereinsleben mehr. Kein öffentliches Zusammenkommen. Die Tür von Friederikes Büro ging auf. »Ah, gut, dass du hier bist, Theresia.« Die Filialleiterin reichte ihr die Hand. »Ich wollte dich eben anrufen. Ich brauche noch eine Unterschrift von dir. Du bekommst den Kredit zu den vereinbarten günstigen Konditionen.« Das war die erste gute Nachricht seit Langem. Theresia unterzeichnete die Papiere und bedankte sich für das Entgegenkommen. Dann kehrte sie wieder zurück in ihren Laden. Karoline rief an, dass sie es heute doch nicht mehr schaffte. Das tat Theresia leid. Gerade jetzt wäre es gut, mit jemandem zu reden, der einem nahe stand. Theresia hatte nie geheiratet. Den Mann, den sie wollte, hatte sie nicht bekommen. Und ein anderer, der ihr gefallen hätte, war ihr nie über den Weg gelaufen.

Dafür tauchte am späten Nachmittag Alina Rennmautz im Laden auf. Sie brachte zwei Stück Mohnstrudel mit. »Mach uns einen Tee, Theresia. Lass uns über die schrecklichen Ereignisse reden. Vielleicht finden wir eine Antwort, warum jemand einen Grund haben könnte, die bedauernswert harmlose Emely und den mit allen schmutzigen Wassern gebrausten Rüdiger umzubringen.« Sie tranken Tee, verspeisten einen zwei Tage alten Mohnstrudel, redeten lange, stellten ein paar Theorien auf, verwarfen sie wieder. Sie erwogen andere Möglichkeiten, was hinter den seltsamen Vorgängen stecken konnte, landeten aber auch damit in einer Sackgasse. Schließlich ließen sie es bleiben und schwelgten nur mehr in alten Erinnerungen. Bevor Alina sich verabschiedete, bemerkte sie noch: »Gibt dir das mit den Knollen, die man bei den Toten fand, nicht zu denken, Theresia?«

»Doch. Ich habe schon intensiv darüber nachgedacht. Ich frage mich ständig, wer in unserer Umgebung über die alte Bedeutung von Zauberkräutern Bescheid weiß? Wer könnte so ein Zeichen setzen? Wer kennt sich aus mit der symbolischen Wirkung von Alraunen, Hexenkraut und ähnlichen magischen Pflanzen?«

»Weißt du das nicht?«

»Nein. Mir ist niemand eingefallen.«

»Mir schon.«

»Wer?«

»Du.«

Der Regen hatte gegen Abend nachgelassen. Es dämmerte bereits, als Uljana den kleinen Waldfriedhof aufsuchte. Das Grab ihrer Großeltern befand sich hier. Sie legte einen Blumenstrauß auf die feuchte Erde und zündete eine Kerze an. Ein paar Minuten stand sie still vor dem Grabstein. Dann wandte sie sich dem Ausgang zu. Am Tor streiften ihre

Hände über die rosafarbigen Blüten des Hexenkrauts, das neben der Mauer wucherte. Im Wald war es bereits finster, dunkler als auf der Lichtung des Friedhofs. Ein grässlicher Schrei drang durch das Dickicht der Stämme, ließ die junge Frau zusammenschrecken. Was war das? Ein Vogel? Eine Katze? Ein Mensch? Sie stand mit angehaltenem Atem und lauschte in die Dämmerung. Sie bemühte sich, durch die dichten Bäume zu spähen, konnte nichts erkennen. Sie ging weiter, beschleunigte ihre Schritte. Immer wieder drehte sie sich um. Sie konnte das beklemmende Gefühl, jemand folge ihr, nicht loswerden. Aber immer, wenn sie anhielt, verstummten auch die Geräusche hinter ihr.

Sie erreichte ihr Haus, atmete tief durch. Der Anblick des Büschels aus Hexenkraut und Wacholder über der Tür gab ihr ein beruhigendes Gefühl. Das wilde Pochen ihres Herzens ließ nach. Ehe sie eintrat, blickte sie noch einmal zurück. Stand dort eine Gestalt zwischen den Bäumen?

»Ist da jemand?«, rief sie in die Dunkelheit. »Zeigen Sie sich bitte!« Sie lauschte angestrengt in die Dunkelheit. Nur der Wind war zu vernehmen. Plötzlich fegte erneut ein seltsamer Schrei aus der Tiefe des Waldes bis zu ihr. Sie begann zu zittern, spürte ein Kribbeln in ihrem Nacken. Schnell trat sie ins Innere, drehte den Schlüssel um. Dann kontrollierte sie auch die Schlösser aller anderen Türen, durch die man das Haus betreten konnte. Sie spähte vorsichtig durch die halb zugezogenen Vorhänge nach draußen. Der Wald stand drohend wie ein riesiges schwarzes Zelt, das bis zu ihrem Garten reichte. Ihr Herz begann wieder heftiger zu schlagen.

Theresia Abfalter lag lange wach an diesem Abend. Die letzte Bemerkung von Alina bei ihrem Gespräch vom Nachmittag ging ihr nicht aus dem Kopf. Sie hatte sich aus dem Laden zwei Bücher mitgenommen, um noch mehr über die Bedeutung von *Alraune* zu erfahren. Sie hatte auch im Internet über den alten Film mit Hildegard Knef nachgeforscht. Eine wilde Geschichte. Die Knef spielte darin eine junge Frau, die das Resultat eines wissenschaftlichen Experimentes war. Hervorgegangen aus den Genen eines Doppelmörders und einer Prostituierten. Diese Frau, Alraune, wird von ihrem Geliebten verlassen. Er hintergeht sie, als das Geheimnis ihrer Herkunft offenkundig wird. Da beginnt sie sich zu rächen. Da war wieder das alte doppelgesichtige Hexenmotiv, dachte Theresia. Die Frau, die bezirzt. Und die Frau, die Unheil bringt. In der griechischen Mythologie waren die Früchte der Alraune der Liebesgöttin Aphrodite geweiht. Bei den Engländern galt die Alraune als begehrenswerter Liebesapfel, bei den Arabern als Teufelsfrucht. Und immer wieder stieß man auf Hinweise, dass die Alraune schreit, seltsame Rufe ausstößt.

Weh, wenn ich zu früh erwachen sollte, wenn mich ein ekelhafter Dunst umqualmt. Wenn's kreischt, als grübe man Alraunchen aus, bei deren Ton der Mensch von Sinnen kommt. So lässt William Shakespeare seine Julia sprechen, bevor sie den Trank nimmt, um ihren Tod vorzutäuschen.

Theresia ließ das Buch auf die Decke sinken. Sicher hatte die arme Emely geschrien, als man ihr das Messer in den Leib rammte. Und vielleicht auch Rüdiger Quellstall, den die Hacke von hinten traf. Die Alraunen selbst hatten wohl keine Schreie ausgestoßen. Doch was bedeuteten die Wurzeln in den Händen der beiden Toten?

Worin steckte der tiefere Sinn dieses symbolischen Beiwerks?

»Chef, wir haben eine Verbindung.«

»Vom toten Sägewerkbesitzer zur erstochenen Witwe?«

»Nein.«

»Was dann?«

»Rüdiger Quellstall besaß nicht nur große Waldungen und eine eigene Jagd. Er leitete nicht nur zwei einträgliche Betriebe, einen Steinbruch und ein Sägewerk, er war nicht nur Sponsor von Vereinen, er führte auch immer wieder Prozesse. Besonders einen, und den mit Vehemenz. Da geht es um den Bau einer neuen Zufahrtsstraße zum Steinbruch. Aber die Eigentümerin will das dafür benötigte Grundstück nicht hergeben.«

»Und mit wem hat sich der verblichene Herr Quellstall juristisch gematcht?«

»Mit Theresia Abfalter.«

Büttner stieß einen Pfiff aus. Seine Lebensgeister waren plötzlich erwacht. Er witterte eine Fährte.

»Sieh da, sieh da. Das seltsame Kräuterweib, das alles über Hexenkraut und rätselhafte Knollen weiß. Mir kam die von Anfang an seltsam vor.«

Die blonde Polizistin sah in fragend an.

»Was machen wir?«

»Weitergraben, Frau Kollegin. Das ist eine gute Spur, aber sie ist noch ein wenig dünn. Wir brauchen mehr.«

Theresia war die halbe Nacht wach gelegen. Gegen vier Uhr war sie weggeschlummert, in einen kurzen traumlosen Schlaf abgetaucht. Knapp vor sechs Uhr war sie daraus hochgeschreckt. Im Zimmer herrschte noch Dunkelheit, sie hatte die Vorhänge zugezogen. Aber in ihrem Kopf war es taghell. Die Antwort auf die Frage, was die Alraunenknollen in den Händen der beiden Toten möglicherweise bedeuten konnte, traf sie wie ein Feuerball. Ihr wurde siedend heiß. Sie spürte die plötzlich aufgeflammte Bedrohung am ganzen Körper. Sie begann heftig zu zittern. Gegen dieses Gefühl würde kein Hexenkraut und kein Wermut schützen, auch kein Fenchel, kein Liebstöckel, kein Wacholder und kein anderer Abwehrzauber. Sie musste rasch etwas unternehmen. Sie musste der Spur nachgehen. Als erstes würde sie versuchen, eine Verbindung zwischen Emely und Rüdiger zu finden. Sie hatte keine Ahnung, ob sich die beiden gut gekannt hatten. Darüber würde Alina mehr wissen. Die gute Alina führte ein Geschäft mit großer Kundenfrequenz. Als das offizielle Postamt vor fünf Jahren aufgrund von Einsparungsmaßnahmen geschlossen wurde, hatte Alina zu ihrer kleinen Bäckerei und dem Laden mit den Schreibwaren auch noch die Funktion eines Postpartners übernommen. Bei ihr gaben sich die Kunden von früh bis spät die Klinke in die Hand. Hier wurden nicht nur Brötchen, Kugelschreiber und Briefmarken verkauft, hier wurden vor allem auch Informationen ausgetauscht. Alina Rennmautz war das inoffizielle Kommunikationszentrum des Ortes, eine Mischung aus Gemeindenachrichtenstelle, Gerüchtebörse und Geheimdienstzentrale. Theresia entledigte sich ihres Schlafanzugs, beschränkte sich auf rasche Katzenwäsche und verzichtete aufs Frühstück. Es war dreiviertel sieben. Alina war längst in ihrem Geschäft. Während sie mit schnellen Schritten zum Dorfzentrum eilte, fiel ihr eine erste Gemeinsamkeit von Emely und Rüdiger ein. Sie waren beide reich gewesen. Konnte darin die rätselhafte Verbindung liegen, die zu den Morden führte? Sie hatte keine Ahnung. Sie musste mehr herausfinden. Und sie musste schnell sein. Die Zeit drängte.

Auch Uljana war an diesem Morgen früher unterwegs als gewohnt. Sie unterrichtete die zweite Klasse der örtlichen Volksschule. Normalerweise verließ sie ihr Haus kurz nach sieben. Es reichte, wenn sie um halb acht in der Schule war. Doch die Unruhe des vergangenen Abends, als sie meinte, von jemandem verfolgt zu werden, trieb sie früher aus dem Haus. Als sie auf den kleinen Weg einbog, der direkt zum Dorf führte, traf sie auf Lewin Norkschlot. Sie war überrascht. Sie hatte ihn hier noch nie gesehen. Hatte er auf sie gewartet?

»Guten Morgen.« Sie sah ihn forsch an. Er wurde rot, stammelte, dass er auf dem Weg zum Waldfriedhof sei, und war schon an ihr vorüber. Der Blick des Mannes kam ihr seltsam vor, so wie schon öfter in letzter Zeit. Irgendwie tat er ihr auch leid. Seit dem Fund der zweiten Leiche war er nicht mehr Mittelpunkt der öffentlichen Neugierde. Das Interesse der Tratschsüchtigen hatte sich auf Balthasar Mayer verlagert. Immerhin hatte der Vorarbeiter den toten Sägewerkbesitzer entdeckt.

Uljana war schon ein Stück weiter, als ihr etwas einfiel. »Ach, Lewin!«

Sie bemerkte, wie er zusammenzuckte. Aber er hielt an. Sie ging die paar Schritte zurück. »Ich habe eine Bitte an dich. Das Schaukelscharnier am Spielplatz neben der Schule scheint ein wenig zu klemmen. Kannst du dir das einmal anschauen?« Er starrte sie an. Sie wiederholte ihre Bitte. Ein Anflug von Erleichterung war plötzlich auf seinem angespannten Gesicht zu bemerken. Ja, versprach er, er würde sich sofort nach seiner Rückkehr darum kümmern. Dann stapfte er davon.

Sie konnte sich keinen Reim auf das seltsame Verhalten des Mannes machen. Hatte er erwartet, sie würde ihn wegen etwas anderem anhalten? Die Turmuhr schlug sieben, als sie den Dorfplatz erreichte. Sie bemerkte Theresia, die rasch in die Bäckerei zu Alina Rennmautz eilte.

Der Tag verlief zäh für Theresia. Immer wieder griff sie zum Handy, tauschte sich mit Alina aus. Zwischendurch bediente sie Kunden, telefonierte mit ihrer Schwester und dachte nach. Wenn sie es nicht mehr aushielt, verschloss sie das Geschäft und machte sich direkt auf den Weg zu Alina. Am Nachmittag tauchte eine erste Spur auf, die Theresias Verdacht zu bestätigen schien. Aber den Hinweis konnte man auch anders deuten. Sie stellte sich erneut die Frage, was Emely spät abends auf dem abgelegenen Friedhof mitten im Wald zu suchen hatte? Wollte sie tatsächlich nur nach dem Grab ihrer Eltern sehen? Warum hatte sie das nicht tagsüber erledigt? Oder wollte sie an dem abgeschiedenen Ort jemanden treffen? Wen? Theresia ahnte die Antwort. Aber der Gedanke war grauenvoll und bereitete ihr tiefen

Kummer. Mit dem Gefühl der nagenden Ungewissheit schlich sie abends zu Bett.

Am nächsten Vormittag verdichteten sich die Hinweise. Theresia hatte Alina nicht direkt von ihrem Verdacht erzählt. Vielleicht lag sie ja falsch. Dann würde sie sich niemals verzeihen, jemand anderem gegenüber eine derart heftige Beschuldigung auch nur angedeutet zu haben. Sie hatte Alina nur gebeten, ein paar Erkundigungen in eine ganz bestimmte Richtung anzustellen. Das waren Informationen, die sowohl Emely Hartmann als auch Rüdiger Quellstall betreffen könnten.

»Chef, wir haben etwas in der Post gefunden, das mir gar nicht behagt.«

Cornelia Valbruga reichte dem Kommissar ein Blatt Papier, das sie einem Kuvert entnommen hatte. Büttner warf einen kurzen Blick darauf.

»Habe ich es nicht schon immer gesagt, Walburga? Auf meinen Riecher kann ich mich verlassen! Also, trommeln Sie das Team zusammen, und dann Abmarsch.«

Die junge Polizistin wagte einen kurzen Einwand. »Aber Chef, der Brief ist anonym.

Vielleicht geht es da nur um böse Nachbarschaftsvernaderung.«

Büttner wischte die Bemerkung der Kollegin mit einer Handbewegung beiseite. »Kein Rauch ohne Feuer. Irgendetwas wird schon dran sein. Ich rede mit dem Staatsanwalt wegen der Durchsuchungsgenehmigung. Sie überprüfen die im Schreiben aufgestellte Behauptung. Und in spätestens einer Stunde machen wir uns auf die Socken.«

Der Kommissar hatte seit Tagen wieder einmal gute Laune. Wenn sie sich dahinter klemmten, hatten sie bis heute Abend vielleicht ein Geständnis, spätestens bis morgen Früh. Den abschließenden Papierkram konnte auch die Walburga erledigen. Dann würde er morgen noch bequem den Spätflug nach Mallorca erreichen. Den Urlaub hatte er sich nach den turbulenten Tagen mehr als verdient.

Kurz vor 15 Uhr läutete das Handy. Es war Alina. Theresia hörte aufmerksam zu.

Auch dieser Hinweis passte ins Gesamtbild. Ihre Knie wurden weich. Alles schien sich zusammenzufügen. Das Motiv für beide Morde wurde klar und auch der Grund für das Hinterlassen der Alraunenwurzeln. Sie atmete tief durch. Sie musste augenblicklich mit der Polizei reden. Sie steckte das Handy in ihr Ungetüm von Handtasche, versperrte die Tischlade mit der Wechselgeldkasse und schickte sich an, ihr kleines Geschäft zu verlassen. Sie hatte kaum die Hand nach der Tür ausgestreckt, da wurde sie schon aufgerissen. Der Kommissar stand vor ihr, zusammen mit der blonden Kriminalassistentin. Dahinter erblickte sie zwei uniformierte Beamte.

»Theresia Abfalter, ich verhafte Sie wegen dringendem Mordverdacht an Emely Tatjana Hartmann und Rüdiger Quellstall. Hier ist der Haftbefehl.« Er hielt ihr ein Blatt Papier unter die Nase. Theresias Kinnlade klappte nach unten. Was sollte das? Der Kommissar wollte sie verhaften? Ausgerechnet sie? Wo sie eben auf dem Weg zur Polizei war, um das mitzuteilen, was sie herausgefunden hatte.

»Herr Kommissar, das ist ein schrecklicher Irrtum. Bitte hören Sie mir zu, was ich entdeckt habe. Ich weiß, wer dahintersteckt. Denn ich war es ganz sicher nicht, der die Morde begangen hat.«

Der Kommissar hatte nur ein müdes Lächeln für Theresia über. »Ich bin enttäuscht, Frau Abfalter. Fällt Ihnen nichts Besseres ein? Was glauben Sie, wie oft ich das schon gehört habe?«

»Aber Herr Kommissar, hören Sie sich bitte wenigstens meine Theorie an!«

Büttner wurde energisch.

»Ich mag keine Theorien, Frau Abfalter. Theorien sind schwach. Beweise sind besser. Obermüller!« Er streckte den Arm nach hinten. Einer der beiden Uniformierten drückte ihm einen durchsichtigen Plastikbeutel in die Hand.

»Sehen Sie, was sich in dieser Plastiktasche befindet, Frau Abfalter? Ein Messer. Klingenlänge 22 Zentimeter. Die auffallend rostfarbenen Flecken darauf sind deutlich zu sehen. Das ist mit ziemlicher Sicherheit Blut. Das Blut von Emely Hartmann. Aber das wird unser Labor in Windeseile herausfinden. Wo wir diese Waffe gefunden haben, Frau Abfalter, brauche ich Ihnen nicht zu sagen. Im kleinen Schuppen Ihres Gartens, zwischen Blumenerde, Rasenmäher und Heckenscheren.«

Diese Feststellung traf sie wie ein Keulenschlag. Das Ganze war um vieles schlimmer, als sie gedacht hatte. Sie stemmte sich mit der linken Hand gegen den Türrahmen.

Tränen krochen ihr in die Augen. Angst griff nach ihr, die Knie gaben nach. Hätte ihr nicht die aufmerksame Assistentin schnell unter den Arm gegriffen, sie wäre auf der Straße gelandet.

Man hatte sie mit in die Stadt genommen, ins Kommissariat. Die Gesichter der Dorfbewohner hatten sie ungläubig angestarrt, während sie in das Polizeiauto verfrachtet und mitten durch den Ort kutschiert wurde. Diese Bilder würde sie lange nicht aus dem Sinn bekommen, die vertrauten Menschen, die sie entsetzt anblickten. Aber darauf kam es nicht an. Egal, ob sie die Leute im Dorf für schuldig hielten oder nicht. Sie allein wusste, dass sie die beiden Morde nicht begangen hatte. Auch wenn alle Beweise gegen sie sprachen, musste sie den Kommissar vom Gegenteil überzeugen. Doch jedes Mal, wenn sie auch nur ansetzte, ihm ihre Sicht der Dinge zu vermitteln, schnauzte er sie an, sie möge sich darauf beschränken, seine Fragen zu beantworten.

»Wieso haben Sie uns verschwiegen, dass Sie mit Rüdiger Quellstall in einem Rechtsstreit lagen?«

Aber diese lächerliche Auseinandersetzung hatte doch gar nichts mit der Sache zu tun. Sie wäre nie auf die Idee gekommen, dass diese Angelegenheit von irgendeiner Bedeutung wäre. Sie erklärte den Zusammenhang. Quellstall wollte eine Straße bauen, die quer über das ehemalige Anwesen ihrer Eltern geführt hätte. Dabei wären auch einige alte Obstbäume gefällt worden, und das wollte sie nicht. Da war sie sich mit ihrer Schwester einig gewesen. Der schwerreiche Unternehmer würde schon eine andere

Route finden, die halt ein wenig teurer war. Aber das war doch kein Mordmotiv!

»Und warum haben Sie uns gegenüber mit keiner Silbe erwähnt, dass sie einen alten Groll gegen Emely Hartmann hegten?«

Hatte sie nicht. Jedenfalls nicht mehr. Der Groll hatte nicht einmal ein halbes Jahr gedauert. Und er hatte sich eher gegen Egon gerichtet und nur zum geringen Teil gegen Emely. Ja, es hatte sie damals schwer getroffen, dass Egon sie wegen Emely sitzen ließ. Aber das war 15 Jahre her.

»Frauen vergessen nicht!«, donnerte Büttner durch den Raum. Theresia entging nicht, dass die Kriminalassistentin die Augen zur Zimmerdecke drehte. Auch Caroline Valbruga kaufte ihrem Chef den plötzlichen Anflug von Frauenpsychologie nicht ab. Doch der Kommissar war so richtig in Fahrt gekommen.

»Wir erhielten einen Hinweis aus der Bevölkerung, dass sie gegen Emely Tatjana Hartmann einen tiefen Hass hegten, weil diese Ihnen den Mann weggenommen hatte, den Sie liebten!« Wieder konnte sich die Assistentin kaum zurückhalten. Woher nahm der Chef solche schwachsinnigen Phrasen? Schaute er heimlich Rosemarie-Pilcher-Schnulzen? Ein Mann, den es jeden Sommer nach Mallorca trieb, bezog seine Lebenserfahrung vielleicht auch aus den schwülstigen Dialogen von Traumschiffepisoden.

»Frau Hartmann hatte viele Jahre in München gelebt«, führte Büttner weiter aus. »Erst vor wenigen Monaten ist sie in ihren Heimatort zurückgekehrt. Nun trafen Sie fast jeden Tag diese Frau wieder, die Ihnen Schreckliches angetan hat. Da ist in Ihnen der alte Hass wieder aufgeflammt, und Sie haben sich endlich für die alte Schmach gerächt!«

Wenn es nicht so dramatisch wäre und um ihren Kopf ginge, dann hätte Theresia hellauf gelacht über diesen vertrottelten Schwachsinn. Aber egal wie hohl diese Anschuldigungen klangen, eine Tatsache ließ sich nicht wegwischen. Das gefundene Messer war tatsächlich die Tatwaffe. Und man hatte die blutbefleckte Klinge in ihrem Schuppen entdeckt. Dagegen ließ sich schwer argumentieren. Sie leistete fast bis Mitternacht Widerstand. Immer wieder stritt sie ab, was man ihr vorwarf. Sie wurde auch nicht müde, den Kommissar wiederholt anzuflehen, sich doch ihre Version anzuhören. Aber sie biss auf Granit. Irgendwann ließ die Kraft aus. Sie brachte kein Wort mehr heraus. Sie war ausgelaugt wie noch nie in ihrem Leben. Man brachte sie in eine Zelle.

Als sie das Zimmer verlassen hatte, drosch der Kommissar wütend mit dem Fuß gegen den Papierkorb. Papierblätter und Orangenschalen flogen quer durch den Raum. Wenn diese elende Kräuterhexe weiterhin so stur blieb und nicht endlich ein Geständnis ablegte, dann würde es November werden, bis er nach Mallorca kam.

Das Aufwachen war ein Schock. Sie hatte die Nacht in einer Zelle verbracht, auf einer schmalen Pritsche. Theresia brauchte lange, bis sie sich zurechtfand. Sie war erschöpft, müde bis auf die Knochen. Und ihr graute vor dem, was noch auf sie zukommen würde. Das Frühstück war gottseidank besser als befürchtet. Das Schwarzbrot schmeckte frisch und knusprig. Den Kräutertee empfand sie als anregend. Kurz vor neun Uhr brachte sie eine uniformierte Beamtin in den Verhörraum. Sie wappnete sich innerlich gegen das grantige Gesicht des Kommissars, doch er war nicht im Zimmer. Nur die Kriminalassistentin saß am Tisch.

»Guten Morgen, Frau Abfalter, bitte nehmen Sie Platz.«

Der Kommissar sei bis zum Nachmittag leider verhindert, erfuhr sie. Dringende Besprechung in der Landespolizeizentrale. Sicherheitsmaßnahmen für den unerwarteten Besuch eines ranghohen Politikers.

Die Assistentin fügte nicht hinzu, was ihr Büttner noch am Telefon eingeschärft hatte.

Walburga, ich verlasse mich auf Sie! Bringen Sie die Hexe zum Reden!

»Frau Abfalter, wollen Sie immer noch keinen Rechtsbeistand? Einen Anwalt Ihrer Wahl oder einen Pflichtverteidiger?«

Nein, wollte sie nicht. »Ich bin unschuldig.«

Cornelia Valbruga überging den Einwand und überlegte, womit sie beginnen sollte. Mit der Frage nach dem Alibi oder mit dem Fund der Tatwaffe. Im Grunde hatten sie gestern bis spät in die Nacht jedes Detail immer wieder durchgekaut, ohne weiter zu kommen. Sie spürte den Blick ihres Gegenübers auf sich. Sie musste sich eingestehen, dass ihr die Frau nicht unsympathisch war. Aber persönliche Empfindungen hatte sie hintanzustellen. Es galt, professionell vorzugehen. Vieles sprach dafür, dass diese schmächtige, unscheinbar wirkende Frau mit dem rundlichen Gesicht und der randlosen Brille eine brutale Doppelmörderin war. Immerhin hatten sie die Tatwaffe bei ihr gefunden. Und auch wenn die bisher entdeckten Motive eher auf tönernen Füßen standen, konnte man sie auch nicht ganz außer Acht lassen. Immer noch ruhten die Augen der Frau auf ihr. Der konzentrierte, aber durchaus freundliche Blick der Frau machte sie ein wenig nervös.

»Ich frage mich die ganze Zeit, Cornelia, wie ich Sie dazu bringen kann, dass Sie mir ein paar Minuten zuhören. Ihr Chef wollte gestern ja nichts von meiner Version der Vorfälle wissen.«

Der Kommissar hatte sie noch am Telefon gewarnt. *Lassen Sie sich von der Hexe nicht um den krummen Finger wickeln, Walburga. Die verschlingt sie mit Haut und Haaren, wenn Sie nicht aufpassen!* Sie spürte einen schwachen Groll in sich aufkommen. Aber der galt nicht der Frau, die ihr am Verhörtisch gegenüber saß. Der richtete sich gegen ihren Chef. Immer behandelte er sie, als wäre Sie ein kleines Lehrmädchen. Sie hatte dieses Machogehabe satt. Und sie hasste es bis aufs Blut, wenn er sie Walburga nannte, nur weil ihm ihr richtiger Name Valbruga nicht gefiel. Was bildet der sich nur ein? Sie hatte zu den Jahrgangsbesten auf der Polizeiakademie gezählt. Sie war Schwarzgurt-Trägerin in Karate und Bezirksmeisterin im Pistolenschießen. Und sie wusste selber, wie sie ein Verhör zu führen hatte. Sie beugte sich nach vor.

»Dann fangen wir doch einmal mit der sogenannten Zauberpflanze an, Frau Abfalter. Was ist der geheimnisvolle Grund für dieses Zeichen? Warum hielten die Mordopfer Alraunenknollen in den Händen?« Der Blick der Frau blieb weiterhin gefasst.

»Diese Frage hat mich auch lange beschäftigt. Ich habe dicke Bücher gewälzt, alte Geschichten nachgelesen, magische Theorien verfolgt. Ich habe mir den Kopf zermartert, was das alles zu bedeuten hat. Dabei ist die Antwort ganz einfach. Es gibt keinen tieferen Grund. Es gibt nur eine ganz simple Erklärung, warum den beiden Mordopfern eine Alraunenwurzel in die Hand gelegt wurde.«

»Und zwar?«

»Wegen mir.«

Die Assistentin verstand nicht, was sie damit sagen wollte. War das nur eine umständliche Art, die Taten doch einzugestehen?

»Wie meinen Sie das?«

Theresia seufzte, richtete kurz den Blick auf ihre Hände. Auf ihren schmalen Schultern hockte die Müdigkeit wie die Drud aus den alten Gespenstersagen. Sie durfte jetzt nicht schlapp machen.

»Ich weiß nicht genau, warum ausgerechnet ich ausgesucht wurde. Im Grunde hätte jeder als Sündenbock herhalten können. Doch bei mir war es wohl leichter, Verdachtsmomente aufzubauen, verdächtige Hinweise zu deponieren.«

Theresia dachte an die Unterhaltung mit Alina.

Mir ist niemand eingefallen.

Mir schon.

Wer?

Du.

»Es war von Anfang an ein raffiniert durchdachter Plan gewesen. Die beiden Alraunenwurzeln sollten die Aufmerksamkeit auf jemanden lenken, der sich mit Kräutern und deren magischer Bedeutung befasst. Bei dieser Person würde schließlich auch die Mordwaffe gefunden werden. So einfach war das. Und dann gab es in meinem Fall auch noch persönliche Verbindungen zu beiden Mordopfern. Einerseits ein Rechtsstreit, andererseits eine alte Eifersuchtsgeschichte. Das waren vielleicht nicht die stärksten Motive, man kann sie auch als absurd abtun, aber in Verbindung mit dem Brimborium rund um die gefundenen Alraunenwurzeln mischt sich da schon einiges zusammen. Aber es ging in Wahrheit nie um böse Mächte oder Hexenkräuter. Es ging um etwas ganz Profanes.«

»Worum?«

»Um Geld.«

Die junge Polizistin horchte auf. *Follow the money.* Hatte ihr Chef doch die richtige Spürnase gehabt?

»Sie meinen, es geht um Erbschaft?«

Theresia schüttelte den Kopf.

»Nein, es geht um Geld, das verschwunden ist. Betrug, Unterschlagung, Veruntreuung.«

Die Kriminalassistentin starrte sie verblüfft an.

»Das müssen Sie mir erklären.«

»Die Polizei hat rund um die mysteriösen Vorfälle ermittelt. Und ich habe nebenbei meine eigenen Erkundigungen eingeholt.« Sie wollte nicht in allen Details darauf eingehen, wie die Nachrichtenbeschaffung in der Informationszentrale der Bäckerei und Post-Partner-Stelle vor sich ging. Genau genommen handelte es sich ja nur um Vermutungen, um Gerüchte, um Andeutungen, die jemand gehört oder gemacht hatte. Die tatsächliche Faktenlage würde die Polizei überprüfen müssen.

»Meinen Recherchen zufolge hatten Emely und Rüdiger keinen Umgang miteinander. Sie kannten sich vom Sehen. Das war alles. Keine gemeinsamen Bekannten. Keine ähnlichen Hobbys. Keine Überschneidungen im gesellschaftlichen Leben. Aber es gab eine auffällige Gemeinsamkeit. Sie hatten beide viel Geld. Und zumindest im Fall von Emely weiß ich, was sie einigen vertrauten Personen angedeutet hatte. Sie hätte Geld angelegt, das sie zurück haben wollte. Aber da gebe es plötzlich Schwierigkeiten. Vielleicht war das bei Rüdiger Querstall ähnlich. Und dann habe ich eins und eins zusammengezählt.«

»Und was ist dabei herausgekommen?«

»Ein Name. Friederike Taubert.«

Die Augen von Cornelia Valbruga wurden noch größer. »Die Filialleiterin der Bank? Die Cousine von Emely Hartmann? Warum gerade die?«

Theresia fiel das Antworten schwer. Es war für sie ein Schock gewesen, als sich ihr Verdacht zu bestätigen begann. Sie hatte gelitten bei der Vorstellung, dass Friederike hinter allem steckte. Aber sie hatte die Wahrheit schließlich hinnehmen müssen.

»Friederike war nie eine Koryphäe im Bankgeschäft. Das wissen fast alle im Ort. Sie hat die Leiterstelle auch nur bekommen, weil sie die Nichte des Alt-Bürgermeisters war. Von riskanten Anlagegeschäften hat sie wohl wenig Ahnung. Offenbar ist das Geld, das ihr Emely und vermutlich auch Rüdiger anvertraut hatten, weg. Und die beiden wollten es zurück. Da musste Friederike handeln. Und ihr Plan war böse und durchtrieben.« Wieder drückte sie der Kummer und die Enttäuschung über die ungeheuerliche Tat ihrer ehemaligen Freundin. Das Sprechen fiel ihr schwer. »Friederike war zweimal in meinem Kräuterkurs, wo wir über Wirkungsweise und Symbolgeschichte von Kräutern redeten. Sie wusste von meinem alten Groll gegen Emely wegen der Heirat mit Egon. Und sie kannte natürlich auch den Rechtsstreit wegen der Zufahrtsstraße. Bei mir traf viel zusammen, was ihr nützen konnte. Ich war die ideale Person für ein Ablenkungsmanöver. Ein bisschen Theaterzauber mit Hexenkraut und Teufelswurzeln. Und schon schaut jeder in diese geheimnisträchtige Richtung.« Und besonders perfide fand Theresia, dass Friederike sie selbst darauf angesetzt hatte, mehr über Emelys Tod und den Grund für die Alraunenwurzeln herauszufinden. Das verstärkte nur ihr Manöver, den Blick auf irgendeinen magischen Zusammenhang zu lenken.

»Das ist eine sehr abenteuerliche Version, Frau Abfalter. Und beruht in erster Linie auf Dorfgerüchten und Ihrer blühenden Fantasie.« Aber die Kriminalassistetin musste insgeheim einräumen: wer im Kopf so trefflich zu kombinieren weiß, der wäre wohl zugleich nicht so idiotisch, eine blutige Tatwaffe im eigenen Garten zwischen Blumenzwiebeln und Heckenscheren zu verstecken. Dennoch, die Tatwaffe war ein realistisches Beweisstück, ein Faktum, das nicht wegzuleugnen war. Alles andere klang nur nach Theorie.

»Sie haben doch sicher die Möglichkeit, Einblick in die finanziellen Gebarungen von Emely und Rüdiger zu nehmen, Frau Valbruga. Vielleicht findet sich dort ein Hinweis, der meine Version stützt.«

Follow the money. Sie blickte auf die Uhr. Der Chef würde in zwei Stunden zurück sein. Er würde ihr den Kopf abreißen, weil sie sich auf die möglichen Fantastereien der Kräuterhexe eingelassen hatte. Aber sie führte hier die Vernehmung! Nach ihrer Methode! Und jetzt hatte sie auch einen Fingerzeig, in welche Richtung sie nachforschen könnte.

»Ich lasse Ihnen einen Kaffee bringen, Frau Abfalter. Ich bin in einer halben Stunde zurück.«

Die nächsten 30 Minuten waren die längsten, die Theresia Abfalter je in ihrem bisherigen Leben auszuhalten hatte. Sie hatte die Kaffeetasse wohl hundert Mal um die eigene Achse gedreht. Der Kaffee war kalt geworden. Sie trank ihn dennoch, ließ sich von der uniformierten Beamtin, die vor der Tür stand, eine Flasche Mineralwasser bringen. Genau genommen waren es nur 28 Minuten, die sie warten musste. Dann kehrte die Kriminalassistentin zurück.

»Die Kontobewegungen von Rüdiger Quellstall und dessen Unternehmen sind kompliziert und verflochten. Da brauchen wir Tage, um halbwegs einen Überblick zu erhalten. Aber in den Finanzunterlagen von Emely Hartmann gibt es tatsächlich einen Zahlungshinweis, der Ihre Vermutung stützen könnte.«

Theresias Gesicht hellte sich auf. Ein Hoffnungsschimmer. Aber sie brauchten Fakten, um ihre Unschuld zu beweisen. Am besten ein Geständnis von Friederike. Die Kriminalassistentin sah unentschlossen auf die Uhr an der Wand. Theresia wusste den Blick zu deuten. Bald würde der Kommissar zurück sein. Dann war es vorbei mit dem Verfolgen einer aberwitzigen Idee. Büttner würde alle Argumente vom Tisch wischen und wieder mit Tatwaffe, Motiv, Gelegenheit und fehlenden Alibis anfangen.

»Ich mache Ihnen einen Vorschlag, Cornelia. Wir fahren hin. Wir überraschen Friederike in der Bank und konfrontieren sie mit der Anschuldigung. Glauben Sie mir, die knickt ein. Das hält sie nicht durch. Ich kenne Friederike.« Zumindest redete sie sich das ein. Sie hatte immer geglaubt, sie zu kennen. Sie hätte ihr eine derart perfide Vorgehensweise nie zugetraut. Aber man konnte eben in keinen Menschen hineinblicken. Wieder ein Blick zur Wand. Cornelia Valbruga zögerte. Der Vorschlag der Frau war so absurd wie die ganze Theorie. Allerdings gab es tatsächlich einen Hinweis in Emely Hartmanns Bankauszügen. Der könnte zur Theorie finanzieller Ungereimtheiten passen. Wenn der Chef zurück kam, würde er ihr ohnehin den Kopf abreißen. Er würde ihr bis zu seiner Pensionierung vorhalten, dass er seinen beschissenen Flieger nach Mallorca nicht erwischt hatte, nur weil die dumme Walburga sich nicht an Fakten hielt und es nicht geschafft hatte, die Kräuterhexe endlich zu einem Geständnis zu bringen.

Was soll's!

»Fahren wir!« Sie erhob sich und öffnete die Tür. Theresia fühlte sich, als sei ein ganzes Gebirge von ihrem schwer belasteten Herzen gerumpelt. Auch die Schultern fühlten sich wieder leichter an, keine Drud drückte mehr auf ihre Knochen. Doch das Schwerste stand noch bevor, das war ihr auch klar. Die Begegnung mit Friederike lag ihr jetzt schon im Magen.

Die Fahrt von der Stadt in ihren Heimatort verzögerte sich. Sie steckten im Stau auf der Landstraße. Es hatte einen Unfall gegeben. Sie verloren über eine halbe Stunde.

Als sie vor dem Gebäude anhielten, war es bereits 13 Uhr. Die Bank hatte geschlossen, würde erst um 14 Uhr 30 wieder offen sein. Theresia spähte durch die Glasscheiben. Aber sie konnte im Inneren nichts erkennen.

»Friederike nützt ihre Mittagspause gerne für einen kleinen Imbiss bei sich zu Hause. Fahren wir hin.«

Valbrugas Handy läutete. Sie schaute auf das Display. Es war der Chef. Den konnte sie jetzt gar nicht gebrauchen. Sie stellte auf lautlos, warf das Handy zornig auf den Rücksitz. Es war eine Schnapsidee gewesen, mit der Verdächtigen hierher zu kommen, nur um einer krausen Idee nachzujagen. Aber jetzt war es zu spät. Sie startete den Motor.

»Wir müssen am Bahnhof vorbei und dann in die Gartensiedlung abbiegen.«

Theresia dirigierte die Fahrerin durch das komplizierte System der Siedlungswege.

Nach zehn Minuten erreichten sie Friederike Tauberts Haus.

»Ich glaube, sie ist daheim.« Theresia hatte Friederikes schwarzen Audi vor der Garage entdeckt.

Die beiden Frauen stiegen aus dem Wagen, gingen durch den kleinen Vorgarten zur Eingangstür. Die Polizistin läutete. Mehrmals. Keine Reaktion war aus dem Hausinneren wahrzunehmen. Theresia drückte die Klinke. Die Haustür war nicht versperrt. Noch ehe die Polizistin sie zurückhalten konnte, trat sie in den Flur.

»Das können wir nicht machen, Frau Abfalter. Wir haben keine richterliche Erlaubnis.«

Sie brauchte keine richterliche Erlaubnis. Sie würde Friederike finden und ihr die Wahrheit an den Kopf knallen. Sie beschleunigte ihren Schritt. Der Kriminalassistentin blieb nichts anderes über, als zu folgen.

Sie fanden sie im Wohnzimmer. Auf dem Boden. In einer Blutlache. Theresia sah sofort an den erstarrten Augen, dass sie tot war. Ihr wurde schwindlig, speiübel. Mit einem Aufschrei sank sie auf den äußeren Rand der Sitzgarnitur. Auch die Kriminalassistentin schrie auf, als sie die Tote bemerkte.

Das Blut war noch frisch. Sie tastete ganz mechanisch nach der Halsschlagader der Frau.

Mein Gott, dachte Theresia. Was bin ich für eine Idiotin! Und als würde die Kapsel des Großen Springkrautes mit einem Knall zerreißen und alle Samen in die Gegend schleudern, verpufften plötzlich alle Zweifel, die Theresia immer noch gehabt hatte. Nein, sie hatte sich nicht getäuscht. Friederike wäre zu zwei derart grausamen Morden niemals fähig gewesen. Sie hätte ihrer eigenen Einschätzung trauen sollen. Dann wäre sie vielleicht früher auf die tatsächliche Wahrheit gekommen. Aber es war zu spät. Denn als sie von der Sitzcouch hochfuhr und sich umdrehte, stand er vor ihr.

Und er hatte ein Gewehr in der Hand. Ach ja, er war ja auch Jäger, das hatte sie übersehen. Vielleicht kannte er daher Rüdiger Quellstall näher. Auch die Kriminalassistentin fuhr in die Höhe, als sie den Lauf der Waffe auf sich gerichtet sah.

»Nehmen Sie die Hände in die Höhe!« Die Stimme von Henning Strulz war scharf, hatte nichts mehr von der glatten Freundlichkeit, mit der er als Filialleiter-Stellvertreter seine Kunden bediente. Theresia steckte die Hand in ihre riesige Umhängetasche. Vielleicht konnte sie ihr Handy ertasten und unbemerkt eine Nummer wählen. Vielleicht würde jemand mithören und Hilfe schicken. Es war eine schwache Hoffnung, denn er würde sie beide bald erschießen. Wer drei Morde auf dem Gewissen hatte, der schreckte auch vor zwei weiteren Leichen nicht zurück.

»Theresia, nimm die Hand aus der Tasche und leg sie weg!«

Sie hatte in all dem chaotischen Durcheinander ihrer Tasche ihr Mobiltelefon ohnehin nicht ertastet. Das kleine Stoffsäckchen mit dem Wilden Wermut spürte sie. Das sie manchmal gegen ihre Migräne benutzte. Ja, jetzt wäre ein Abwehrzauber gegen alles Böse durchaus gefragt. Aber der Wermut würde ihr nicht helfen. Und auch sonst kein Hexenkraut.

»Wird's bald!« Er hob den Lauf an, zielte auf ihren Kopf. Dabei ließ er die Polizistin, die knapp zwei Meter von ihm entfernt stand, nicht aus den Augen.

Und noch etwas erfühlten Theresias Finger. Sie musste es versuchen. Rasch stellte sie die Tasche absichtlich etwas weiter weg, legte sie auf die Kommode neben der Tür. Dann ging sie zurück zur Couch. Sie hob langsam ihre Hände in die Höhe.

Henning Strulz zögerte, überlegte wohl, wie er die beiden Zeuginnen töten könnte. Die Schüsse würde man in der Nachbarschaft mitbekommen.

Plötzlich erfüllte eine schnarrende Stimme den Raum.
Ich bin der Beschützer der Galaxis ....
Die Stimme kam aus der Tasche! Strulz drehte irritiert den Kopf in diese Richtung.

Die eine Sekunde Ablenkung genügte Cornelia Valbruga, um nach vor zu schnellen und dem Mann mit einem gezielten Fußkick das Gewehr aus der Hand zu schlagen. Ihr nächster Tritt traf Strulz hart an der Brust, er taumelte nach hinten. Dann hatte die Karate-Schwarzgurtträgerin ihre Dienstwaffe gezückt und richtete sie auf den stöhnenden Mann, der sich an die Seite fasste, während im Raum immer noch die geheimnisvolle Stimme schnarrte.

... Mein Name ist Omega-1000. Was kann ich für dich tun?

Am Ende war nur der Kommissar halbwegs zufrieden. Er konnte mit zweitägiger Verspätung den Flieger nach Mallorca besteigen und ließ sich zehn Tage lang die spanische Sonne auf den Bierbauch scheinen.

Kriminalassistentin Cornelia Valbruga hatte einen heftigen Rüffel bekommen und die Androhung eines beinharten Disziplinarverfahrens im Wiederholungsfalle. Die Liste der polizeilichen Vorschriften, die sie missachtet hatte, war lang. Nach der offiziellen Kopfwäsche legte ihr der Polizeidirektor die Hand auf die Schulter und grinste. »Gute Arbeit, Frau Kollegin. Wir brauchen tüchtige junge Leute, die auch einmal selbstständig denken.«

Emely Hartmann und Rüdiger Quellstall waren nicht die einzigen Bankkunden, deren Geld Henning Strulz veruntreut hatte. Seit Jahren zweigte er große Beträge von den

Konten ab. Einiges war auch in den Klub geflossen, um neue Spieler zu kaufen. Eine stattliche Summe hatte er in diversen Casinos verloren. Das Meiste hatte er allerdings bei riskanten Spekulationen eingebüßt. Und so musste er immer mehr Geld von einem Konto auf das nächste umleiten, um offene Löcher zu stopfen. Friederike hatte jegliche Form von komplizierten Anlagegeschäften immer ihrem Stellvertreter überlassen. Aber schließlich muss ihr doch die eine oder andere Unregelmäßigkeit aufgefallen sein. Sie wollte das nicht in der Bank besprechen, sondern empfing ihn zu Hause. Er merkte, wie nahe sie der Wahrheit war. Da blieb ihm keine Zeit mehr für irgendwelche Szenarien mit den Verdacht ablenkenden Wurzelknollen. Er musste auf der Stelle handeln. Er sagte, er würde Unterlagen aus seinem Auto holen, das in der Nebengasse geparkt war. Er brachte seine große Sporttasche mit, zog daraus das Gewehr hervor und erschlug sie mit dem Kolben. Zwei Minuten später läutete es an der Tür.

Theresia war eine Woche krank. Ihr gestresster Körper reagierte auf die ungeheure Belastung. Sie war nur am dritten Tag aufgestanden, um an Friederikes Begräbnis teilzunehmen. Dann hatte sie sich wieder niedergelegt. Karoline und Sebastian besuchten sie mehrmals. Sie gab ihrem Neffen den Roboter zurück und bedankte sich, dass sie ihn hatte einsetzen dürfen.

»Ich hab dir doch gleich gesagt, Tante Theresia, dass er ein Beschützer ist.«

Alina schaute jeden Abend auf einen Sprung vorbei. Am siebten Tag brachte sie drei Flaschen Rotwein mit. Die erste Flasche leerten sie auf das Andenken von Friederike. Theresia machte sich heftige Gewissensbisse, dass sie ihre ehemalige Freundin verdächtigt und ihr zwei brutale Morde zugetraut hatte. Sie war zwar bei ihren Nachforschungen auf der richtigen Spur gewesen. Aber im panischen Bestreben, das inszenierte Verdachtsgerüst, das gegen sie gerichtet war, zu zerstören, hatte sie den falschen Schluss gezogen. Die zweite Flasche leerten sie in Erinnerung an Emely und Egon. Ein halbes Glas opferten sie auch für das Seelenheil von Rüdiger Quellstall. Bevor die Poststellenleiterin die dritte Flasche öffnen konnte, war Theresia erschöpft eingeschlafen. Alina deckte sie zu und legte ihr zwei ährenförmige Strünke mit violetten Blüten aufs Kissen. Echte Betonie, auch Heil-Ziest genannt. Schon Hildegard von Bingen wusste, dass dieses besondere Kraut zu wohltuendem Schlaf und angenehmen Träumen verhalf. Alina drückte ihrer tapferen Freundin einen Kuss auf die Stirn, löschte das Licht und machte sich leicht torkelnd auf den Heimweg.

Aus der Tiefe des Waldes drang ein seltsamer Schrei. Der Nachthimmel war rabenschwarz. Zwischen den dunklen Baumstämmen rauschte es. Fledermäuse stoben in Scharen aus den Höhlen der alten Ruine in den schwarzen Himmel.

Im Garten an der Rückseite von Uljanas Haus war ein schwaches Rascheln zu hören. Einer der Äste des Magnolienstrauches wurde zur Seite gebogen. Zwei Augen tauchten auf, starrten zur Hausfront. Das Wohnzimmer war hell erleuchtet. Die Vorhänge waren wieder offen. Die Augen tasteten jeden Winkel im Zimmer hinter den großen Glasscheiben ab. Die Frau war nicht zu sehen. Wieder raschelte es. Ein weiterer Zweig wurde zur Seite gebogen. Die Gestalt hinter den Sträuchern reckte den Kopf nach vor, um einen besseren Blick zu bekommen.

»Warum kommst du nicht einfach ins Haus? Dann kannst du mich aus der Nähe nackt sehen?«

Die Gestalt erschrak über die plötzlich ertönende Stimme so heftig, dass sie inmitten der Staudenstangen das Gleichgewicht verlor, nach vorne auf den Rasen fiel, sich mühsam hochrappelte.

Uljana knipste die Taschenlampe an, leuchtete Lewin Norkschlot direkt ins verdatterte Gesicht. Sie ging einen Schritt auf den Mann zu. Ihre Stimme wurde zum tiefen Gurren. »Ich zünde ein paar Duftkerzen an. Du schlüpfst aus deiner Hose und dann treiben wir es auf meinem Wohnzimmerteppich. Was meinst du?«

In seinen Augen glomm ein gieriges Leuchten auf. Er leckte sich über die rissigen Lippen. Ein schmieriges Lächeln kroch über sein Gesicht. Er nickte im Strahl der Taschenlampe. In der nächsten Sekunde hallte ein heftiges Klatschen durch den Garten, der Schall drang bis tief in den Wald. Sie hatte ihm die offene Handfläche mit großer Wucht gegen die Wange geknallt.

»Das könnte dir so passen, du geiles Schwein! Wenn du mir noch einmal hinterher schleichst, dann hetze ich dir sämtliche Polizisten des Landes an den Hals. Darauf kannst du dich verlassen.«

Er war über den heftigen Ausbruch so verdutzt, dass er auch den zweiten Schlag nicht kommen sah. Wieder fuhr ihre Hand aus der Dunkelheit auf ihn zu, landete in seinem Gesicht. Er spürte einen brennenden Schmerz an der

Wange. Ihre geschliffen scharfen Fingernägel gruben blutige Striemen in seine Haut.

»Lass dich hier ja nicht wieder blicken!«

Noch ehe er reagieren konnte, holte sie aus und drosch ihm ihre Fußspitze zwischen die Beine. Er jaulte auf, ging in die Knie. Sie knipste die Taschenlampe aus und stolzierte zurück zum Hauseingang an der Vorderseite. Ihr hüftlangen weißblonden Haare flatterten wie ein Banner hinter ihr her. Dann knallte es noch einmal. Sie hatte die Tür ins Schloss geworfen. Über dem Eingang zitterten die sichtbaren Zeichen des Abwehrzaubers im auffrischenden Nachtwind, die Blütenstrünke des Hexenkrautes und die getrockneten Blätter des Wermuts. Zwischen den Kräutern glänzte schwach das Objektiv einer fabrikneuen Überwachungskamera.

Baldrian, *Valeriana officinalis*, auch *Katzenkraut, Stinkwurz, Augenwurzel, Mondwurz.*
Im botanischen Namen steckt *valere*, das heißt *stark, kräftig*. Im deutschen Namen zeigt sich Baldur/Balder, der germanische Gott des Lichts.
Esst Bibernellen und Baldrian, so gehet euch die Pest nicht an!

BALDRIAN

Dies ist die Geschichte eines Glückspilzes. »Schon bei meiner Geburt hat mich die Glücksfee geküsst«, pflegte Sebastian Sonnenhut bei jeder Gelegenheit die Welt wissen lassen. »Immerhin war ich das 100.000. Baby des St. Johannes-Krankenhauses. Ich bekam in den Armen meiner Mutter meinen ersten Fernsehauftritt und dazu vor laufender Kamera den ›Happy-Bausparvertrag‹ eines internationalen Geldinstitutes. Diese Bank führte just ein vierblätteriges Kleeblatt im Firmenlogo. Und seit damals hat mich das Glück nie verlassen.« Das stimmte auch. Und die Präsenz des Dauerglücks in Sebastians Leben hätte wohl bis in alle Ewigkeit angehalten, wäre da nicht die Sache mit dem Baldrian gewesen.

Dies ist zugleich auch die Geschichte eines Pechvogels. Zumindest war Emmerich Nebelschwang davon überzeugt, das Pech klebe ihm an den Stiefeln. Wobei erwähnt werden muss, dass die Stiefel nicht einmal ihm gehörten. Er hatte sie bei einem Weihnachtsbasar entwendet, ohne dafür den entsprechenden Spendenobolus zu leisten. Korrekterweise hätte die Floskel vom klebenden Pech in Nebelschwangs Fall zudem noch abgeändert gehört. Die Positionierungsangabe war falsch. Nicht *an*, sondern *in* den Stiefeln. Dazu bedarf es folgender Erklärung: Der Vorbesitzer des entwendeten Schuhwerkes war ein pensionierter Postbeamter, der unter starker *Onychomykose* litt.

Diese Nagelpilzerkrankung kann auch durch Kleidungsstücke wie Strümpfe oder Schuhe übertragen werden. Für diese medizinische Erkenntnis lieferte Emmerich Nebelschwang schon eine Woche nach der Stiefelaneignung den hinkenden Wahrheitsbeweis. Das sprichwörtliche Pech klebte also in Nebelschwangs Fall *in* den Schuhen, und zwar in Form von krankheitsübertragenden Sprosspilzen. Von solchem Ungemach war das Glückskind Sebastian Sonnenhut selbstredend zeit seines Lebens verschont geblieben. Seine Schuhe waren maßgefertigt und aus hautfreundlichem Material geschnitten. Solch edles Schuhwerk lieferte keine passende Umgebung für anklebendes Pech oder innewohnende Pilze. Und die Schuhe boten mit rutschfesten Sohlen zudem einen sicheren Stand in jeder Lebenslage. Schuhe dieser Art trug Sebastian Sonnenhut auch, als er an einem warmen Frühlingsabend seine 140 Quadratmeter Dachterrassenwohnung mit Ausblick auf die nahen Berge verließ, um sein Fahrrad aus dem Keller zu holen. Auch Emmerich Nebelschwang machte sich an diesem milden Maiabend auf den Weg. Seine Bleibe umfasste gerade einmal 17 Quadratmeter und bestand aus einem Zimmer im Parterre eines schäbigen Mietshauses in Bahnhofsnähe.

Die im orange glimmenden Licht ausgebreitete Stadt bot an diesem Abend ein Duftaroma aus Flieder, Pommes frites und Hundekacke. Trotz der warmen Temperatur und der verlockenden Milde eines Spätfrühlingsabends waren allerdings nur wenige Menschen unterwegs. So gegensätzlich, wie sich das bisherige Leben der beiden Herren gezeigt hatte, so unterschiedlich waren auch die

Motive, die sie zu ihrer abendlichen Tour veranlassten. Der eine war erbost, weil der geordnete Ablauf seines abendlichen Rituals gestört wurde. Der andere war erfreut, weil er endlich eine Chance für mehr geordnete Abläufe witterte. Der eine geriet an diesem Abend durch seine Unternehmung auf die schiefe Bahn, der andere war schon seit Jugendheimtagen auf einer solchen unterwegs.

An seinem sechsten Geburtstag hatte Sebastian Sonnenhut den Bausparvertrag ausbezahlt bekommen, den ihm die Bank mit dem Glückskleeblatt im Firmenlogo bei seinem Eintritt in diese Welt überreicht hatte. Seine Eltern legten die Summe in wertgesicherten Staatsanleihen an, damit der spätere Student auf eine finanziell solide Grundlage für sein Studium blicken könnte. Auch hier war Sebastian das Glück hold, wie er immer wieder gern in illustrer Runde erzählte. Die Glücksfee offenbarte sich ihm in Gestalt einer Anlageberaterin, die ihm nahelegte, den Ertrag aus den Staatsanleihen in die Aktien einer Bio-Lebensmittelkette zu investieren, die eine stilisierte Ähre einer Hirse als Firmenlogo führte. Selbstverständlich folgte Sebastian Fortunas Vorschlag. Und siehe da: der Umsatz des Unternehmens stieg in den Folgemonaten in lichte Höhen. Die Kurse schnellten nach oben wie die Fontänen überbordender Geysire. Dass diese boomende Handelskette ausgerechnet ein Hirsesymbol im Firmenwappen hatte, fasste Sebastian als weiteren Wink der Glücksgöttin auf. Er beschloss, sich künftig mehr für Pflanzen zu interessieren. Er schrieb sich an der Universität für Bodenkultur ein und belegte alle Kurse, die einem Erstsemestrigen offen standen. Seine erste Prüfung am

Semesterende setzte er in den Sand. Die zweite ebenso. Zur dritten kam es nicht mehr, denn das Glück öffnete ihm bereits eine andere Tür. Dieses Mal hatte sich Fortuna für die Gestalt einer braun gelockten jungen Frau entschieden, die ein winziges herzförmiges Muttermal am Hals trug. Sie hieß Valeriana Steger und war ebenfalls Studentin an der Bodenkultur. Sie hatte alle Prüfungen mit Sehr Gut bestanden. Sebastian machte ihr den Hof, lud sie zum Essen und danach in seine luxuriöse Studentenwohnung ein. Der ersten gemeinsamen Nacht folgten noch mehrere. Nach zwei Wochen saßen sie am Frühstückstisch und Valeriana überraschte ihn mit ihrer Ankündigung, an einem Casting teilzunehmen, das ein großer Fernsehsender durchführte. Gesucht wurde ein Moderator für eine neue TV-Reihe über Kräuter. Sie machte ihm den Vorschlag, sie zum Vorsprechen zu begleiten. Er zierte sich erst ein wenig, kam dann aber doch mit. An die 200 Bewerber hatten sich eingefunden. Valeriana schaffte es unter die letzten vier. Sie machte sich große Hoffnung, den Traumjob zu bekommen. Doch der Produzent entschied plötzlich, keinen der Finalisten zu nehmen, sondern den auffällig telegenen jungen Mann, den er in den Reihen der Zuschauer entdeckt hatte. Der erfahrene Medienmann spürte sofort, dass dieser Typ dem erträumten Lieblingsschwiegersohn aller fernsehzuschauenden Mütter sehr nahe kam. Sie würden Woche für Woche einschalten, nur um ihn zu sehen, egal ob er einen Staubsauger, eine Tarantel oder ein Bündel Basilikum in die Kamera hielt. Und fernsehzuschauende Mütter brachten Quote. Er ging auf Sebastian zu und bot ihm den Job an. Daraufhin hängte das angeborene Glückskind sein Studium an den Nagel, sagte der Bodenkultur und allen, die ihn dort begleitet hatten, Adieu und widmete sich voll und ganz dem neuen Hochgefühl. Er unterschrieb einen Vertrag für 20 Folgen. Schon nach der dritten Ausgabe zeichnete sich ab, dass *Basilikum und Meisterwurz* ein Quotenhit wurde. Nach der fünften Folge musste der Sender die Autogrammkarten für den neuen Star nachdrucken. Sebastian Sonnenhut wurde von Talkshow zu Talkshow gereicht, Hochglanzmagazine widmeten ihm Titelbilder und Lifestyle-Stories. Nach der zehnten Folge legte Sebastian sein Glück in die Hände eines gewieften Managers, der bei den Vertragsverhandlungen für die nächsten drei Staffeln das Siebenfache des bisherigen Honorars herausholte. Zudem unterschrieb das ehemalige Baby des St. Johannes-Krankenhauses zwei lukrative Werbeverträge für schleimlösenden Hustentee und italienische Pasta-Soße. Sebastian hatte keine Ahnung von Kräutern, aber das war völlig egal. Anfangs hatte er noch einen Anflug von Eifer an den Tag gelegt. Er versuchte sich einzuprägen, dass Meisterwurz gegen Fieber half und Koriander sich gut mit Zitronengras kombinieren ließ, um würziges Hühnercurry zu verfeinern. Aber sein Interesse verflüchtigte sich bald. Im Grunde waren ihm all die Gewächse, ob Küchenkräuter oder Heilpflanzen, schnurzegal. Er hatte keinen blassen Schimmer über Zusammenhänge und Wirkungsweisen. Das brauchte er auch nicht. Hinter ihm stand ein versiertes Redaktions-Team, das zudem zwei Kräuterexperten beschäftigte, die bei der Fernseharbeit in einer Woche mehr verdienten als jeder Universitätslehrer im gesamten Semester. Sebastian lernte die ihm vorgelegten Moderationstexte auswendig. Er versuchte, sich die Reihenfolge zu merken, in der er die jeweiligen Kräuter in die Kamera zu halten hatte. Und er verließ sich auf sein gewinnbringendes Lächeln, auf seine Wirkung bei Zuseherinnen zwischen 35 und 90 und auf das Wohlwollen des Produzenten, der ihm jeden Wunsch erfüllte. *Basilikum und Meisterwurz* wurde zur Quotensensation des Senders, und Sebastian Sonnenhut war der unangefochtene Star.

Zu jener Zeit, als dem sechsjährigen Sebastian der Glückskleeblatt-Bausparvertrag ausbezahlt wurde und seine Eltern die finanziellen Grundlagen ihres Sprösslings sicherten, kam Emmerich Nebelschwang ins Waisenheim. Bisher hatte er bei seiner Tante gelebt, die Emmerich nach dem Tod der Eltern aufgezogen hatte. Nun war die Tante gestorben. Die Eingewöhnungsphase war hart. Fast jede Nacht wurde ihm durch die anderen Zöglinge eine schmerzreiche Abreibung verpasst. Anfangs wusste er sich nicht zu helfen, ließ geschehen, was man ihm antat. Aber dann begann er Widerstand zu leisten und sich auf die Füße zu stellen. Was ihm auch einigermaßen gelang, bis er eines Tages bei einer Rauferei über die Stiege kullerte und sich beide Beine brach. Durch den Unfall verlor er auch den Platz in der Fußballmannschaft seiner Schule. Die Genesung war qualvoll. Noch mühevoller war der Kampf, sich wieder einen Platz im Kader zu erobern. Er schaffte es durch seine ungebrochene Hartnäckigkeit. Doch die meiste Zeit musste er auf der Reservebank zusehen, wie die anderen Jungs Tore schossen und von wimpernklappernden Mädchen angehimmelt wurden. Von ihm wollte keine der kreischenden Gören etwas wissen. Das Glück behandelte ihn auch auf seinem weiteren Lebensweg mehr als stiefmütterlich. Seinem später schüchtern vorgebrachten Wunsch, die Handelsschule besuchen zu dürfen, um vielleicht einmal in einer Bank zu arbeiten, konnte seitens der Heimleitung nicht entsprochen werden. Also landete er bei einem Installateur, der zufällig einen Lehrplatz frei hatte. Wenn der Chef nicht gerade besoffen war und seinen Frust durch das Verteilen von Watschen kompensierte, brachte er ihm sogar manches bei. Er kannte sich bald bestens aus mit Isoliermaterial und Kugelhähnen, war begeistert von Wärmepumpen und Photovoltaik und konnte bis aufs Komma genau die Energievorteile von Pelletheizungen berechnen. In seinem dritten Lehrjahr ging die Firma in Konkurs. Der Chef marschierte wegen Steuerhinterziehung in den Knast, Emmerich stand ohne Lehrabschluss und ohne Arbeit da. Eine neue Stelle fand er nicht. Dass er in dieser Zeit das erste Mal vor dem Richter landete, hatte, wie so oft in seinem Leben, mit Pech zu tun. Ein ehemaliger Kumpel aus dem Waisenheim hatte ihn händeringend gebeten, ihm bei einem Einbruch zu helfen. Seine Aufgabe war es, Schmiere zu stehen. Er war so nervös, dass er durch einen Fehltritt irrtümlich die Alarmanlage auslöste. Die anderen konnten rechtzeitig abhauen. Er wurde als Einziger von der Polizei geschnappt. Man versprach ihm Strafmilderung, wenn er die Namen seiner Kumpels nannte. Doch er verpfiff sie nicht. Man brummte ihm keine allzu hohe Buße auf, aber als Vorbestrafter war es noch schwerer, Arbeit zu finden. Er schlug sich mit schlecht bezahlten Aushilfsjobs durch und besserte sein mageres

Einkommen durch gelegentliche Ladendiebstähle auf. Er fiel regelmäßig auf die Schnauze, aber er zog sich auch jedes Mal wieder in die Höhe. Dennoch, das Hochrappeln war von Mal zu Mal beschwerlicher, denn die Bahn, auf die er geriet, wurde immer schiefer.

Sebastians Weg hingegen führte steil nach oben. Dass er selbst den Namen einer Heilpflanze trug, war ihm lange nicht bewusst gewesen. Erst als er den Kontrakt für die vierte und fünfte Serien-Staffel unterschrieb, wurde er darauf aufmerksam gemacht. Einer der Sendungssponsoren überreichte ihm ein Gesteck mit Blumen, die an gelb blühende Margeriten erinnerten, und dazu einen unterschriftsreifen Vertrag für eine *Echinacea*-Spotserie. *Echinacea* war der lateinische Name für den Sonnenhut, ein gelb blühender Korbblütler, aus dem man Wirkstoffe zur Stärkung des Immunsystems gewann. Das gefiel Sebastian. So ließ der *Sonnenhut* nicht nur die Körperkräfte kranker Menschen anwachsen, sondern auch Sebastians Bankkonto. Auch bei der Suche nach einer standesgemäßen Bleibe, die seinen steigenden Ansprüchen entsprach, war ihm das Glück hold. Als gefragter Star einer TV-Serie wurde er regelmäßig zu Society-Events eingeladen, zu Promitreffen, Golfplatz-Eröffnungen, Botschafter-Empfängen, Benefizveranstaltungen. Er musste bei diesen Ereignissen, Gott sei Dank, nicht seine Expertenmeinung über die geheimnisvolle Wirkungskraft von Kräutern kundtun. Und wenn er einmal gefragt wurde, dann rettete er sich mit seinen drei Standard-Binsenweisheiten, die er sich zurechtgelegt hatte. Aber in Wahrheit interessierte sich niemand für die Gewächse, die er Woche für Woche in die Kameraoptik hielt. Im Grunde wollten die Leute sich im Glanz sonnen, den er als TV-Star bei diversen Begegnungen verbreitete. Diesen Glamour genoss auch die Gattin eines stadtbekannten Bauunternehmers, neben der er bei der Eröffnungsparty eines neuen Haubenrestaurants zu sitzen kam. Zwei Wochen später nannte er eine 140 Quadratmeter Dachterrassenwohnung mit Blick in die Berge sein Eigen. Das vierstöckige Wohnhaus in allerbester Lage hatte der Herr Gemahl seiner Sitznachbarin errichtet. Sebastian erstand die Wohnung zu bevorzugten Promikonditionen. Der Planungsbeamte der Stadtverwaltung, der die Ausnahmegenehmigung für den Bau in der Grünzone erteilt hatte, war ebenfalls bei der Eröffnung des neuen Gourmettempels anwesend und saß ihm schräg gegenüber. So logierte Sebastian seit gut einem Jahr in seiner Penthouse-Terrassen-Wohnung und blickte, mit sich und der Welt zufrieden, über die Dächer der Stadt. Er genoss dort vor allem die Ruhe, wenn er einen Abend für sich hatte, ohne beklatschter Mittelpunkt eines Events sein zu müssen. Anfangs hatte er sich bei diesen Mußestunden gern ein Glas Wein eingeschenkt, einen milden Roten aus dem Burgenland oder auch einen schweren alten Bordeaux, je nach Stimmung. Doch bald hatte er das Weinglas gegen eine Teetasse vertauscht. Seit Sebastian erfahren hatte, dass sein Familienname zugleich der Name eines Heilkrauts war, interessierte er sich mehr für die Wirkungsweise bestimmter Pflanzen. Und so war es ihm zum geliebten Ritual geworden, sich selbst täglich einen auf seinen persönlichen Geschmack abgestimmten Abendtee zu mischen. Einer der wissenschaftlichen Berater der TV-Serie hatte ihm das Rezept zusammengestellt: Zitronenmelisse, Käsepappel, Hagebutte, Hibiskusblüten und Baldrian. Die Zutaten besorgte er sich bei Ottokar Doppelfarn, der mit seinem Spezialgeschäft auch die Kräuter für die Fernseh-Sendung lieferte. Diese allabendliche Gewohnheit hatte Sebastian längst verinnerlicht, die Reihenfolge war exakt festgelegt: die Tasse aus hellem Porzellan mit Goldrand aus der Vitrine nehmen, den Wasserkocher aktivieren, die obere Schranktür seiner Luxusküche öffnen, um dann die verschiedenen Behälter mit den Kräuter-Zutaten hervorzuholen. Jeder Handgriff war ihm zur lieb gewonnenen Gewohnheit geworden. Das genaue Einhalten der Abläufe hatte fast etwas Religiöses. Und wenn er dann die Schale mit dem duftenden, selbst aufgegossenen Getränk an die Lippen setzte, wenn er den Geschmack auf der Zunge spürte, dann fühlte er sich völlig eins mit seiner Umgebung. Ja, er war ohne Zweifel ein Glückskind. Er war das 100.000. Baby der St. Johannes-Klinik. Er war der auserkorene Liebling der Glücksgöttin. Die günstige Fügung des Schicksals hatte ihn zum umjubelten Star einer erfolgreichen TV-Serie gemacht. Und er war noch lange nicht am Ende seiner unzweifelhaften Glückssträhne angekommen. Das spürte er jeden Tag. Doch an diesem Abend war etwas anders. An diesem Abend bemerkte er eine leichte Irritation. Und es dauerte eine Weile, ehe er mit Schrecken feststellte, was die Ursache dafür war. Die Dose mit der Aufschrift *Baldrian* war leer. Jetzt fiel es ihm wieder schmerzlich ein. Er hatte gestern Abend den letzten Rest aufgebraucht und heute Mittag nach der Besprechung im Sender vergessen, sich Nachschub zu verschaffen. Doch die Irritation dauerte nur kurz. Diese kleine Nachlässigkeit durfte jemanden, den das Glück schon bei der Geburt mit einem Bausparvertrag verwöhnt hatte, nicht aus der Fassung bringen. Es galt zu handeln. Er griff nach dem Handy, wählte die Nummer von Ottokar Doppelfarn. Sebastian hegte keinen Zweifel, dass er den Kräuter-Lieferanten trotz später Stunde augenblicklich erreichen würde. Wer das Glück auf seiner Seite hat, der erreicht auch die richtigen Leute, wenn er sie braucht. Und tatsächlich, das Freizeichen war gerade drei Mal erklungen, da meldete sich der Kräuter-Firmen-Chef.

Sebastian schilderte ihm sein Abendtee-Zutaten-Problem.

Der Geschäftsmann bot auch sofort eine Lösung an.

»Wir haben dir gestern eine Lieferung nach Hause geschickt mit den Kräutern für die nächste Sendung, damit du dich darauf vorbereiten kannst. Schau nach, da müsste auch eine Packung mit Brennnesselblättern dabei sein. Die kannst du getrost anstelle des Baldrians nehmen.«

Brennnessel?

Der Star der TV-Reihe *Basilikum und Meisterwurz* glaubte, sich verhört zu haben.

Er fragte nach.

»Ja, Brennnessel …«

Brennnessel???

Das war doch dieses kniehohe Gewächs mit den gezackten Blättern und den widerlichen Haaren, die er als Kind schon gefürchtet hatte. Der Firmenchef beruhigte ihn.

»Aber Sebastian, die Blätter in der Packung sind doch längst getrocknet. Brennnessel ist ein wunderbares Heilkraut, das nicht nur bei Prostata- und Blasenbeschwerden hilft, sondern auch bestens in deinen Abendtee passt.«

»Ich habe keine Prostatabeschwerden!« Dem Glückskind schwoll die Stimme an. »Ich will meinen Baldrian. Und zwar auf der Stelle. Wir treffen uns in einer Viertelstunde in deinem Geschäft.«

»Aber Sebastian, es ist zehn Uhr abends.«

»Du weißt, dass wir am nächsten Samstag die 100. Sendung haben. Ein großes Jubiläum. Ich habe meinen Vertrag für die kommenden Staffeln noch nicht unterschrieben. Wie dir mittlerweile bekannt sein dürfte, habe ich bei der Auswahl der künftigen Sponsoren und Lieferanten ein gewichtiges Wort mitzureden. Und eben kommt mir der Gedanke, ob ich nicht für gewisse Änderungen plädieren sollte ...«

Für ein paar Sekunden war es still in der Verbindung. Dann sagte der Kräuter-Firmen-Chef: »Ich bin in 15 Minuten da.«

»Versuch es in 14!«

Und so kam es, dass Sebastian Sonnenhut sich an diesem Abend auf sein neues Sportrennrad mit Titanrahmen schwang, die Klemmlampe am Lenker aktivierte und kräftig in die Pedale trat. Er brauchte für die Strecke exakt zwölf Minuten und 25 Sekunden. Der Firmenchef war bereits vor ihm eingetroffen und ließ ihn herein.

Emmerich Nebelschwang hatte an diesem Abend seine schon leicht ausgetretenen Turnschuhe angezogen. Die hatte er sich vor Monaten im Ausverkauf besorgt und auch ehrlich bezahlt. Er neigte nicht zu Aberglauben, aber die Sache mit den geklauten Stiefeln und der anschließenden Fußpilzentzündung war ihm eine Lehre. Lieber bezahlen und dafür pilzfrei bleiben. Er hatte in den letzten Wochen versucht, von der schiefen Bahn in eine wieder stabilere Lage zu kommen, aber das Unterfangen war nur von geringem Erfolg begleitet. Immerhin hatte er zwei Monate auf einer Baustelle gearbeitet. Anfangs hatte alles gut ausgesehen. Dann war plötzlich die Polizei aufgetaucht und führte den Firmeninhaber und zwei Männer des Leiharbeiterunternehmens ab. Er hatte wieder einmal durch die Finger geschaut. Zwei Drittel des versprochenen Lohns waren für immer futsch. Dann hatte ihm ein ehemaliger Kumpel bei einem gemeinsamen Bier im Bahnhofscafé gesteckt, er wisse aus vertraulicher Quelle von einem Hehler, der zahle gut für jegliche Art von Medikamenten. Das Zeug komme nach Afrika und werde dort gewinnbringend verscherbelt. Deshalb war Emmerich Nebelschwang an diesem lauen Maiabend unterwegs, um sich eine der Apotheken etwas näher anzuschauen. Sie befand sich am Rand der Altstadt in einer abgelegenen Gasse. Er war schon bei Tageslicht in der Straße gewesen und hatte die Lage sondiert. Jetzt ging es ihm darum, die Situation bei Dunkelheit zu prüfen. Dass an diesem milden Frühlingsabend fast keine Leute unterwegs waren, kam ihm zupass. Er würde ganz sicher nicht heute in die Apotheke einbrechen. Für so einen Coup war zehn Uhr zu früh, das musste spät in der Nacht geschehen. Er wollte nur die Begebenheiten checken. Er war sich nicht sicher, ob er überhaupt einen

Einbruch wagen sollte. Falls die Unternehmung misslang, würde sich seine Lebensbahn noch abschüssiger zeigen. Moralische Bedenken versuchte er von vorneherein beiseite zu wischen. Apotheken waren gewiss gut versichert. Wem gingen die paar Schachteln mit Tabletten schon ab, für die er gutes Geld bekommen würde. Es war fast halb elf, als er die Straße erreichte, in der die Apotheke lag.

Er schaute sich vorsichtig um. Kein Mensch war zu sehen. Er näherte sich langsam dem Eingang, blickte durch die Glasscheiben. Im Inneren war es finster. Er bemühte sich, Einzelheiten zu erspähen. Soweit er von heraußen feststellen konnte, waren da keine Kameras. Er hätte am Tag die Apotheke betreten sollen. Da wäre das Vorhandensein von Überwachungseinrichtungen leichter festzustellen gewesen. Jetzt war es eindeutig zu finster. Pech! Seine Planung geriet ins Wanken. Und das Pech blieb ihm treu. Es trippelte auf vier Pfoten aus einer Seitengasse und begann plötzlich zu bellen. Neben dem Apothekeneingang stand eine große Mülltonne. Emmerich ging dahinter in Deckung. Aber der Gassi gehende Yorkshire Terrier hatte ihn schon entdeckt. Und auch das dazugehörige Frauerl.

»Was machen Sie denn da?« Der Terrier bellte, als gelte es, eine Horde aufgebrachter Tiger zu verscheuchen. Die Dame mit der Dauerwelle im ergrauten Haar zeigte mit dem Spazierstock auf den verdutzten Emmerich Nebelschwang, der langsam hinter der Tonne aufstand.

»Erst vorige Woche ist in dieser Apotheke eingebrochen worden. Waren Sie das?«

Schon wieder Pech! Eine Apotheke auszuspionieren, die ohnehin erst vor Kurzem überfallen worden war, konnte auch nur ihm passieren. Zu allem Überfluss war am oberen Ende der Straße ein Streifenwagen zu erkennen, der langsam näher kam. Das bemerkte auch die Hundebesitzerin.

»Flocki! Lass ihn nicht aus den Augen! Ich hole die Exekutive!« Und schon watschelte sie mit hoch erhobenem Stock in die Richtung, aus der sich der Polizeiwagen näherte. Emmerich Nebelschwang beugte sich nach unten packte das kläffende Fellbündel, hob den Plastikdeckel hoch und steckte den Hund in die Mülltonne.

Dann machte er kehrt und rannte davon, was die Sohlen seiner ausgetretenen Turnschuhe hergaben. Er bog in die nächste Quergasse ein, hetzte sie entlang, hielt sich nach links, hastete über einen kleinen Platz, erreichte ein aufgelassenes Kaffeehaus, stürmte um die Ecke und preschte in eine weitere schmale Gasse, die leicht bergab führte. Dabei verlor er den linken Turnschuh. Hätte er nicht einen Moment irritiert innegehalten, unsicher, ob er weiterlaufen oder sich umwenden sollte, um den Turnschuh zu holen, wäre alles gut gegangen. Aber so stand er für eine Sekunde zu lange auf einem Fleck und somit in der Bahn eines herandonnernden Radfahrers.

Sebastian Sonnenhut hatte für den Rückweg eine andere Route gewählt, weil er vermeinte, eine Abkürzung zu kennen, die ihm half, die zwölf Minuten 25 Sekunden zu unterbieten. Die nunmehr eingeschlagene Bahn erwies sich jedoch aufgrund von kaputter Pflasterung als holprig und schief. Einen Moment hatte er überlegt, ob er das Tempo drosseln und eine andere Straße nehmen sollte. Doch er verließ sich auf sein Glück, dass ihn dieser unbekannte Pfad zurück auf seinen Heimweg führen würde. Hätte er auch, wäre da nicht urplötzlich an einer finsteren Stelle der Gasse, in die er abbog, ein Hindernis in Gestalt eines Mannes aufgetaucht, der sich nach einem Turnschuh bückte. Sebastian konnte nicht mehr ausweichen. Und so trafen einander in dieser lauen Maiennacht kurz nach halb elf ein Glückskind und ein ewiger Pechvogel mitten auf dem Kopfsteinpflaster einer Gasse am Rande der Altstadt. Hätte der bekannte Fernsehmoderator Sebastian Sonnenhut an diesem Abend den wohlmeinenden Rat des Kräuterlieferanten beherzigt und ausnahmsweise Brennnessel statt Baldrian in seinen Tee gemischt, könnte er sich über die 100. Ausgabe seiner Erfolgssendung *Basilikum und Meisterwurz* freuen. So aber touchierte er, ohne zu bremsen, einen in gebückter Haltung verharrenden Turnschuhträger und krachte nach zweifachem Überschlag auf den harten Untergrund, was ihm das Genick brach.

Der Pechvogel Emmerich Nebelschwang wurde von der Wucht, mit der das Renngefährt die abschüssige Straße hinunter raste, ebenfalls umgerissen. Auch sein Körper überschlug sich. Jedoch hielten Nackenknochen und Wirbelsäule dem Aufprall stand. Lediglich das Gehirn wurde einer starken Erschütterung unterzogen, und der linke Unterschenkel ging mehrfach zu Bruch.

Eine weitere abendliche Spaziergängerin, die allerdings keinen Terrier, sondern einen Pudel äußerln führte, beobachtete den Unfall aus der Nähe und verständigte umgehend die Rettungskräfte, die schon nach zehn Minuten eintrafen. Der Notarzt überprüfte mit professioneller Routine die Lage und gab die entsprechenden Anweisungen. Der aus Fernsehen, Printmedien und Societymagazinen bekannte Moderator Sebastian Sonnenhut wurde umgehend ins Leichenschauhaus gebracht. Der niemandem bekannte Arbeitslose Emmerich Nebelschwang wurde in die St. Johannes-Klinik eingeliefert. Er war dort der 438.112. Patient seit Bestehen der Einrichtung, was jedoch niemand interessierte und auch keinen Anlass für die Überreichung von Bausparverträgen gab. Der Fernsehsender brachte noch in den Spätnachrichten eine kurz gehaltene Sondermeldung über den tragischen Tod seines Stars und verkündete im TV-Frühstücksmagazin eine Programmänderung für den kommenden Samstag. Die 100. Ausgabe der beliebten Reihe *Basilikum und Meisterwurz* musste aufgrund des plötzlichen Ablebens der allseits geschätzten Kräuter-Ikone Sebastian Sonnenhut abgesagt werden. Über eine Fortsetzung der Sendung werde man beizeiten beraten. Zugleich wurde die Beisetzung des Publikumslieblings für den kommenden Montag angekündigt. Zahlreiche Prominente aus Medien, Wirtschaft, Politik und Kultur hatten ihre Teilnahme bereits zugesagt. Emmerich Nebelschwang war noch in der Nacht am zertrümmerten Unterschenkel operiert worden und erwachte erstmals kurz nach der Begräbnis-Verlautbarung im TV-Frühstücksmagazin aus der Narkose. Er trank ein wenig Tee, fühlte sich immer noch benommen und schlief drei Minuten später wieder ein. Am späten Nachmittag zeigte er sich klarer bei Verstand und konnte die Fragen des uniformierten Beamten zum Unfallhergang beantworten. Der Polizist wollte von ihm wissen, ob er die Aussagen der Zeugin Anna K. bestätigen könne. Die Frau hatte angegeben, gesehen zu haben, wie der Fahrradlenker, dessen Identität sich später als die des Fernsehmoderators Sebastian Sonnenhut herausstellte, in unkontrollierter Fahrweise bei hohem Tempo mit dem sich bückenden, ihr unbekannten Spaziergänger ohne Einleitung eines wahrnehmbaren Bremsvorganges zusammenkrachte.

Emmerich Nebelschwang gab an, der Vorfall habe sich so schnell ereignet, dass er sich nicht mehr genau an Details zu erinnern vermochte, aber er könne im Großen und Ganzen die Angaben der Zeugin bestätigen. Der Beamte notierte die Aussage, ließ den Patienten das Protokoll unterschreiben und wünschte baldige Genesung. Eine Krankenschwester erschien, wechselte seine Infusionsflasche und fragte ihn, ob er etwas brauchte. Er sagte Nein, er sei nur sehr müde. Eine halbe Stunde später war er wieder eingeschlafen. Am nächsten Vormittag erschien eine junge Frau, die sich als Ernährungsberaterin und Diätreferentin des Krankenhauses vorstellte. Sie sprach zuerst mit den anderen drei Männern, die schon länger in diesem Zimmer untergebracht waren, ehe sie sich Emmerichs Bett näherte. Ihm fiel auf, dass die junge Frau hübsch war und die Nase leicht nach oben zog, wenn sie lächelte. In diesem Augenblick erschien die Schwester, die er schon vom Vortag kannte. Sie hielt eine kleine Stofftasche in der Hand mit der Aufschrift einer Kräuter-Firma. Die Schwester erklärte, die Rettungskräfte hätten die Tasche in der Aufnahme abgegeben. Sie wäre leider nach dem Unfall im Sanitätswagen liegen geblieben. Nun bringe sie Emmerich dessen Tasche. Er wollte eben einwenden, dass der Stoffbeutel nicht ihm gehöre, sondern vermutlich dem verunglückten Radfahrer.

Aber da streckte schon die Ernährungsberaterin die Hand danach aus und rief erfreut: »Aber das ist ja Baldrian!« Sie steckte die Finger in die Tasche, nahm einige der Blüten und Blätter heraus, roch daran und sagte begeistert: »Welch wunderbares Aroma! Das ist ja Spitzenqualität! Darf ich mir eine Handvoll für meinen Tee nehmen?« Ihr Lächeln war so strahlend, dass Emmerich beschloss, sich doch als Eigentümer der Stofftasche zu outen. Dem toten Radfahrer würde der Beutel samt Inhalt nichts mehr nützen, und er konnte immerhin der Ernährungsberaterin eine Freude machen. Er war schon versucht, ihr den gesamten Inhalt zu schenken. Doch dann entschied er, es wäre vielleicht besser, ihr nur eine Handvoll zu gewähren. Und wenn sie Nachschub wollte, dann müsste sie einfach wieder kommen. Das würde ihm Freude bereiten. Denn die junge Frau gefiel ihm gut, sogar ausgesprochen gut. Besonders hatte es ihm das herzförmige kleine Muttermal angetan, das er an ihrem Hals entdeckte. Valeriana Steger bedankte sich und versprach, am nächsten Tag wieder zu kommen, um sich eine weitere Ladung Baldrian für ihren Tee zu holen.

Valeriana hatte damals fast einen Monat gebraucht, um über die Enttäuschung mit Sebastian hinwegzukommen. Dass sie unter den letzten vier des Castings war und schlussendlich doch nicht genommen wurde, hatte sie bald verkraftet. Aber dass ausgerechnet Sebastian Sonnenhut den Job bekam, wurmte sie sehr. Immerhin hatte er es ihr zu verdanken, dass er überhaupt als Besucher beim Casting anwesend war. Kaum hatte Sebastian den Vertrag unterschrieben, ließ er sich bei ihr nie wieder blicken. Sie hatte dann beschlossen, das Studium der Bodenkultur sausen zu lassen, und sich für eine Ausbildung als Ernährungsberaterin entschieden. Das machte ihr auch bedeutend mehr Spaß. Seit einem Jahr hatte sie die Stelle hier im Krankenhaus. Auch ihr gefiel der junge Mann, den sie im Krankenbett gesehen hatte. Er wirkte zwar ein wenig abgemagert und hatte einen traurigen Zug um die Augen. Aber er machte auf sie den Eindruck, jemand zu sein, der sich nicht so leicht unterkriegen ließ. Ihr gefielen Menschen, denen nichts in den Schoß gefallen war und die sich nach Rückschlägen immer wieder hochrappeln mussten. Das kannte sie aus eigener Erfahrung. Am nächsten Tag suchte sie ihn wieder auf und holte sich eine weitere Portion Baldrian. Am dritten Tag war sie erneut zur Stelle. Dieses Mal brachte sie eine Tasse ihres Tees für den Patienten mit. Emmerich freute sich darüber, und sie sah ihn zum ersten Mal lächeln. Auch das gefiel ihr. Sie erklärte ihm, dass Baldrian einem helfe, die vielen wirbelnden Schleifen aus dem Kopf zu bringen.

Wenn die Gedanken Achterbahn fahren und man immer und immer wieder vom selben Karussell mitgerissen wird, dann hilft einem Baldrian, zur Ruhe zu kommen, erläuterte sie.

»Baldrian unterstützt uns dabei, innezuhalten. Etwas, das einen permanent beschäftigt, klarer zu fassen.«

Er folgte erstaunt ihren Ausführungen. Wenn das wahr sei, dann bräuchte er mindestens eine halbe Tonne von dem Zeug, meinte er lachend. »Dann werden wir den Stoffsack einfach auffüllen«, erwiderte sie. Sie kam jeden Tag. Sie tranken miteinander Tee und erzählten einander aus ihrem

Leben. Anfangs zögerlich und ein wenig scheu, bald aber schon offen und vertrauensvoll. Als er nach drei Wochen entlassen wurde, fragte sie ihn, ob er trotz seiner Krücken imstande wäre, ihr zu helfen. Ihr Waschbecken zu Hause sei heillos verstopft, und die Heizung funktioniere auch nicht richtig. Er habe doch fast drei Jahre lang Installateur gelernt. Er stimmte zu, fuhr mit ihr nach Hause und machte sich an die Arbeit. Er brauchte keine halbe Stunde, dann war der Abfluss frei und der Heizkörper entlüftet. Sie brachte ihm Tee aus der Küche, nahm sein Gesicht zwischen die Hände und küsste ihn. Am nächsten Tag stellte sie ihn ihrem Schwager vor, der einen Installateurbetrieb führte. Nach einem halben Jahr heirateten sie. Sie sagte ihm, sie wolle drei Kinder. Er war einverstanden. Nach einem Jahr hatten sie das erste Drittel des Drei-Kinder-Wunschziels erfüllt. Sie nannten das Mädchen Olivia. Nach zwei Jahren machte ihn der Schwager zum Kompagnon. Sie tranken jeden Abend Tee, in dem nie Baldrian fehlen durfte. Die Sendung *Basilikum und Meisterwurz* war nach einem halben Jahr eingestellt und durch eine andere Kräuter-Show ersetzt worden, an der alle Sponsoren und der Produzent gut verdienten. Aber Emmerich und Valeriana schauten sich nie eine Folge an. Wozu auch?

Engelwurz, *Angelica archangelica*, auch *Pestwurz, Brustwurz, Heiliggeistwurz.*
Hat bei den Samen eine besondere Tradition, wird verwendet für
die Gerinnung von Rentiermilch. Aus Engelwurz-Stängeln schnit-
zen die Samen eine Flöte, genannt *fadno*, deren Lebensdauer nur
wenige Tage beträgt.

ENGELWURZ

Dieses Mal erreichte mich der Anruf noch vor dem Frühstück.

»Frauenleiche, dasselbe Muster. Er hat wieder zugeschlagen.«

»Er«, auf diese Einschränkung hatte man sich innerhalb der SOKO bald geeinigt. Vermutlich, weil sich niemand vorstellen konnte, dass für solche Taten eine »Sie« infrage käme. Ich versprach, mich sofort auf den Weg zu machen. Meine Ausrüstung war mit dem Tatortbus bereits unterwegs. Leichter Nebel lag über dem Feldweg, der zum Wald am Flussufer führte. Ich parkte den Wagen außerhalb der Absperrung und schaute zum Himmel. Die Dunstschwaden würden sich bald verziehen. Als Ersten aus der Truppe entdeckte ich Jonas. Er ist mein Cousin und der Chef der Mordkommission, Hauptkommissar Jonas Trellich. Auch die anderen waren schon da. Die leichte Unruhe, endlich loszulegen, war bei allen Kollegen spürbar. Aber sie hatten zu warten. Auf mich. Ich bin immer der Erste, der ran muss. Denn ich bin der Polizeifotograf. Carla half mir beim Anziehen des weißen Overalls. Ihr Gesicht war ernst, die Wimperntusche verschmiert. Sie wirkte verschlafen, als hätte sie die halbe Nacht durchgemacht. Ihr glattes schwarzes Haar war nur dürftig gekämmt. Ich schnappte mir den Kamerakoffer und begann meine Arbeit.

»Ihre Aufgabe am Tatort ist es nicht, einfach nur Fotos zu machen. Sie müssen ein Geschehen abbilden, in allen Details. Sie müssen ein Gespür für die Tat aufbringen, die an diesem Schauplatz passiert ist. Anhand Ihrer Aufnahmen muss sich jeder ein umfassendes Bild vom Ort des Ereignisses machen können. Vor allem dann, wenn er nicht dort war.«

Diese Grundsätze hatten sie uns bei den Kursen auf der Polizei-Akademie immer und immer wieder eingebläut. Von den furchtbaren Gerüchen, mit denen man an manchen Tatorten zu kämpfen hat, haben sie uns nichts gesagt. Damit zurecht zu kommen, mussten wir später selber lernen. Doch mit übler Geruchsbelästigung war an diesem Platz nicht zu rechnen. Der Nebel hatte sich endgültig verzogen. Der schmale Fluss blitzte im schräg einfallenden Morgenlicht. Ich begann mit dem Abbilden des Tatortes in Form von Totalaufnahmen aus verschiedenen Blickwinkeln. Mit dem bildlichen Entwurf einer Gesamtkomposition, wenn man das so nennen will. Dabei bezog ich alles mit ein, was wesentlich erschien: das Flussufer, den Weg, die Bäume im Hintergrund und natürlich die tote Frau am Rand des Pfades. Dann arbeitete ich mich langsam zur Leiche vor. Zuerst nahm ich die Frau als Ganzes ins Visier. Mehrmals. Ich überprüfte das Abgebildete. Ich war nicht zufrieden, wiederholte manche Einstellung. Nach den verschiedenen Aufnahmen aus der Totale kamen die Details an die Reihe, in Großaufnahmen. Die Beine. Die nackten aufgeschürften Knie. Die bloßen Füße. Die Schuhe, die daneben standen. Der Oberkörper im blauen kurzen Kleid. Der Kopf. Die starren Augen. Der leicht geöffnete Mund. Die Zahnreihen und die Spitze der Zunge. Der Hals mit den dunklen Flecken. Die Arme, links und rechts ausgebreitet. Und natürlich machte ich auch Aufnahmen von den grünen Stielen mit den vielen hellen halbkugeligen Blütendolden, die sie in den erstarrten Händen hielt. *Engelwurz.* Dann fotografierte ich die Engelwurzblüten samt Blättern, die in ihrem Haar steckten, und schließlich noch jede einzelne der Dolden, die rings um ihren Körper verstreut waren. Ein ovaler Ring aus hellen Blüten.

Dann war ich fertig. Nun begannen die anderen Kollegen aus der Tatortgruppe mit ihrer Arbeit. Ich stellte mich wie immer etwas abseits, wartete auf weitere Anweisungen. Ich war jedes Mal neugierig, welche besonderen Details die Kollegen der Spurensicherung sonst noch im Bild festgehalten haben wollten. Manches ergab sich durch die genauere Untersuchung der Leiche, manches durch die Erforschung der Umgebung. Ich war oft erstaunt, worauf die Kollegen Wert legten. Ich hätte diese Details von mir aus nie aufgenommen. Aber ich bin ja auch nicht der, der nach Spuren sucht. Ich bin nur der Fotograf, der festhält, was er sieht.

»Wieder der Engelwurzmörder, es besteht kein Zweifel«, hörte ich Jonas ins Handy sagen. Seine Stimme klang sachlich, ganz souveräner Leiter der SOKO. Wahrscheinlich telefonierte er mit der zuständigen Staatsanwältin.

Engelwurzmörder. Ich kann mich nicht mehr erinnern, ob der Name zuerst in den Medien aufgetaucht ist, und die SOKO die Bezeichnung später übernahm, oder umgekehrt.

Engelwurzmörder. Gegen diese triviale Benennung hatte sich Wolfbert Flens von Anfang an gewehrt. Der renommierte Profiler wollte lange Zeit nur den sachlichen Terminus *Täter* gelten lassen, ohne schmückendes Beiwerk. Aber schließlich hatte auch er nachgegeben. Kein Wunder, bei sechs Frauenleichen in 13 Monaten. Und jeder Tatort, jede Leiche war mit Blüten, Blättern, Dolden und Stängeln von Engelwurz versehen. Jetzt, bei der siebten toten Frau, die in diese Reihe passte, kam dem Profiler der Name *Engelwurzmörder* ohne Probleme über die Lippen. Dr. Wolfbert Flens war ein As der Operativen Fallanalyse. Jonas hatte ihn nach dem Fund der zweiten Leiche ins Team geholt. Beide standen an der großen Ermittlungstafel und hörten sich an, was die ersten Auswertungen der Tatortspuren bisher ergeben hatten. Ich gähnte. Es war später Nachmittag. Jonas als SOKO-Leiter bestand darauf, dass zumindest in der ersten Phase der Ermittlung möglichst alle aus dem Team bei den Besprechungen anwesend waren. Egal ob sie nur Pflanzensamenspuren auswerteten oder Tatortfotos schossen. Ich wäre lieber nach Hause gefahren, denn ich war hundemüde. Was sollte ich hier tun? Ich hatte meine Bilder längst ins System eingespielt und mit den entsprechenden Hinweisen und Nummerncodes versehen. Aber ich fügte mich natürlich den Anweisungen des Chefs und blieb da. Manches von dem, was ich aus dem Mund des Profilers und der anderen Experten erfuhr, fand ich aber interessant genug, um mich nicht zu langweilen.

»Der Name der Toten ist Leda Bachrain.« Es war Carla, die über die Personaldaten referierte. »Sie arbeitete als Grafikerin in einer Werbeagentur. Alter 39.«

Ich war überrascht. 39? Ich versuchte, mir ihr Gesicht vorzustellen. Einmal in Natura, einmal durch den Sucher meiner Kamera. In beiden Fällen kam ich zum selben Urteil. Ich hätte sie für wesentlich jünger gehalten.

»Alter und Beruf bringen uns leider nicht weiter«, bemerkte Flens. »Das mussten wir schon bei den anderen Frauen feststellen. Die Streuung der Merkmale ist zu groß.« Und dann wiederholte er, was ohnehin alle im Raum wussten. »Alter der Opfer zwischen 17 und 74. Keine auch nur annähernd ähnlichen Berufe.« Die Ratlosigkeit des Fallanalysten war deutlich zu spüren. Sie übertrug sich auch auf alle anderen im Raum. Wie sollte man als Fallanalytiker professionelle Analysen erstellen, auf Zusammenhänge hinweisen, wenn in allen vorliegenden Fällen keine greifbaren Übereinstimmungen sichtbar wurden?

»Bis auf die Engelwurz«, sagte Jonas. »Die haben wir an jedem Tatort gefunden.« Alle aus der Ermittlergruppe nickten. Das war das Stichwort für Professor Eckehard Runkler vom Botanischen Institut der Universität. Er galt als ausgewiesener Kräuterfachmann. Auch ihn hatte Jonas als Experten in die SOKO geholt. Aber erst nach dem vierten Leichenfund. Ich war gespannt, ob der Botaniker den Ausführungen, die er bei den bisherigen Fällen gemacht hatte, etwas Neues hinzufügen würde. Es hatte nicht den Anschein. Er fasste noch einmal das Wichtigste zusammen, was man über *Angelica archangelica*, die Echte Engelwurz, wissen sollte. Sommergrüne Pflanze. Kann bis zu drei Meter hoch werden. Auffallend sind die doppeldoldigen Blütenstände mit 20 bis 40 Doldenstrahlen. Helle

Blüten. Sieht äußerlich Kümmel und Anis ähnlich. Wächst wild und ist auch in vielen Hausgärten zu finden. Gilt in der Volksmedizin als Mittel gegen Rheuma und Schlaflosigkeit. Und dann ging er detailliert auf die toxische Komponente von Engelwurz ein, sprach erneut davon, dass die Säfte der Pflanze eine Reizwirkung auf menschliche Haut ausübten.

»Und wie kommt der Engel in die Engelwurz, Herr Professor?«

Ich schmunzelte. Das interessierte mich auch. Die Frage hatte Carla gestellt.

Der Botaniker zögerte kurz. »Das ist schwer zu beantworten. Angeblich tauchte die Bezeichnung im Mittelalter auf. Damals soll einem Mönch ein Engel erschienen sein. Der zeigte dem Ordensmann die Pflanze mit den Blütendolden und offenbarte ihm, dass diese Gottesgabe wirksam gegen die Pest sei.«

»Und war das so?« Carla ließ nicht locker.

Wieder zuckte der Experte mit den Schultern. »Das lässt sich nicht belegen.«

Carla deutete auf die Großaufnahmen der Dolden an der Ermittlungstafel.

Sie habe Engelwurz im Garten, erzählte sie. »Wenn der Wind durch die Blätter fährt und sich die hellen Engelwurzdolden sachte wiegen, dann sieht das für mich aus, als würden Engel mit den Flügeln schlagen. Ich dachte, der Name käme vielleicht daher.«

Ich war fasziniert von Carlas Erklärung. So hatte ich das noch nie gesehen. Auch die anderen schauten auf meine Tatortfotos mit den Engelwurzabbildungen. Ich war mit den Aufnahmen zufrieden. Sie waren mir gut gelungen. Der Lichteinfall passte, die kleinen Blütendolden kamen gut zur Wirkung. Ich war gespannt, ob Jonas wieder etwas zu meinen Fotos sagen würde. Das letzte Mal hatte er mich ausdrücklich gelobt. »Auch wenn es traurige Motive sind, auch wenn uns der Anblick der getöteten Frauen zusetzt, eines muss man dennoch festhalten. Dir gelingen immer bemerkenswerte Aufnahmen.« Genauso hatte Jonas es gesagt. Auch die anderen hatten zugestimmt, die Qualität meiner Arbeit durch anerkennendes Nicken bestätigt.

»An Ihnen ist ein Künstler verloren gegangen«, hatte Wolfbert Flens ergänzt.

Das Lob hatte mich gefreut. Ich achte stets auf die Lichtstimmungen am Tatort. Ich versuche immer, die leblosen Körper aus optimalem Winkel und in bester Abstimmung mit der Umgebung aufzunehmen. Andere Kollegen legen wenig Wert auf Bildgestaltung. Ich schon. Die Toten verdienen es, von der Kamera und dem Auge des Betrachters bestens erfasst zu werden. Ich bin ein Künstler. Auch als Tatortfotograf. Anerkennung freut mich. Aber dieses Mal sagte Jonas nichts über meine Aufnahmen. Alle diskutierten über Carlas Hinweis auf den Engelsbezug im Pflanzennamen. Hatte die Anspielung auf die unsichtbaren Himmelswesen etwas mit den toten Frauen zu tun? Bestand hier eine Verbindung? Das interessierte auch mich. Ich dachte darüber danach.

»Sieben brutale Morde.« Jonas ließ seine Hand in großem Bogen über die Fotos von allen Tatorten streifen. »Sieben ganz unterschiedliche Frauen, die nicht zueinander in Verbindung stehen, getötet an unterschiedlichen Orten, auf jeweils unterschiedliche Weise. Drei im vergangenen Sommer. Vier in diesem Jahr.«

Der Fallanalytiker stellte sich neben den SOKO-Leiter.

»Auch wenn wir bisher zwischen den Frauen keine sichtbare Verbindung ausmachen konnten, weder in Alter, Beruf, Herkunft noch im persönlichen Umfeld, so gibt es zumindest eine Gemeinsamkeit an allen Tatorten: Die Ausrichtung der Leichen wirkt drapiert. Mal sind die Hände über der Brust gekreuzt, mal behutsam zur Seite ausgestreckt. In zwei Fällen waren die Füße nackt und die Schuhe ordentlich daneben aufgestellt. Beim ersten, zweiten und fünften Opfer war der Kopf leicht angehoben. Der Täter hatte den Toten einen breiten Stein untergeschoben. Und in allen Fällen finden wir Engelwurz. In den Händen, auf den Armen, rings um den Körper, in den Haaren. Als würde der Täter die Leichen für eine besondere Zeremonie schmücken. Warum? Ist die Erklärung dafür im Bild des Engels zu suchen oder gar in der Verwendung der Pflanze als einstiges Heilmittel gegen die Pest? Was sagt uns die Engelwurz?«

Wie schon erwähnt, das wüsste ich auch gerne. Aber es kam zu keiner Antwort, denn die Tür wurde aufgerissen, und Kollege Bernhard Kettler stürmte in den Raum. Er war noch bei Befragungen unterwegs gewesen.

»Wir haben eine Verbindung, zwischen Leda Bachrain und Opfer Nummer drei.«

Opfer Nummer drei? Ich versuchte, mich an den Namen zu erinnern, aber er fiel mir nicht ein. Nur das Gesicht hatte ich deutlich vor mir. Kettler stellte sich an die Ermittlungstafel und klopfte mit dem Finger auf eines der Fotos.

»Der Freund von Paulina Wanka arbeitet in derselben Werbeagentur wie unser heutiges Opfer.«

Paulina Wanka. Genau. Jetzt wusste ich auch den Namen wieder. Das war die junge Frau mit den leicht vorstehenden Schneidezähnen und der kleinen Narbe hinter dem Ohr. Und deren Freund war ein Arbeitskollege von Leda Bachrain? Interessant.

Plötzlich summte es im Raum wie in einem Hornissennest. Seit über einem Jahr lief die Ermittlungsarbeit auf Hochtouren. Immer wieder rückte die Tatortgruppe aus, um den Tod von Frauen an unterschiedlichen Schauplätzen zu untersuchen. Bisher war die SOKO bei jedem neuen Fall vor einem weiteren Rätsel gestanden. Es wurde sogar ein eigener Fallanalytiker, ein As in seinem Metier, als zusätzliche Hilfe geholt. Bis auf die Engelwurz hatte sich keine einzige Übereinstimmung zwischen den Fällen gezeigt. Jede Ermittlungsrichtung hatte sich bislang als Sackgasse erwiesen. Und jetzt war Kollege Kettler aufgetaucht und berichtete von einem ersten möglichen Treffer! Ein Mann aus einer Werbeagentur stand zumindest mit zwei der toten Frauen in Verbindung. In dem einen Fall als Freund, im anderen als Kollege. Sein Name war Emil Prechtlauf. Endlich ein Anhaltspunkt. Endlich eine Spur, der man folgen konnte. Das aufgeregte Gemurmel im Raum schwoll an.

Jonas machte mit der Hand eine energische Geste. Augenblicklich wurde es ruhig. Dann verteilte er die Aufgaben. Ein Teil der Truppe sollte sich mit den möglichen Hinweisen befassen, die sich aus dem Namen und der früheren Verwendung des Heilkrautes ableiten ließen. Gab es in den Lebensläufen und im öffentlichen Erscheinungsbild der getöteten Frauen einen Hinweis auf Engel? Fand sich vielleicht sogar ein Fingerzeig zum mittelalterlichen Wüten der Pest? Der weitaus größere Teil der Ermittler würde sich hingegen mit professionellem Eifer auf die neu aufgetauchte Spur stürzen. Ließ sich beim Freund von Pauline Wanka, zugleich Arbeitskollege von Leda Bachrain, in irgendeiner Form eine Verbindung zu den anderen getöteten Frauen feststellen?

»Das sollten wir so schnell wie möglich herausfinden. Auf geht's Kollegen!«

Damit war die Besprechung beendet. Jeder wusste, was er zu tun hatte.

»Du hast wieder beeindruckende Aufnahmen geliefert. Die helfen uns sehr, die Stimmung am Tatort zu erfassen.« Jonas klopfte mir auf die Schulter. Jetzt hatte er mich doch noch gelobt. Er war fünf Jahre älter als ich. Wir hatten als Kinder wenig Kontakt gehabt. Dennoch hatte er mir die Tür geöffnet, um den beruflichen Weg eines Tatortfotografen einzuschlagen. Meine künstlerischen Ambitionen hatte ich nach zwei mäßig erfolgreichen Ausstellungen in den Hintergrund gerückt.

»Ist für mich noch etwas zu erledigen, Jonas?«

Er schüttelte den Kopf. »Fahr nach Hause.«

Das würde ich tun. Obwohl mich die Frage schon interessierte, ob Emil Prechtlauf noch zu einer der anderen Frauen in irgendeiner Beziehung stand. Wer weiß. Das Leben schlägt ja oft wunderliche Haken wie ein blindlings dahin stürmender Hase auf der Flucht.

Zu Hause angekommen, machte ich mir zuerst einmal einen Tee. Ich liebe bengalischen Darjeeling. Ich bevorzuge Second Flush, gar nicht so sehr wegen des stärkeren Aromas, sondern wegen der intensiven Farbe. Wenn der heiße Tee in der hellen Porzellantasse schimmert, erinnert mich das immer an Bernstein. Ich bin ein Augenmensch. Ich wartete, bis der Darjeeling ein wenig abgekühlt war. Dann kostete ich. Perfekt. Angenehme Wärme machte sich in Hals und Brust breit. Ich nahm die Tasse auf und stieg hinunter in den Keller zu meinem Arbeitszimmer. Beim Öffnen der Tür flammte das Licht auf. Ich holte den Stick aus der Tasche und kopierte die Bilder von heute Früh auf meinen Rechner. Ich hatte an die 100 Aufnahmen gemacht. Ja, sie waren wirklich bestens gelungen. Das Morgenlicht hatte sich im Flusswasser gespiegelt und Reflexionen auf die Umgebung geworfen. Besonders beeindruckend fand ich die Strahlenfinger auf der linken Wange der Toten. Ich öffnete den Ordner, den ich heute schon um drei Uhr früh angelegt hatte. Er trug die Bezeichnung »Sieben-Nacht«. Ich klickte auf die Großaufnahmen vom Kopf. Ich hatte in der Dunkelheit mehrere Effekte ausprobiert, teils mit künstlichem Licht in verschiedenen Farbschattierungen, teils mit dem flackernden Schein von neben der Toten aufgestellten Kerzen. Auch das ergab interessante Stimmungen. Aber kein Vergleich zur Wirkung durch das natürliche Morgenlicht, das von der Wasseroberfläche reflektiert wurde und mit gezackten Strahlen das Gesicht der Frau streichelte. Das war das Großartige an meiner Arbeit, dass ich das Geschehen nicht nur einmal abbildete, sondern noch ein zweites Mal, bei ganz anderen äußeren Verhältnissen. Dabei gewann man faszinierende Vergleiche. Dieselben Ausschnitte, dieselben Perspektiven, die gleichen Großaufnahmen bei völlig unterschiedlichen äußeren Stimmungen. Und ich brachte mich jedes Mal dazu, die Erinnerungen der vorangegangenen Nacht komplett in den Hintergrund zu rücken. Ich näherte mich dem Tatort, als wäre ich das erste Mal an diesem Platz. So war ich möglichst unvoreingenommen und konnte mich auf die neu zu gewinnenden Eindrücke bei Tageslicht konzentrieren. Der frische Blick war wichtig für die Qualität der Bilder. Ich lehnte mich im Drehstuhl zurück und ließ die Blicke über die Wände gleiten. Hier hingen die bisher gelungensten meiner Arbeiten.

Zwei-Nacht. Fünf-Tag. Sechs-Tag. Vier-Nacht … Von jedem Schauplatz mindestens zwei Aufnahmen, von einigen sogar mehrere. Dann schaute ich wieder auf den Bildschirm mit den Fotos von heute Morgen. Kein Zweifel. Ich wurde immer besser. *Du hast wieder beeindruckende Aufnahmen geliefert.* Ja, das hatte ich.

Ich legte einen neuen Ordner mit *Sieben-Tag* an, zog die Fotos hinein. Wie war der Name der Frau? Ich hatte ihn schon wieder vergessen. Namen interessieren mich nicht. Nur Gesichter. Manchmal faszinieren mich schon auch andere Details. Die elegante Bewegung, mit der dichtes Haar auf schmale Schultern fällt. Die geschwungene Linie, die sich von den Hüften über die Kniekehlen bis zu den Fesseln zieht. Das interessante Geflecht von Adern, das sich über alternde Hände spannt. Mir fällt vieles auf. Aber in erster Linie beeindrucken mich Gesichter. *Leda Bachrain.* Jetzt war mir der Name doch wieder eingefallen. Ich hatte sie vor zwei Wochen in einem italienischen Restaurant bemerkt. Sie war mit einer zweiten Frau an einem der

Tische im hinteren Teil des Lokals gesessen. Ihre Begleiterin war noch geblieben, als sie aufbrach. Ich folgte ihr, um herauszufinden wo sie wohnte. Ihren Namen hatte ich erst heute in der Besprechung erfahren. Ich vergrößerte ihr Gesicht auf dem Bildschirm. Ich blieb dabei. Sie sah auch mit erstarrtem Blick viel jünger aus als 39. Und sie hatte in derselben Werbeagentur gearbeitet wie Emil Prechtlauf, der Freund von Nummer drei? *Paulina Wanka*. Den Namen hatte ich behalten. Ich klickte auf den Ordner *Drei-Tag*, öffnete die Bilder. Die kleine Narbe hinter dem Ohr hatte die Form eines Angelhakens. Die Schneidezähne erinnerten mich an das Kaninchen, das meine Schwester zum Geburtstag bekommen hatte. Entzückend. Ich war neugierig, ob sich bei Emil Prechtlauf noch irgendeine weitere Verbindung zu einer der anderen Frauen auftat. Ich konnte es mir nicht vorstellen. Es war schon absurd, dass er ausgerechnet in derselben Firma tätig war wie Leda Bachrain. Totaler Zufall!

So wie auch die Geschichte mit der *Engelwurz*. Ich klickte auf den Ordner *Eins-Nacht*. Das Gesicht der 22-jährigen Sportstudentin tauchte auf. Ich hatte sie im vergangenen Juli im Schwimmbad beobachtet. Zehn Tage später hatte ich sie in der Nacht auf dem Gelände eines Schrottplatzes abgelegt und meine Ausrüstung aufgestellt, Kamera und Lampen. Aber ich war mit der Umgebung nicht zufrieden. Die alten Wrackteile im Hintergrund brachten nicht die Wirkung, die ich erhofft hatte. An der Umzäunung des Geländes waren mir einige Stauden aufgefallen, mit einem Schwall an hellen Blütendolden. Ich versuchte es damit. Ich bedeckte das Haar der

Frau mit einem Strunk aus 14 Dolden. Das gefiel mir besser. Nun vermittelte sie den Eindruck, als trüge sie eine Krone. Das verstärkte den Kontrast zu den abgewrackten Metalltorsos im Hintergrund. Blühendes Blütenleben und ausrangierte Metallleichen. Und die Frau als Mittlerin zwischen beidem. Dass es sich bei dem Strauch um *Engelwurz* handelte, erfuhr ich erst am nächsten Nachmittag bei unserer Besprechung in der SOKO. Zufall. Es hätte auch jedes andere Gewächs sein können. Ich öffnete den Ordner mit der Nummer *Vier*. Das war die 74-jährige. Wie ich später erfuhr, hatte sie bis zu ihrem 60. Lebensjahr als Tennistrainerin gearbeitet. Die Adernlandschaft auf ihren Händen war beeindruckend. Aber am meisten hatte mich das Muster aus dunklen und hellen Flecken in ihrem Gesicht fasziniert. Die stammten von Verbrennungen bei einem Unfall, wie man später bei der Ermittlung herausfand. Sie hatte die Entstellungen in ihrem Gesicht mit Würde und Grazie getragen, als wäre sie eine Königin. Dennoch war die ehemalige Tennislehrerin meine bisher größte Enttäuschung. Sie konnte nichts dafür. Schuld war die Diensteinteilung. Ich hatte die Aufnahmen in der Nacht zu meiner vollsten Zufriedenheit erledigt. Aber sie war nicht am nächsten Morgen gefunden worden, wie ich erwartet hatte, sondern erst gegen Abend. Am späten Nachmittag hatte mich Jonas zu einem anderen Einsatzort geschickt. Massenunfall in einem Tunnel. 18 ausgebrannte Fahrzeuge, 22 Tote. Ich war fast bis Mitternacht im Einsatz. Deshalb musste ein anderer Kollege für mich einspringen, als man die 74-Jährige fand. Eine Panne. Die sollte mir nie wieder passieren. Ich achtete seitdem penibel auf zwei Dinge: auf die möglichen Varianten der Einsatzpläne und auf die genaue Lage der Plätze, an denen ich die Frauen deponierte. Es mussten Orte sein, an denen schon in den Morgenstunden Menschen unterwegs waren. Ich hatte mir zwar damals die Tatortfotos kopiert, die der Kollege von der 74-jährigen angefertigt hatte, aber sie waren von miserabler Qualität. Kein Funke von Achtsamkeit für die Stimmung, kein künstlerisches Gespür für die Beziehung der vielen bemerkenswerten Details untereinander. Eine Enttäuschung! Die Blütendolden wirkten auf diesen Aufnahmen wie verschrumpeltes Gemüse. Nachdem ich im vergangenen Juli bei der Studentin am Schrottplatz mit der Doldenkrone und den grünen Blättern eine derart beeindruckende Wirkung erzielt hatte, war ich bei Engelwurz als Dekoration geblieben. Gott sei Dank gibt es viele Plätze, an denen diese krautigen Stauden wachsen.

Carlas Bemerkung aus der heutigen Besprechung fiel mir ein. Das sachte Wiegen der Dolden im Wind erinnere sie an das Schlagen von Engelsflügeln. So hatte sie sich ausgedrückt. Ich schaute auf einige der Großaufnahmen an der Wand. Vielleicht hatte sie recht.

Ich hatte den Frauen Blüten ins Haar gesteckt, ihnen Engelwurzstrünke in die Hände gegeben, die an überirdisch anmutende Blumenzepter erinnerten. Rings um ihre Körper glänzte für den Betrachter jedes Mal ein Ring aus hellen Blüten. Das hatte durchaus etwas Sphärisches. Vielleicht rückte sie dieser Anblick in die Nähe von Engeln. Ich hatte bisher noch nie darüber nachgedacht. Es war mir nie aufgefallen. Ich stellte mir Carla vor, wie sie im Wald auf moosigem Boden lag. Mit einem Kreis aus hellen Dolden rings um ihren schlaksigen Körper. Man müsste die Blüten auf dem Kopf so geschickt drapieren, dass keinesfalls der exotisch anmutende Schwung der Augenbrauen verdeckt würde. Die verliehen Carlas Gesicht eine besondere Wirkung. Und ihr schwarzes glattes Haar mit dem bläulichen Glanz würde einen wunderbaren Kontrast zu den hellen Blüten bilden. Der Anblick wäre faszinierend. Aber wohl erst im nächsten Jahr. Denn es war Ende August. Und Engelwurz blüht in unserer Gegend nur von Juni bis maximal Anfang September. Das hatte ich auch schon im vergangenen Sommer mit Bedauern festgestellt. Ich hatte es kaum erwarten können, bis der Winter vorüber war und es endlich Frühsommer wurde, und die Engelwurzblüten wieder zu sprießen begannen.

Ich richtete meinen Blick erneut auf die Wände mit den ausgedruckten Bildern von *Eins* bis *Sechs*. Ich war erfreut über die Entwicklung meiner Arbeit. Da ließ sich eine Qualitätssteigerung erkennen, vom ersten Schauplatz bis hin zu den jüngsten Aufnahmen von heute Früh, die noch auf dem Bildschirm waren. Das erfüllt mich mit Stolz. Nur ich habe das Privileg, all diese Frauen zweimal in ganz unterschiedlicher Stimmung, bei unterschiedlichen Verhältnissen durch den Sucher meiner Kamera zu betrachten und im Bild festzuhalten. Einmal in der Nacht, wenn sie noch frisch sind und eben das Leben aus ihnen gewichen ist. Und einmal im hellen Morgenlicht, wenn alle anderen mir den Vortritt lassen und ich als Erster ran darf.

Denn ich bin der Tatortfotograf.

Und ein Künstler.

Goldregen, *Laburnum,* auch *Bohnenbaum, Gelbstrauch, Gold-rausch.*
War 2012 *Giftpflanze des Jahres.* Die Blätter galten früher auch als
Tabakersatz. Kinder verwechseln die Früchte oft mit Erbsenscho-
ten, was gefährlich ist. Das sehr harte Holz diente auch für den
Bau von Armbrustbögen.

GOLDREGEN

»Der Herr nehme die Seele unseres Verstorbenen Ulrich Lauringer auf. Das ewige Licht ...« Ein bedrohliches Krachen fegte über die Köpfe der Trauergäste. Unmittelbar darauf folgte ein gehörgangerschütterndes Pfeifen. Die altertümliche Lautsprecheranlage schickte sich an, ihren Geist aufzugeben. Der Pfarrer schaute irritiert auf seine beiden Ministrantinnen, dann auf den Bestatter, der mit seinen Gehilfen neben dem offenen Grab stand, bereit, den Sarg langsam in der Grube zu versenken. Mehr als ein hilflos wirkendes Schulterzucken brachte der Chef des Bestattungsunternehmens nicht zustande.

»Das ewige Licht ...«, setzte der Pfarrer erneut an, aber das war nur für die in unmittelbarer Nähe ausharrenden Friedhofsbesucher zu vernehmen. Die tragbare Lautsprecherbox gab kein Pieps mehr von sich. Der Priester seufzte tief. Die Junisonne brannte ihm auf die schweißnasse Glatze. Das Pluviale fühlte sich an wie eine heiße Palatschinke. Er hatte anschließend noch eine Taufe im Nachbarort zu absolvieren, danach erwarteten ihn im Pfarrhof zwei heiratswillige Paare zur Hochzeitsbesprechung. Also die ganze Palette an kirchlichem Beistand, von der Wiege bis zur Bahre, stand heute auf dem Programm. Und jetzt versagte auch noch diese satanisch klapprige Anlage. Dann musste es halt ohne Verstärkung gehen, entschied der Kirchenmann, wozu hatte er einen wohltönenden Bass. Er holte tief Luft. »Das ewige Licht leuchte ihm. Der Herr lasse ihn ruhen in Frieden.« Er ließ seine kräftige Stimme über die Gräber erschallen, mit der Lautstärke eines startenden Jumbos, und erreichte damit sogar die am weitesten entfernten Trauergäste am großen Eingangstor.

»Amen!« Die Antwort der knapp 100 Begräbnisbesucher fiel ein wenig müde aus.

Der Priester gab dem Bläserquartett der Trachtenmusikkapelle durch Kopfnicken ein Zeichen. Die vier schon leicht ergrauten Herren setzten ihre Instrumente an und begannen mit dem Choral »Du meine Wehmut«. Der schwitzende Geistliche verdrehte die Augen zum Himmel. Die Intonation des Spieles war selbst für unmusikalische Ohren eine Zumutung. Einige der Trauergäste blickten verstohlen auf das Grab des vor drei Jahren verstorbenen Kirchenchorleiters und warteten darauf, dass Fridolin Gartler aus der Grube stieg, um sich lautstark über die musikalische Folter zu beschweren. Aber das Grab blieb verschlossen. Gott sei Dank spielten die vier nicht alle Wiederholungen. Erleichterung war zu spüren, als die Herren an den Schluss ihres Spiels gelangten. Wenigstens den allerletzten Ton hatten die vier wieder gemeinsam getroffen.

Notburga Oberlahner reihte sich in die Menge der Wartenden ein. Einer nach dem anderen würde nun ans Grab treten, mit dem Wedel einen Schwall Weihwasser über den hellen Sarg schütten und anschließend der Witwe und den nächsten Verwandten Beileid wünschen. So war es Brauch in der Region seit vielen Generationen. Das anschließende Totenessen beim Kirchenwirt würde Notburga allerdings auslassen.

»Burgi, wart ein wenig …«

Der Ruf erschallte hinter Notburgas Rücken, als sie eine halbe Stunde später den Friedhof verließ, um sich auf den Heimweg zu machen. Sie wandte sich um und sah Pauline Knackenfeld auf sich zukommen. Das hatte ihr gerade noch gefehlt. Es war leichter, der Steuerfahndung zu entkommen als der umtriebigen Leiterin der Fleisch- und Wurstabteilung im örtlichen Supermarkt.

»Eine so schöne Zeremonie war das, gell? Und die Musik hat so ergreifend gespielt. Aber eine schöne Feier hat er sich auch verdient, der Ulrich, wo er doch so beliebt war.« Notburga deutete durch Kopfnicken Zustimmung an und beschleunigte ihren Schritt, um Eile zu signalisieren, die sie zwar nicht wirklich hatte, die ihr aber jetzt angebracht schien. Doch die stramme Wurstabteilungsleiterin hielt wacker mit.

»So eine tragische Geschichte! Dass ein Mann in seinen allerbesten Jahren mitten aus dem Leben gerissen wird, einfach furchtbar!« Erneut brummte Notburga Zustimmung und legte noch einen Zahn zu. »Das muss vielleicht ein großer Schock für alle gewesen sein! Du warst ja auch dabei, wie mir die Kathi erzählt hat.« Kathi Krammlinger hatte im Supermarkt die Gemüse- und Obstabteilung unter ihren Fittichen. In ihrer Freizeit machte sie liebend gerne unangemeldete Hausbesuche in der engeren und weiteren Nachbarschaft. Notburga Oberlahner blieb mit einem tiefen Seufzer stehen. Also dann, stellen wir uns der Tratschtante, entschied sie. Die schnaufende Pauline Knackenfeld rannte fast in sie hinein.

»Die Leute sagen, er soll über die Kellerstiege hinunter gestürzt sein, der Ulrich …«

»Ja, und dabei ist er so unglücklich gefallen, dass er sich …«
Notburga vollendete den Satz nicht, überließ es der blühenden Fantasie der Supermarkt-Wurstverkäuferin, sich das
Bild des mit verrenktem Hals am gefliesten Kellerboden lie-
genden Mechanikermeisters Ulrich Lauringer auszumalen.

»Furchtbar!« Im Gesichtsausdruck von Pauline Knackenfeld kämpften mühsam gespielte Betroffenheit und
unverhohlene Neugierde. Ein schwer deutbares Funkeln
trat in ihre Augen. »Dass ihr ausgerechnet an dem Abend
bei der Sieglinde wart, die Olivia und du. So was nennt man
wohl Schicksal.« Notburga legte die Hand auf die Brust
und nickte bedeutungsvoll. Theatralische Gesten dieser Art
kamen bei Pauline Knackenfeld immer gut an.

»War sonst auch noch wer dabei? Die Kathi hat mir
erzählt, sie hätte die Camilla auf dem Weg getroffen …«

»Ja, die Camilla war ebenfalls dort, und auch die Sebahat.«

»Was, die Türkin auch?« Diese Nachricht verblüffte
die Wurstverkäuferin. »Es geht einen ja nichts an, aber es
interessiert einen doch. Warum wart ihr denn dort? Tupperwareparty?«

»Nein, Bibelkreis.«

Pauline Knackenfeld riss die Augen auf. Die Antwort
überraschte sie noch mehr. »Ich wusste gar nicht, dass
ihr einen Bibelkreis habt. Noch dazu mit einer … äh …
Türkin …«

»Wir haben ja auch erst damit angefangen. Es war das
zweite Treffen.«

Hinter der Stirn der Wurstverkäuferin arbeitete es. Ihre
Augen blitzten listig. »Könnte ich da vielleicht auch einmal …«

Notburga nickte heftig, damit die andere ihre wohlmeinende Haltung auch mitbekam. »Aber gerne, Pauline, sobald ein Platz frei wird, gebe ich dir Bescheid. Aber jetzt muss ich dringend heim.« Ohne eine Antwort abzuwarten, wandte sie sich um und stapfte davon.

Zehn Minuten später erreichte sie ihr Haus. Sie betrat den großen Garten durch den Hintereingang. Die Nachmittagssonne ließ die dichten Blütentrauben des Goldregens aufleuchten. Wie ein urzeitlicher Wächter mit Hunderten gelben Armen stand der knapp sechs Meter hohe Baum schützend an der Hinterseite des kleinen Holzhauses. In ihrer üppigen goldenen Pracht an den weit ausladenden Ästen ließ die mächtige Erscheinung keinen Zweifel aufkommen, wer als unumschränkte Königin über das Gartenreich herrschte. Notburga blieb ein paar Minuten vor dem Baum stehen, sog den süßlichen Duft der leuchtenden Schmetterlingsblüten in sich auf. Immer wieder streckte sie die Hand aus und strich sanft über Blüten und Blätter wie über die Haut eines Kindes. Schließlich holte sie eine Heckenschere, schnitt drei kleine Äste ab und betrat damit das Haus. Sie steckte die blütenschweren Äste in eine Vase und stellte sie auf den Tisch. Dann ging sie nach oben, um sich umzuziehen. Sie vertauschte das schwarze Friedhofskostüm gegen eine luftige Sommerbluse und eine helle weite Hose. Vor vier Tagen hatte sie einen frischen Kräutersirup aus Holunderblüten und Zitronen angesetzt. Sie holte den großen Glasbottich aus dem Keller und trug ihn in die Küche. Sie griff nach einem Löffel, um zu kosten. Wunderbar! Ein Zungenschnalzen entfuhr ihrem Mund. Dann goss sie den Inhalt aus dem

Bottich durch ein feines Sieb in fünf bereit gestellte Flaschen. Sie verschloss vier davon und verstaute sie in der Speisekammer. Aus der fünften Flasche schenkte sie sich ein Glas zu einem Drittel voll. Den Rest füllte sie mit Weißwein und Mineralwasser auf. Mit dem Erfrischungsgetränk und einem Buch trat sie in den Garten hinaus, spannte den großen Sonnenschirm auf und setzte sich in ihren Lieblingsstuhl. Sie lagerte die Beine hoch. Bevor sie einen kräftigen Schluck aus dem Glas nahm, prostete sie stumm der hoch aufragenden Gestalt des Goldregens zu. Dann begann sie zu lesen. Sie wollte sich zwei oder drei geruhsame Stunden gönnen. Vor 18 Uhr würde die trauernde Witwe nicht anrufen.

Es wurde sogar sieben, bis Sieglinde Lauringer sich am Telefon meldete.

»Entschuldige, Burgi, aber ich konnte sie nicht früher loswerden, all die Heuchler mit ihren verlogenen Beileidsgeschichten über den ach so armen Ulrich! Ich wollte nur noch einmal nachfragen, ob es dabei bleibt.«

»Ja, morgen um eins bei mir, wie ausgemacht. Die anderen kommen auch.«

»Dann noch einen schönen Abend, Burgi.«

»Dir auch, Sieglinde.«

Sie legte das Handy beiseite. Ihr Blick fiel erneut auf die blühenden Zweige, die hell leuchtend in der Abendsonne glänzten. Viele Leute hielten den süßlichen Geruch des Goldregens nur schwer aus. Sie liebte ihn.

Eine große Karaffe mit Wasser stand bereit, daneben eine Flasche mit Holundersirup. Die Damen griffen beherzt nach den belegten Brötchen, die Notburga am Vormittag zubereitet und auf zwei Keramikteller verteilt hatte.

»Möchte jemand etwas Kräftiges?«

Alle am Tisch nickten. Die Gastgeberin holte eine Flasche aus der Vitrine und goss fünf kleine Gläser mit selbst angesetztem Kräuterlikör voll. Die Frauen am Tisch prosteten einander zu und tranken.

»Hmm, herrlich!« Camilla Sonnleitners Augen strahlten. »Womit hast du den angesetzt, Burgi?«

»Mit Wodka, aber keinem russischen. Der Grey Goose kommt aus Frankreich. Ich finde, der entlockt meinen Kräutern die besten Duftnoten.«

»Ist da Rosmarin dabei?« Die kleine Frau mit dem rundlichen Gesicht war Sebahat Özen. Sie stammte aus der Türkei und war seit einem Jahr Witwe.

»Ja und Thymian, Minze, Salbei und manch anderes Kraut aus meinem Garten. Aber der besondere Trick für die Abrundung des Geschmacks liegt darin, der Mixtur auch Fenchelsamen und Espressobohnen beizugeben.«

Erneut nahmen die Frauen einen Schluck, lobten das würzige Aroma und ließen sich gerne nachschenken. Notburga erhob sich, holte ein weiteres Tablett mit Brötchen aus der Küche und setzte sich wieder zu den anderen an den Tisch. Es war Zeit anzufangen.

Camilla Sonnleitner klappte ihr Notebook auf. Die Blicke der Frauen richteten sich teilnahmsvoll auf Sieglinde Lauringer. Die Mittdreißigerin, die gestern mit versteinerter Miene am offenen Grab gestanden war, wirkte auch heute noch sehr mitgenommen. Die Ereignisse der vergangenen Tage hatten der Rothaarigen sichtlich zugesetzt.

Sie war die Jüngste in der Runde der Frauen. Notburga legte ihr beruhigend die Hand auf den Arm.

»Es ist überstanden, Sieglinde. Es wird noch dauern, bis die Erleichterung eintritt. Aber du darfst uns glauben, es wird bald besser.« Die junge Witwe nickte, griff nach einem Taschentuch, schnäuzte sich. Es war ihr anzusehen, dass sie mit den Tränen kämpfte. Sie wirkte erschöpft.

»Wir müssen auch heute nicht darüber reden, wenn es dich zu sehr mitnimmt«, setzte Camilla Sonnleitner hinzu. »Wir können die Abrechnung gerne auf ein andermal verschieben.« Die anderen stimmten zu, doch Sieglinde Lauringer hob die Hände.

»Nein, mir ist viel lieber, wir machen das gleich.«

Sie schnäuzte sich noch einmal, wischte mit den Handflächen über die feuchten Wangen und blickte die anderen an. Allmählich kroch ein seltsames Leuchten in ihr Gesicht, verbannte die graue Müdigkeit aus den wässrigen Augen.

»Ihr könnt euch gar nicht vorstellen, wie erstaunt ich war, als ich nach Ulrichs Tod seine Sachen durchsuchte. Seine Kleider, seine Koffer und Taschen, den Schreibtisch.«

Die Frauenrunde wartete gespannt, was nun kommen würde. Die eine oder andere von ihnen hatte auch schon unliebsame Entdeckungen in vergleichbaren Situationen gemacht. Aber in diesem Fall war es offenbar etwas Erfreuliches, auf das Sieglinde Lauringer gestoßen war. Denn der Glanz in ihren Augen nahm zu.

»Dass er regelmäßig ins Puff gegangen ist und sich nicht einmal die Mühe machte, die Rechnungen wegzuwerfen, hatte ich schon früher mitgekriegt. Das wäre mir auch egal gewesen, hätte er mich nicht am nächsten Tag noch brutaler behandelt als sonst. Aber ich wusste nicht, was die schwere Metallbox in der Schreibtischschublade sonst noch enthielt. Was finde ich da neben dem Reisepass und anderen Dokumenten? Zwei Sparbücher auf seinen Namen, von denen ich nichts wusste! Mit insgesamt 80.000 Euro!« Überraschte Ausrufe wurden am Tisch laut. Sieglinde griff nach ihrer Handtasche und brachte einen Zettel zum Vorschein. »Nach einem ersten groben Überblick, den ich mir verschaffen konnte, sieht es derzeit so aus: Wenn ich sein Motorrad verkaufe, das keine vier Monate alt ist, und dazu das kleine Grundstück, das Ulrich von seinen Eltern geerbt hat, dann komme ich, alles zusammengerechnet, auf gut 200.000 Euro!«

Sie sah die anderen an. »Stellt euch das vor! 200.000 Euro! Unfassbar!«

Für einen Moment war die jahrelang aufgestaute Verzweiflung, das tief eingegrabene Leiden aus ihrer Miene verschwunden. Hier strahlte ein junges Mädchen, das sich über ein unerwartetes Geschenk freute.

Olivia Samtberg lächelte ihr zu. »Das ist wunderbar für dich, Sieglinde. Zudem kannst du jetzt auch wieder zu arbeiten anfangen, wie du immer wolltest. Die Anni vom Blumenladen sucht schon lange eine Verkäuferin. Mit der würdest du dich prima verstehen.«

Das Kleinmädchenleuchten im Gesicht der jungen Witwe wurde stärker. So weit voraus hatte sie noch gar nicht geplant. Ihr wurde fast schwindlig, wenn sie daran dachte, welche Perspektiven ihr plötzlich offen standen. Jetzt, wo Ulrich nicht mehr war, konnte sie tatsächlich machen, was sie seit vielen Jahren nicht mehr gedurft hatte.

An den See fahren, baden gehen. Sich hübsch anziehen. Freundinnen treffen. Spaß haben. Ihr eigenes Geld verdienen.

»Und das mit dem Grundstück am See, das solltest du dir gut überlegen, Sieglinde«, fuhr Olivia fort. »Wenn du das Geld nicht dringend brauchst, dann warte mit dem Verkauf. Der Wert wird in den nächsten Jahren noch steigen. Das wäre eine zusätzliche Sicherheit für dich. Diese Liegenschaft wollen wir auch gar nicht mit in die Gesamtberechnung einbeziehen. Was meint ihr?« Die anderen stimmten lautstark zu.

»Wir kommen auch so auf eine hübsche Summe«, bekräftigte Notburga und füllte erneut die Likörgläser. Eine Runde ging noch. Aber sie mussten achtgeben. Sie hatten später noch zu arbeiten. Da brauchten sie klare Köpfe.

»Also meine Damen, auf euer Wohl!«

Alle hoben die Gläser, stießen an und tranken. Camilla Sonnleitner widmete sich wieder dem Laptop.

»Dann veranschlage ich einmal das Motorrad mit rund 5.000, macht zusammen mit den beiden Sparbüchern 85.000 Euro. Davon 13% sind insgesamt 11.050 Euro für die Kasse. Einverstanden, Sieglinde?«

Die Angesprochene nickte. »Ich werde den Betrag so bald wie möglich überweisen.«

Camilla Sonnleitner tippte wieder auf ihrem Laptop. »Damit haben wir derzeit einen aktuellen Kontostand von 38.620 Euro.« Sie hob den Blick vom Screen und blickte erwartungsvoll in die Runde. »Ich bitte um eure Vorschläge, meine Damen.«

Die Hausherrin meldete sich als Erste. »Wenn ihr einverstanden seid, dann lassen wir dem Frauenhaus wieder eine Unterstützung in Höhe von 10.000 Euro zukommen.« Alle gaben ihre Zustimmung. Camilla machte auf dem Notebook einen entsprechenden Vermerk im Sitzungsprotokoll. Olivia Samtberg meldete sich als Nächste. »Ich stelle den Antrag, dass Sebahat für ihre Töchter 8.000 Euro aus unserem Fonds bekommt.« Die kleine Türkin schaute sie überrascht an, dann schüttelte sie heftig den Kopf. »Nein, das kann ich nicht annehmen!«

»Doch, Sebahat, das musst du sogar!« Notburga beugte sich über den Tisch. »Du brauchst das Geld dringend. Songül möchte doch im Herbst gerne aufs Gymnasium gehen. Das soll sie auch. Und die Therapiestunden für Hülya müssen unbedingt fortgesetzt werden. Das wollen wir alle.« Die anderen stimmten mit ein, versuchten, die Türkin mit sanftem Nachdruck zu überzeugen, das Geld anzunehmen.

»Dafür ist unser Fonds ja da.«

Sebahat Özen bekam feuchte Augen. Eine durchwachsene Mischung aus unterschiedlichen Gefühlsregungen stieg in ihr auf. Heftiger Zorn fraß an ihr. Auch ein Jahr nach dessen Tod spürte sie noch immer Wut auf Ekrem, ihren ehemaligen Ehemann. Zugleich durchspülte sie eine Woge der Scham. Sie musste an ihre kleine Hülya denken, an das angsterfüllte Gesicht, das sie über Jahre gehabt hatte, wenn der Vater heimgekommen war. Sebahat hätte viel früher handeln müssen, das war ihr jeden Tag bewusst.

»Du hast trotzdem großen Mut bewiesen, dass du dich uns anvertraut hast, Sebahat.« Olivia nahm des Gesicht der Türkin zwischen die Hände und drückte die kleine Frau sanft an sich. Ein Schrillen war plötzlich zu vernehmen. Einige am Tisch erschraken. Noch einmal schellte die Türglocke.

»Das ist sicher Angela.« Die Hausfrau erhob sich vom Tisch. »Ich habe sie, wie vereinbart, für heute eingeladen. Ihr wisst ja, worum es geht.« Sie ging und öffnete die Haustür. Eine abgemagerte Frau in Jeans stand draußen. Die weizenblonden Haare waren struppig und kurz geschnitten. In ihrem bleichen Gesicht prangte eine dunkle Sonnenbrille. »Hallo, Angela, schön, dass du gekommen bist.« Notburga streckte die Hand aus. Die blonde Frau zuckte zurück, als hielte man ihr eine Natter entgegen. Dann ergriff sie zögernd die Hand. Notburga spürte Angelas Finger, sie waren kalt und feucht. »Komm herein, die andern sind schon hier.«

»Ich weiß nicht, Burgi, vielleicht sollte ich wieder umdrehen ...«

Anstatt einer Antwort legte ihr die Hausherrin den Arm um die knochigen Schultern und schob sie behutsam ins Innere des Hauses.

Die anderen begrüßten die neu Angekommene herzlich. Angela reichte mit leichtem Zögern allen Anwesenden die Hand. Olivia füllte ein Glas mit Holundersaft und stellte es ihr ihn. Die hagere Frau dankte mit einem kurzen Nicken. Sie griff aber nicht danach, sondern klemmte die Hände zwischen ihre zusammengepressten Oberschenkel. »Ich habe nur ganz wenig Zeit. Wenn der Bastian ... also ich meine, wenn mein Mann mitbekommt ... also wenn er ...« Sie wand sich, rutschte auf ihrem Stuhl herum, rang nach

Worten. »Entschuldige, Burgi, aber ich glaube, es war ein Fehler herzukommen, und ich sollte auf der Stelle wieder heim!« Sie schnellte aus dem Sessel hoch, aber Notburga drückte sie sanft zurück. »Angela, bleib ganz ruhig. Der Bastian ist in der Arbeit. Der kommt nicht vor 17 Uhr heim.«

Die Frau schüttelte heftig die weißblonden Haarsträhnen.

»Aber manchmal, da kommt er auch schon früher, und ich muss dann zu Hause sein …sonst …«

»Egal, wann er kommt, er nimmt in jedem Fall die S-Bahn. Die Traudi sitzt gleich neben der Haltestelle in ihrer Trafik. Sie ist unser Vorposten. Sollte dein Mann tatsächlich früher ankommen, dann ruft die Traudi auf meinem Handy an, und du hast immer noch 20 Minuten Zeit, nach Hause zu eilen. Wir haben alle Eventualitäten eingeplant. Du kannst beruhigt sein.« Angela Capperi zitterte am ganzen Körper, aber sie nickte, lehnte sich zurück, griff nach dem Saftglas.

»Und du kannst vor uns ruhig die Sonnenbrille abnehmen.« Camilla Sonnleitner lächelte sie an. Die Blonde schüttelte den Kopf. »Nein, bitte nicht!«

Camilla beugte sich nach vor. »Ich bin auch Jahre lang mit dunkler Sonnenbrille herumgeschlichen, weil ich mich vor allen Leuten schämte. Das Abnehmen der Brille ist ein erster Schritt, um zu zeigen, dass man sich nicht mehr versteckt. Das kostet Mut und große Überwindung. Aber hier, Angela, sind wir unter uns.«

Die Angesprochene zögerte. Unterhalb des Kinns zuckte eine Ader. Man konnte spüren, wie ihr das Herz bis zum Hals schlug. Schließlich hob sie langsam die Hand und nahm die Brille ab. Das linke Auge war blutunterlaufen und geschwollen.

»Dieses Schwein!«, zischte Sebahat. Tränen schossen in Angelas Augen, und sie begann, heftig zu schluchzen. Die anderen Frauen kümmerten sich um die weinende Angela, während Notburga in die Küche ging, um einen Kräutertee mit beruhigender Wirkung zuzubereiten.

Eine Viertelstunde später hatte Angela zwei Tassen des Tees getrunken und sogar ein halbes Brötchen gegessen.

»Du kennst ja alle hier am Tisch«, eröffnete die Hausherrin das weitere Gespräch. »Und ich habe dir die Grundprinzipien unserer Runde schon angedeutet.« Angela nickte. Vor drei Monaten war sie nach dem Einkaufen auf der Straße von Notburga angesprochen worden. Sie wollte schnell nach Hause eilen, aber die freundliche Frau bat sie, ein wenig stehen zu bleiben. Sie war erstaunt, wie gut die Frau aus dem Holzhaus mit dem wunderschönen Garten über ihre, Angelas, Situation Bescheid wusste. Sie hatte sich geschämt und anfangs versucht, alles abzustreiten oder zumindest abzuschwächen. Aber die Nachbarin hatte nicht locker gelassen. Seit damals hatten sie sich ein paar Mal gesehen, und Angela war jedes Mal von Panik erfüllt, dass ihr Mann ja nicht davon erfuhr, dass sie sich auf der Straße mit Leuten unterhielt. Schließlich hatte Notburga ihr von den anderen Frauen erzählt. Die Türkin kannte sie am wenigsten, die hatte sie nur zwei- oder dreimal im Supermarkt gesehen. Camilla und Olivia waren ihr namentlich bekannt. Und von Sieglinde Lauringer hatte sie erst vor einer Woche gehört, als deren Mann zu Hause bei einem Sturz über die Kellerstiege tödlich verunglückt war.

»Sieglinde ist erst seit Kurzem in unserer Runde«, erklärte Notburga. »Wir haben gestern ihren Mann begraben.« Diese Formulierung hörte sich für Angela eigenartig an. Es war doch wohl eher so, dass der örtliche Bestatter Ulrich Lauringer begraben hatte. Aber wahrscheinlich war Notburgas Ausspruch so gemeint, dass alle Frauen in diesem Zimmer gestern mit auf dem Begräbnis waren. Die Hausherrin schien Angelas Gedanken zu lesen. »Natürlich haben nicht wir persönlich das Grab ausgehoben, sondern der Glamper Kurt mit seinen Gehilfen. Aber wir haben dafür gesorgt, dass es überhaupt zu einem Begräbnis kam.«

Angela wollte immer noch nicht glauben, was sie da hörte. Notburga hatte ihr schon in einigen Vorgesprächen angedeutet, worin der Sinn des Zusammentreffens der Frauen bestand. Einfache Lösungen für schwierige Probleme zu finden. Aber von einem Begräbnis war da nie die Rede gewesen.

Notburga stand vom Tisch auf, öffnete eine Schublade an der großen Kommode neben dem Fenster und entnahm ihr ein kleines Fläschchen. Ein Rest von dunkler Flüssigkeit war darin zu erkennen.

»Was ist das?«, fragte Angela.

Die Hausherrin stellte das Fläschchen vor sie auf den Tisch.

»Das ist Morphin, versetzt mit Alkohol, gewonnen aus dem milchigen Saft des Schlafmohns, Papaver somniferum.« Sie ließ kurz das Gesagte auf die weizenblonde Frau wirken. »Ich habe Schlafmohn in meinem Garten. Vielleicht sind dir die violetten Blüten schon aufgefallen. Jetzt, Ende Juni, blühen sie besonders schön.«

Angela hatte schon öfter beim Vorbeigehen einen Blick in Notburgas üppigen Garten geworfen. Darin blühte eine Vielzahl an Blumen, Kräutern und Stauden. Sie wusste nicht, welche violetten Blüten die Hausherrin im Speziellen meinte.

»Das Morphin des Schlafmohns wirkt ähnlich wie K.o.-Tropfen. Anfangs habe ich versucht, das benötigte Alkaloid aus Wurzeln und Samen von Engelstrompeten zu gewinnen. Die Engelstrompete ist zwar mit ihren auffälligen Blüten ein wahrer Blickfang, aber weit nicht so wirkungsvoll wie Schlafmohn.«

Sie schob den kleinen Glasbehälter mit der dunklen Flüssigkeit näher an ihre Besucherin.

»Der Rest aus diesem Fläschchen würde immer noch ausreichen, um uns alle hier im Raum flachzulegen.«

Unwillkürlich lehnte sich Angela Capperi weiter zurück, versuchte, größere Distanz zwischen sich und die Flasche mit dem bedrohlichen Inhalt zu schaffen.

»Die wichtigste Grundlage unserer Runde ist, dass wir einander helfen und keine die andere allein lässt.« Ohne sich abgesprochen zu haben, fassten die Frauen am Tisch einander an den Händen. Sie schlossen auch Angela mit ein. Die Geste dauerte nur ein paar Augenblicke. Dann ließen sie wieder los.

»Deshalb waren wir auch alle zusammen vor einer Woche bei Sieglinde. Ich hatte ihr das Fläschchen mitgegeben. Sie wusste, was zu tun war. Sie mischte ihrem Mann das Morphin unters Essen, Chili con Carne mit einer kräftigen Soße, die jeglichen anderen Geschmack übertünchte. Das Morphin tat bald seine Wirkung, und Sieglinde verständigte uns. Wir hatten in der Nähe des Hauses gewartet. Wir trafen ein, schnappten uns den benommenen Ulrich, zerrten ihn zur offenen Kellertür und sorgten dafür, dass er seine Frau nie wieder demütigte, schlug, vergewaltigte, terrorisierte. Sieglinde hatte vier Zeuginnen, Olivia, Camilla, Sebahat und mich, die gegenüber den Rettungseinsatzkräften angaben, dass Ulrich nach der Dusche mit feuchten Füßen über die Kellertreppe hinuntergeeilt und offenbar ausgerutscht war. Mit diesen unseren Aussagen war die Angelegenheit offiziell erledigt. Es blieb nur mehr das Begräbnis zu organisieren für den auf so tragische Weise aus dem Leben gerissenen Ulrich Lauringer, der in diesem Ort so beliebt war, weil er sich in aller Öffentlichkeit stets als leutseliger, geselliger, fürsorglicher Ehemann und Gemeindebürger präsentiert hatte.«

Angela beugte sich vor, nahm das kleine Fläschchen in die Hand, betrachtete es eine Weile neugierig. Dann stellte sie es zurück. Sie konnte noch immer nicht ganz glauben, was sie eben gehört hatte. Ihre Augen wanderten von einem Gesicht zum nächsten.

»Wie habt ihr angefangen?«

»Mit mir«, antwortete Olivia und setzte ein Lächeln auf. »Mein Mann Jan ist vor fünf Jahren gestorben. Aber davon hast du wohl nichts mitbekommen, weil ihr ja erst vor einem Jahr hergezogen seid.«

Angela wusste nichts über den Tod von Olivias Ehemann. Sie wusste überhaupt wenig über die Leute im Dorf, weil sie sich selten aus dem Haus traute. Nur zum Einkaufen ging sie aus. Bastian hatte ihr strengstens verboten,

Kontakt zu anderen Leuten aufzunehmen. Einmal hatte er erfahren, dass sie sich mit einem Mann im Supermarkt unterhalten hatte. Darauf hatte sie eine Woche nicht das Haus verlassen können, so sehr hatte er sie geprügelt und mit den Füßen getreten.

»Bei Lars haben Olivia und ich Atropin eingesetzt«, setzte Notburga den Bericht fort. »Ich habe schon vor Jahren im Garten Schwarze Tollkirschensträucher gepflanzt, Atropa belladonna. Sie lieben humusreichen und kalkhaltigen Boden.«

Notburga wies mit der Hand in die Runde.

»Bei Simon, dem Mann von Camilla, haben wir mit Geflecktem Schierling und Brechnuss gearbeitet und bei Sebahats verblichenem Gatten Ekrem mit Colchicin, dem Gift der Herbstzeitlosen. Ich habe vor drei Jahren einen Teil des Gartens extra bewässern lassen, damit sich die Herbstzeitlosen auf dem feuchten Boden wohlfühlen.«

Angela schüttelte ungläubig den Kopf. Sie kannte diese Vorboten des Winters noch aus ihrer Kindheit. Herbstzeitlose hatten ihr immer gefallen. Sie wusste nicht, dass diese so harmlos wirkenden Gewächse mit violetten und rosa Blüten gefährlich waren.

»Und alle diese giftigen Pflanzen wachsen in deinem Garten?«

»Ja, und da gedeiht noch vieles andere, das uns hilfreich sein kann: Hundspetersilie, Maiglöckchen, Fingerhut, Wolfsmilch, Hyazinthen, Stechapfel, Robinien …«

Über die Gefährlichkeit von Maiglöckchen hatte Angela schon gehört. Jeden Frühling gab es erneut Meldungen in den Zeitungen, dass jemand Maiglöckchen mit Bärlauch verwechselt hatte, und dabei qualvoll erkrankt war. Sogar an Berichte über Todesfälle konnte sie sich erinnern. Sie wurde unruhig, blickte auf die Uhr.

Ihr Mann würde in zwei Stunden von der Arbeit heimkommen. Oder vielleicht doch früher. Notburga erfasste ihre Hand.

»Wir alle werden bezeugen, dass deinem Mann etwas Schreckliches passiert ist. Ein Unfall, eine tragische Begebenheit, die zu seinem Tod führte. Was genau, darüber reden wir noch.«

Angela atmete schwer.

»Und dann?«

»Dann wirst du das Begräbnis organisieren und in Trauerkleidung neben seinem Sarg stehen. Wenn du dir einen Überblick über das verbleibende Vermögen verschafft hast, treffen wir uns wieder so wie heute. 13 Prozent dessen, was dir nach dem Tod bleibt, gehen an unsere Gemeinschaftskasse, unseren Hilfsfonds.«

Sie sah ein wenig verwundert in die Runde.

»Warum ausgerechnet 13 Prozent? Warum nicht zehn oder 15?«

Notburga lächelte, ließ Angelas Hand los.

»13 ist so eine schöne Zahl. Zwölf Feen waren bei der Tauffeier von Dornröschen anwesend. Aber die Fee Nummer 13 hat schließlich ihr Schicksal besiegelt.«

Angela war irritiert, sie kannte das Märchen.

»Aber die 13. Fee war doch die Böse! Die hat versucht, Dornröschen mit ihrer Spindel zu töten.«

Wieder strich ein sanftes Lächeln über Notburgas Gesicht. »So kann man es sehen. Man kann den Vorfall aber auch anders interpretieren. Durch den Stich wurde Dornröschen in einen anderen Zustand versetzt, einen Prozess der Veränderung. Und als sie den beendet hatte und aufwachte, da war sie eine andere. Ab jetzt war ihr das Glück hold.«

Und dieses Glück kam in Gestalt eines Prinzen angeritten! Angela schnaubte verächtlich. Sie hatte sich nie eingebildet, dass Bastian ein Prinz war, der sie auf Händen trug. Das hätte sie ohnehin nicht gewollt. Aber dass aus dem Mann, zu dem sie sich einst hingezogen fühlte, ein derart brutales Ungeheuer würde, hätte sie sich nie träumen lassen. Sie begann wieder zu zittern, schaute auf die Uhr.

Dieses Mal war es Sieglinde, die Angelas Hand erfasste, sie aufmunternd presste.

»Ich habe auch lange gedacht, ich schaffe das nicht. Aber die anderen haben mir geholfen. Du bist schon soweit, wir alle ziehen das mit dir durch.«

Angela blickte in vertrauensvolle Gesichter.

»Du musst uns mehr über deinen Mann erzählen, über seine Gewohnheiten, seinen Alltag, damit wir einen Plan entwickeln können. Wie verhält er sich, wenn er heimkommt?«

Angelas Hände begannen zu schwitzen. Aber Sieglinde hielt sie immer noch fest.

Ihr Stimme klang heiser.

»Er ist nicht immer gleich. Aber ich kenne es jedes Mal an seinem Blick, was er vorhat. Manchmal zerrt er mich auf der Stelle ins Schlafzimmer, und was dann kommt, mag ich euch nicht schildern.«

Das brauchte sie auch nicht, die anderen Frauen wussten aus leidvoller eigener Erfahrung, was dort passierte.

»Erzähle uns einfach, was er sonst macht, außer dich zu quälen.«

Ihr Bericht geriet ins Stocken. Sie wusste wenig, was Bastian trieb, wenn er nicht zu Hause war.

»Hat er Hobbys?«

Sie dachte nach. »Nur seinen alten Opel. Der steht in einem Schuppen. Daran schraubt er immer herum.«

Sieglinde, die frisch gebackene Witwe des verblichenen Mechanikermeisters Ulrich Lauringer, horchte auf.

»Weißt du zufällig, wie er dort arbeitet? Gibt es eine spezielle Vertiefung im Boden, eine Montagegrube?«

Angela dachte nach. Sie war erst zwei Mal im Schuppen gewesen. Zuletzt vor einer Woche. Bastian erlaubte ihr nur, sich zu nähern, wenn er etwas brauchte. Frisches Bier oder etwas zu essen.

»Nein, ich glaube nicht. Da ist keine Grube. Er hat den Wagen mit so einer Art Hebevorrichtung aufgebockt.«

Sieglinde blickte triumphierend in die Runde.

»Und so eine Hebevorrichtung kann ja plötzlich wegkippen.«

Die anderen stimmten zu. Alle konnten sich die Situation vorstellen. Ein Auto mit abmontierten Rädern, gestützt mit Haltevorrichtungen. Unter dem Wagen liegt ein Mann und hantiert mit einem Schraubenschlüssel. Was passiert, wenn die Wagenheberstütze durch eine Unachtsamkeit oder ein technisches Gebrechen plötzlich wegkippt …?

»Was wiegt so ein Auto?« fragte die Türkin.

»Mein alter Golf wiegt sicher mehr als eine Tonne«, antwortete Olivia.

Sebahat war beeindruckt. »Na das muss doch reichen, oder?«

Alle nickten und schauten auf Angela. Die hatte einen trockenen Mund. Ihr Magen krampfte sich zusammen. Dann gab sie sich einen Ruck, stemmte die Fäuste auf die Tischplatte.

»Und wie machen wir es? Mit dem da?« Sie deutete auf das Fläschchen mit der braunen Flüssigkeit.

Notburga schüttelte den Kopf. »Nein. Vielleicht ist es Aberglaube, aber ich habe mir vorgenommen, niemals zwei Mal dasselbe Gift zu verwenden. Ich will keiner Pflanze aus meinem Garten zumuten, öfter als einmal unsere Verbündete zu sein. Die Tollkirsche hat ihre Aufgabe bei Ulrich bravourös erfüllt. Lasst uns für Bastian über andere Möglichkeiten nachdenken.«

Sie einigten sich schließlich auf Bilsenkraut. *Hyoscyamus niger*, das Schwarze Bilsenkraut, wurde früher, ebenso wie manch andere Giftpflanze, auch Hexenkraut genannt. Am giftigsten waren Wurzeln und Samen. Notburga würde daraus ein Pulver gewinnen, stark genug, um einen Ochsen zu vergiften. Das sollte Angela dem hungrigen Bastian unters Essen mischen. Dann würden sie gemeinsam anrücken und den besinnungslosen mit dem Tod ringenden Ehemann in die Garage bringen und unter den Wagen legen. Der kommende Sonntag schien für das geplante Vorhaben ein guter Tag zu sein.

»Was ist der offizielle Grund für unseren Besuch?«, fragte Camilla Sonnleitner. »Wieder die Bibelrunde?«

Notburga schmunzelte, sie musste an ihre Begegnung mit der neugierigen Wurstverkäuferin denken. »Pauline Knackenfeld hat mich gestern nach dem Begräbnis abgefangen. Sie hat mich auf eine andere Idee gebracht.«

»Auf welche?«

»Tupperwareparty.«

Die anderen lachten. »Warum nicht, das klingt nach biederer Hausfrauenrunde. Ich besorge uns einen Katalog«, schlug Olivia Samtberg vor und stellte Notburga ihr leeres Likörglas hin. Die anderen taten es ihr gleich. Die Hausherrin griff zur Flasche. Dieses Mal ließ sich auch Angela Capperi das Glas vollschenken.

Die angehende Witwe war die Erste, die aufbrach, eine halbe Stunde vor der erwarteten Heimkunft des Gatten. Camilla, Sieglinde und Sebahat folgten bald. Die späte Nachmittagssonne hatte den Garten auf der Hinterseite des Hauses zur Gänze erfasst. Olivia und Notburga standen vor dem gelb leuchtenden Goldregen.

»Im September sind es fünf Jahre.« Olivia sprach leise. Notburga nickte. Mit den Fingerkuppen strich sie sanft über die Schmetterlingsblüten.

»Ja, für mich ist es wie mein fünfter Geburtstag. In meinem zweiten Leben.«

Olivia tastete nach der Hand der Nachbarin und Freundin, drückte sie.

»Wir sollten das feiern, Notburga. Ich meine deinen Geburtstag, dein zweites Leben. Es ist um so vieles schöner als das erste. Genauso wie meines.«

»Ja, das werden wir, Olivia. Das feiern wir, ganz bestimmt.«

Beide Frauen dachten an die Ereignisse an jenem Samstag im September vor fünf Jahren. Die Bilder der Erinnerung waren so stark, als wäre es erst gestern gewesen. Die Strahlen der Sonne, die an jenem Samstagmorgen durch das Küchenfenster fielen, versprachen einen milden Herbsttag in satten Farben, bei dem einem das Herz vor Freude aufging. Aber Notburga war damals unfähig, die Wärme der Sonne wahrzunehmen. Ihr Herz konnte sich nicht einmal für die Schönheit der Natur öffnen, es war verschlossen, seit Jahren verletzt, verkrustet wie die Schürfwunden in ihrem Gesicht, wie die Hämatome an Brust und Rücken, an Armen und Beinen. Ihr Mann Richard hockte im ersten Stock in seinem Büro und wartete ungeduldig auf sein Frühstück. Das Müsli stand bereit. Sie hatte es vor zehn Minuten zubereitet. Sie griff nach dem Tablett und verließ die Küche. Bei jedem Schritt zitterte sie, aber sie stieg dennoch unbeirrt nach oben. Dieses Frühstück würde anders ausfallen als alle davor. Sie hatte die Samenkörner des Goldregens aus dem Garten zu Pulver verarbeitet und unter die Flocken und Körner gemischt. Und wenn Richard sie hernach verprügeln würde, mit Füßen trat, ihren Kopf gegen die Wand knallte, dann war ihr das egal. Sie wollte sich einmal wehren. Sie wollte, dass auch er einmal litt, dass er wenigstens für kurze Zeit Qualen über sich ergehen lassen musste. Sie war zornig, wütend, und zugleich fühlte sie sich hilflos. Die Samenkörner des Goldregens würden ihn nicht umbringen. Dazu würde es nicht kommen, denn ihm würde vorher unfassbar schlecht werden. Er würde das Verspeiste erbrechen und damit auch das Gift auskotzen, das ihn töten könnte. Aber er würde Schmerzen verspüren. Er saß am Schreibtisch vor dem PC und blickte nicht einmal auf. Sie stellte ihm das Müsli hin, schlich wieder nach unten und wartete. Sie hatte Angst vor dem, was in der nächsten halben Stunde passieren würde. Zugleich fühlte sie sich stark, weil sie sich endlich zur Wehr setzte. Und dann ereignete sich alles ganz anders. Er kam gar nicht dazu, zu kotzen. Sie hörte ihn oben in seinem Büro aufbrüllen. Die Tür wurde aufgerissen, und er trampelte wie ein Berserker zur Treppe, machte sich auf den Weg zu ihr, um sie zu bestrafen, zu schlagen. Er übersah die Katze am obersten Treppenabsatz. Die fuhr ihm fauchend zwischen die Beine. Er verlor das Gleichgewicht, überschlug sich mehrmals auf der Stiege und landete schließlich auf dem Parkettboden im Wohnzimmer, direkt vor ihren Füßen. Er bewegte sich nicht mehr. Eine Zeit lang starrte sie nur ungläubig auf den verrenkten Körper. Sie war wie betäubt. Später wusste sie nicht mehr, wie lange sie so verharrt war. Irgendwann sackte sie in die Knie und ließ sich auf den Boden nieder, weiterhin unfähig, etwas zu unternehmen. Sie spürte nur Wut und Ekel. Die galten dem toten Richard genauso, wie sie seit Jahren dem lebenden gegolten hatten. Den ganzen Tag lang blieb sie sitzen, streichelte ab und zu die Katze, die ihr um die Beine huschte. Als es dämmerte, erhob sie sich langsam vom Wohnzimmerboden und ging hinüber zu ihrer Nachbarin. Sie läutete an Olivias Haustür und erzählte ihr alles. Olivia war allein zu Hause. Jan, ihr Ehemann, befand sich an diesem Wochenende auf Dienstreise.

»Ich denke oft daran, dass du fast dabei draufgegangen wärst, Olivia.«

Notburga tauchte kurz aus ihrer Erinnerung auf. Ihre Stimme war ein Flüstern. Ihre Hände streichelten immer noch über die gelben Schmetterlingsblüten. Die Junisonne brachte den Goldregen zum Leuchten, so wie damals vor fünf Jahren die herbstlich milde Septembersonne.

Am nächsten Morgen hatte Notburga die Polizei angerufen. Sie hätte Angst um ihren Mann, gab sie an. Es habe Streit gegeben. Er sei noch spät in der Nacht weggefahren, hatte einiges getrunken. Er wäre bis jetzt nicht nach Hause gekommen. Sie mache sich große Sorgen, dass ihm etwas zugestoßen sei. Eine freundliche Polizeibeamtin versprach, die Meldung weiterzugeben. Bereits zu Mittag fand man den Wagen in der Klamm, zehn Kilometer vom Ort entfernt. Das Auto musste auf der abschüssigen Straße die schon morschen Leitplanken durchbrochen haben. Es war 40 Meter tief in den reißenden Fluss gestürzt. Bis spät in die Nacht suchten die Taucher. Die Aktion war schwierig wegen des Geländes und der gefährlichen Strömungen. Richard Oberlahner hatte wohl versucht, sich aus dem Wagen zu befreien. Die Fahrertür war halb geöffnet, wie man ihr später berichtete. Die wilden Wassermassen hatte ihren Ehemann wohl mitgerissen. Leider bliebe wenig Aussicht, dass ihr Mann noch am Leben sei. Aber man hoffte, den Leichnam in den nächsten Tagen zu bergen. Doch man fand ihn nicht. Die Schlucht war lang, der reißende Wildbach stellenweise sehr tief. Da gab es viele Höhlen und abgestorbene Bäume, wo sich ein toter Körper für immer verheddern konnte. Es war ein tragisches Unglück, das sich hier ereignet hatte, ein Unfall wegen Unachtsamkeit und zu hohem Tempo. Die Nachbarin hatte ja bestätigt, mit welcher Rasanz sie den aufgebrachten betrunkenen Richard Oberlahner mitten in der Nacht wegfahren hatte sehen.

Gelegentlich träumte auch Olivia noch von diesen Stunden. Dann sah sie sich selbst wieder in Richard Oberlahners Auto die enge Straße durch die Klamm rasen, an der abschüssigen Stelle den Fuß aufs Gaspedal pressen, die linke Hand am Türgriff, um sich eine Sekunde, bevor das Auto die Holzleitplanken durchbrach, aus dem Wagen zu werfen. Manchmal in ihren Träumen schaffte sie es auch nicht, dann stürzte sie samt dem Fahrzeug ins Bodenlose. Es war ihr Plan gewesen. Sie hatte Notburga zu diesem Wagnis überredet. Eine Leiche, die man nicht finden würde, konnte man auch nicht obduzieren. An der konnte man nicht feststellen, dass sich im Magen Spuren von Cytisin befanden, einem Gift, das auch die Samen des Goldregens enthielt, einer Pflanze, die in Notburgas Garten blühte. Olivia war nicht in die Schlucht gestürzt, nur Richards Audi donnerte 40 Meter tief in die Klamm. Ihr Schutzengel hatte seinen Job bestens erledigt. Sie hatte sich an den Wurzeln einer Fichte festhalten können, heil, aber am ganzen Körper zitternd. Und sie hoffte, dass sie in ihrem Leben keinen zweiten Stunt dieser Art mehr machen musste. Dann waren sie mit Olivias Auto, das Notburga lenkte, zurück gefahren. Richards Leiche hatten sie schon vorher im Garten vergraben, direkt unter den weit ausladenden Ästen des Goldregens. Eine Woche später begannen die beiden Nachbarinnen gemeinsam darüber nachzudenken, wie man mit Jan verfahren könnte.

»Kennst du Atropos?«, hatte Notburga sie damals gefragt.

»Nein.« Den Namen hatte Olivia noch nie gehört.

»Das ist eine der Moiren, eine der drei Schicksalsgöttinnen der griechischen Mythologie.«

»Ja und …?«

»Sie ist die Namensgeberin für Atropin, das Gift der Schwarzen Tollkirsche. Eine solche wächst seit Jahren in meinem Garten.«

»Interessant«, hatte Olivia bemerkt. »Schicksalsgöttin klingt gut.«

Vier Wochen später begrub man Jan Samtberg, an einem Mittwoch im Oktober, der sich grau und nebelig zeigte. Die vom Ableben des Gatten mitgenommene Witwe wartete sechs Monate. Das schien eine angemessene Zeit für öffentlich zur Schau gestellte Trauer. Dann machte Olivia Samtberg mit ihrer Nachbarin und Freundin Notburga Oberlahner einen ausgedehnten Urlaub. Sie bereisten Südfrankreich und die Toskana, verbrachten eine Woche in Rom und erfreuten sich am Leben. Das hätten ihnen ihre Männer nie erlaubt. Als sie zurückkamen, fiel ihnen zum ersten Mal Camilla Sonnleitner auf. Sie schlich mit eingezogenem Kopf durchs Dorf und trug ständig eine dunkle Sonnenbrille.

»Wir sollten sie einmal zu einem Kaffee einladen«, hatte Olivia gemeint.

»Besser zu einem Kräuterlikör«, hatte Notburga ergänzt. Daraufhin war sie in die Buchhandlung marschiert, um sich ein neues Buch über ausgefallene Gartenpflanzen zu besorgen.

Sie standen noch eine halbe Stunde in der Junisonne neben dem mächtigen gelben Strauch, dessen goldfarbene Arme sich wie schützend über dem Garten in den tiefblauen Himmel reckten.

»Soll ich dir ein paar Zweige abschneiden?«

Olivia schüttelte den Kopf. »Danke. Du weißt, ich mag den Geruch nicht so gerne wie du.«

Notburga nickte. Sie liebte den Duft dieses Strauches. Und sie liebte den Schwall der dichten gelben Blüten, der sich förmlich auf sie ergoss wie die Fontänen eines Goldbrunnens. Dann blickte sie hinüber zum Schuppen. An dessen rechter Seite reckten sich gelbliche Trichterblüten mit feiner violetter Äderung nach oben. Der Kelchgrund war dunkel. Vielleicht hieß das Bilsenkraut auch deshalb manchmal Teufelsauge. Notburga löste ihre Hände von den Schmetterlingsblüten der Goldrebe und begab sich zum Bilsenkraut. Es gab noch einiges zu tun. Der Sonntag war bald da …

Thymian, *Thymus vulgaris*, auch *Quendel, Spanisches Kudelkraut*.
Gewürz-Star der mediterranen Küche. Ein Tausendsassa als Heil-
pflanze. Gemäß einem alten Suppen-Rezept hilft die Beigabe von
Thymian gegen Schüchternheit.

THYMIAN

Und dann kam der Moment, den sie am meisten liebte. Der Griff nach den getrockneten Thymianzweigen. Wie immer begann ihr Herz schneller zu schlagen.

Die Finger der linken Hand umfassten die Zweige, hoben sie behutsam von der Fensterbank, ließen sie in bedächtiger Bewegung durch die Luft schweben, bis sie über der Kasserolle zum Stillstand kamen. Es schien ihr jedes Mal wie eine rituelle Zeremonie, als stünde sie nicht frühabends am E-Herd ihrer Küche, sondern an einem fackelbeleuchteten Altar in einem antiken Tempel. Mit der Rechten umschloss sie behutsam die Zweige. Die Ränder der getrockneten Blätter fühlten sich an wie raschelndes Pergament. Dann begann sie langsam, fast ehrfürchtig, die Blätter von den Stielen zu streifen. Dieser Duft! Nichts kommt dem würzigen, bittersüßen Aroma des Thymians gleich. Wie kleine dunkle Schneeflocken fielen die abgestreiften Teile auf die leicht angebratenen Hühnerkeulen im Bräter. Getrockneter Thymian hat eine noch intensivere Würzkraft als die frischen Blätter.

Sie konnte sich noch gut erinnern, wann sie zum ersten Mal vom Geruch des Thymians betört worden war. Sie war als Elfjährige mit ihren Eltern auf Urlaub in der Toskana. Ihr Vater parkte den Wagen am Fuß eines Hügels. Sie wollten im Mittagslicht unweit der Küste zu einer nahe gelegenen Bastei wandern. Sie hatte noch keine 20 Schritte auf dem schmalen staubigen Pfad getan, als sie plötzlich von einer Woge aus Duft überfallen wurde. Der verlockende Geruch strömte von allen Seiten auf sie ein, kam aus dem dichten niedrigen Buschwerk, das sich über den sanft ansteigenden Hügel zog. Sie war wie benommen. Hitze erfüllte ihren Kopf. Sie ließ den Rucksack fallen und rannte los. Als tauchte sie in schäumende Wellen, warf sie sich mit ausgebreiteten Armen in das grüne Pflanzenmeer. Die rosafarbenen Blüten zwischen den silbrig grünen Blättern überschütteten sie mit einer Woge an Duft, dass ihr schier das Bewusstsein schwand. Sie begann sich im Geflecht aus Zweigen herumzuwälzen, sog in gierigen Zügen den Geruch ein. Das Aroma füllte jeden Winkel ihres Körpers aus. Sie hätte jauchzen mögen vor Glück. Und von der ersten Sekunde dieser wundersamen Begegnung an wurde ihr klar, die Glut dieser Pflanze war zugleich auch ihre Glut, die sie tief im Innern spürte. Ihr Vater hatte mit der Hand ausgeholt und ihr wegen ihres ungebührlichen Benehmens einen leichten Schlag auf den Hinterkopf versetzt. Ihre Mutter hatte sie gescholten, weil durch das Wälzen in der Macchia das helle Sommerkleid aufgerissen war. Aber das alles konnte das beglückende Aroma nicht vertreiben, das rings um sie schwebte, und dessen Geruch sie fortan in sich trug.

Ihre Augen wurden feucht, so wie damals bei der Elfjährigen, die durch die sonnendurchflutete Hügellandschaft der Toskana stapfte. Aber heute waren es Tränen des Glücklichseins, die ihre Wangen benetzten. Genauso behutsam, wie sie die Zweige aufgenommen hatte, legte sie die abgezupften Stängel wieder zurück auf die Fensterbank. Dann führte sie langsam die Finger an ihre Nase, atmete noch einmal intensiv den Geruch ein. Sie kochte viel mit mediterranen Kräutern, mit Basilikum, Oregano, Rosmarin, Knoblauch, Lorbeer, Salbei. Und jede dieser Gewürzpflanzen hatte ihren eigenen Reiz, passte wunderbar zur Vollendung verschiedenster Gerichte. Aber keine konnte es mit der Glut des Thymians aufnehmen. Sie blickte auf die leicht angebräunten Hühnerkeulen, die vor ihr im Bräter lagen. Sie hatte sie kurz mit Olivenöl in der Pfanne angebraten und mit etwas Geflügelfond untergossen. Sie schloss die Augen, sog erneut den Geruch ein. Sie überlegte einen Augenblick. Dann entschied sie sich für hauchdünn geriebene Zitronenschalen und einige in Amaretto eingelegte Vogelbeeren als zusätzliche Geschmacksbegleiter. Das Backrohr hatte sie schon vorher auf 180 Grad vorgeheizt. Sie hob die Kasserolle hoch und schob sie in den Ofen.

Er parkte den Wagen neben der Kirche und sah auf die Uhr. Fünf vor sieben. Er war knapp dran. Der Umweg über Waldstetten hatte ihn eine ganze Stunde gekostet. Er musste sich beeilen. Der kleine Supermarkt schloss um 19 Uhr. Er umkurvte das Gemeindehaus und eilte durch die Automatiktür ins Innere des Geschäftes. Die Angestellte an der Kassa bediente gerade einen älteren Herrn, mühte sich mit dem Scanner und einem schlecht lesbaren Preisschild ab. Dennoch schenkte sie ihm ein kurzes Lächeln. Er spürte einen leichten Stich in der Herzgegend, als er die Frau erkannte. Das war Heide Kunzler. Er hastete vorbei an den Regalen mit Tierfutter, Putzmitteln und Hygieneartikeln und steuerte die Käse- und Wurst-abteilung an. Dort traf er, wie erhofft, die Filialleiterin. Er wartete, bis sie der jungen Frau mit dem quengelnden Kleinkind die Salamistücke eingepackt hatte. Kurz blickte er der jungen Mutter nach, die mit halb vollem Einkaufs-wagen und Kind der Kassa zustrebte. Dann wandte er sich an die Frau hinter der Theke. Das Lächeln geriet ihm etwas schief.

»Wie viel macht es heute aus?«

Magda Streuner, die seit zwölf Jahren die Filiale leitete, griff in ihre Kitteltasche und reichte ihm den Beleg.

»Nicht schlimm. Eine Strumpfhose und eine Dose Thunfisch. Macht 11 Euro 20.«

Er gab ihr 30 Euro. »Danke, Frau Streuner. Das passt so.«

»Vielen Dank, Herr Doktor.«

»Ich habe zu danken. Und einen schönen Gruß an den Herrn Gemahl.«

Er verließ den Supermarkt und stieg ins Auto. Die Last der Sorgen drückte ihn schwer. Die Abstände wurden kürzer. Als sie vor drei Jahren hergezogen waren, hatte er im Schnitt alle zwei Monate eine SMS von der Filialleite-rin bekommen. Jetzt war es fast wöchentlich. Er musste Constanze unbedingt dazu bringen, dass sie wieder zur Therapie ging. Auch wenn ihr das schwer fiel.

»Ihre Frau leidet unter einer Störung der Impulskont-rolle«, hatte ihm die Psychiaterin vor fünf Jahren erklärt. »Bei ihr äußert sich die Bewältigung eines Anspannungs-zustandes durch pathologisches Stehlen.« Damals hatte Constanze erstmals in einem Designer Outlet versucht, eine Halskette an der Kassa vorbei zu schmuggeln. Dabei hatte sie Kleider im Wert von über 500 Euro eingekauft und auch bezahlt. Die Kette war nicht einmal 20 Euro wert. Er war wie aus allen Wolken gefallen. *Meine Frau ist eine Kleptomanin!* Aber diesen Begriff hatte die Psychiaterin nie verwendet. Sie hatte immer nur von *krankhaften Stehl-Impulsen* gesprochen. Anfangs schien es, als würde die Therapie, der sich Constanze unterzog, greifen. Aber nach einem Jahr war sie wieder dabei erwischt worden, wie sie in einem Sportgeschäft ein billiges Fahrradschloss mitgehen ließ.

Seine Hände schwitzten, das Leder am Lenkrad wurde feucht. Der heutige Tag war furchtbar. Er startete den Wagen und fuhr los. Es hatte sich vor drei Jahren gut angelassen, hierher zu ziehen, in dieses kleine abgelegene Dorf mit nicht einmal 800 Einwohnern, 60 Kilometer von der nächsten größeren Stadt entfernt. Er hatte Vorsorge getroffen. Die Supermarkt-Chefin hatte von Anfang an Verständnis gezeigt und ihre Mitarbeiterinnen entsprechend instruiert.

»Machen Sie sich keine Sorgen, Herr Doktor Albert. Das kriegen wir schon hin.«

Er war erleichtert gewesen. Der Ehemann der Filialleiterin war zugleich der Bürgermeister der Gemeinde. Albert hatte sich immer wieder durch großzügige Spenden für die örtlichen Vereine erkenntlich gezeigt.

Ihre Frau war wieder hier. Diese SMS hatte ihn am Vormittag erreicht.

Die Abstände von Constanzes Stehlversuchen wurden kürzer. Und vor zwei Wochen hatte sie erstmals in der

Stadt, fernab seiner Kontrolle, einen billigen 15-Euro-Ring eingesteckt. Die Angelegenheit hätte sich zum Fiasko ausgeweitet, wenn nicht zufällig Constanzes Freundin Marion mit im Geschäft gewesen wäre.

Es musste sich etwas ändern, dringend, besonders nach einem Tag wie heute.

Er lenkte den Mercedes durch die Einfahrt und hätte fast das Garagentor gerammt.

»Hallo, Liebling, Essen ist schon fertig.«

Sie küsste ihn auf die Wange und reichte ihm das Glas mit dem Aperitif. Als Vorspeise gab es einen leichten Sommersalat mit Birnen und Nüssen. Er hatte keinen Appetit. Sein Magen fühlte sich an wie ein Klotz. Aber er aß dennoch, ihr zuliebe. Danach servierte sie die Hauptspeise, duftende Hühnerkeulen mit Gemüse. Einen Hauch von Thymian hatte er schon bei seiner Ankunft wahrgenommen. Nun strömte ihm das volle Aroma entgegen. Ihm wurde fast übel dabei, aber er schaufelte tapfer Fleischstücke und Brokkoli auf die Gabel. Er linste zu ihr hinüber. Constanze strahlte, freute sich wie ein kleines Kind. Er liebte seine Frau.

Er liebte ihre Lebensglut, die sie auf alles ringsum verströmte wie der Thymian den betörenden Duft auf seine Umgebung. *Lebenskraft* bedeutete das griechische Wort *thymol*, das dem Thymian seinen Namen gab. Die Krippe des Christkinds war mit Thymian ausgepolstert, hatte ihm Constanze einmal erzählt, begleitet von einem bezaubernden Lächeln. Bei den Germanen war Thymian der Liebesgöttin Freya geweiht. Seine Kraft beschützte die Frauen.

An diesen Satz musste er denken, während er das zarte Hühnerfleisch auf seinem Gaumen spürte und sich der Geschmack des Thymians in ihm verstärkte.

In Constanzes Augen funkelte es kurz auf.

»Hat sie die Brosche mitbekommen?« Die Frage kam so unschuldig, als erkundigte sie sich nach dem Wetter. Er schüttelte langsam den Kopf.

»Nein, nur die Strumpfhose und den Thunfisch.«

Das Blitzen in ihren Augen wurde stärker wie bei einem Kind, dem ein besonderer Streich gelungen war.

»Hab ich mir gedacht.«

Sie fasste in die Tasche ihrer hellen Sommerjacke und legte die Brosche auf den Tisch. Ein billiger roter Glasstein mit einer silberfarbenen Kunststoffeinfassung.

Was mochte das Schmuckstück wert sein? Acht oder zehn Euro, allerhöchstens 15. Er bemühte sich, ruhig weiter zu essen.

»Was willst du damit machen?«

Sie zuckte mit den Schultern, schob die Brosche wieder in die Tasche.

»Weiß noch nicht. Wahrscheinlich wegwerfen.«

»Du könntest sie für den Kirchenbasar spenden. Zusammen mit der Strumpfhose und den beiden Teeschalen vom letzten Mal.«

Sie dachte nach. Ihre Augen wurden ernst. Dann kehrte das Strahlen in ihr Gesicht zurück. »Eine gute Idee.«

Sie erhob sich, nahm das benutzte Geschirr und trug es in die Küche.

»Ich habe ein neues Rezept für das Dessert ausprobiert. Eine Vanille-Thymian-Creme mit Brombeeren.«

Thymian beschützt die Frauen. Der Einzige, der Constanze beschützte, war er.

»Können wir mit dem Dessert noch zehn Minuten warten, Schatz? Ich muss noch schnell etwas erledigen.«

»Ja natürlich.«

Er erhob sich vom Tisch und stieg in den ersten Stock, wo das Büro lag. Er schaltete den Laptop ein, öffnete das Internet. Der Regionalsender hatte es schon auf der Homepage. *Breaking News: Männerleiche in einem Steinbruch entdeckt.* Er überflog die kurze Meldung. Viel war daraus noch nicht abzulesen.

Er ließ sich schwer in den Bürosessel plumpsen. Wie hatte er nur annehmen können, ihr Geheimnis würde in der 800 Seelen Gemeinde die Supermarktmauern nie verlassen? Drei Jahre war es gut gegangen. Er hatte sich von dem Gedanken einlullen lassen. Bis gestern.

Die Medien werden sich darauf stürzen, dass die Frau des Landkreisabgeordneten Dr. Paul Albert eine Kleptomanin ist. Aber müssen sie es erfahren? Mein wohlwollendes Schweigen kostet nur 30.000 Euro.

Der Vorschlag, den alten Steinbruch in Waldstetten als Übergabeort zu wählen, war vom Absender gekommen. Er hatte nicht lange gezögert, Robert Kunzler, dem Mann der Supermarktkassiererin, einen Stein auf den Kopf zu dreschen und ihn anschließend die Böschung hinunter zu stoßen. Gesehen hatte ihn dabei niemand. Darauf hatte er geachtet. Er spürte, wie sich sein Magen erneut verkrampfte. Die Knie begannen leicht zu schlottern. Wie lange würde er es noch schaffen, Constanze zu schützen? Er schloss den Laptop, kehrte zurück ins Esszimmer.

Sie kam aus der Küche, in jeder Hand ein Glas mit einer milchfarbenen Soße und dunklen Beeren. Ein frischer Thymianzweig lag darüber.

Ihr ganzes Wesen verströmte Licht, aus ihren Augen leuchtete die Glut des Lebens, die ihn erreichte, umhüllte. Er liebte sie. Sie hatte Wärme in sein Leben gebracht.

Er stand auf, nahm ihr die Gläser aus der Hand und küsste sie.

Die Türglocke schlug an. Er zuckte zusammen.

»Soll ich öffnen, Paul?«

Er schüttelte den Kopf. In seinem Hals steckte ein Kloß.

»Nein, ich mach schon.«

Das Metall der Türklinke fühlte sich für seine feuchten Hände eiskalt an. Draußen standen zwei Männer. Sie hielten Schriften in der Hand.

»Guten Abend. Schön, dass Sie uns öffnen. Wir möchten Sie davon überzeugen, sich auf Gottes Seite zu stellen. Nur so können Sie gerettet werden.«

Er war so verdattert, dass er kein Wort herausbrachte. Er schüttelte nur wild den Kopf. Dann kehrte seine Stimme zurück.

»Vielen Dank. Aber wir haben keinen Bedarf für Ihren sicher gut gemeinten Rat.«

»Dürfen wir Ihnen dann …«

Er hob abwehrend die Hand.

»Nein danke. Guten Abend! Wenn Sie mich jetzt entschuldigen würden.«

Der jüngere der beiden wollte noch etwas sagen, aber sein Begleiter hielt ihn sanft zurück. Dann machten sie kehrt und gingen langsam die Auffahrt hinunter. Er war schon dabei, die Tür zu schließen, als sein Blick auf ein Auto fiel, das in einiger Entfernung von der Landstraße abbog und über den Schotterweg auf ihr Anwesen zusteuerte.

»Wer kommt da, Paul?«

Sie stand hinter ihm, in der Hand einen Thymianzweig. Sie roch daran.

»Ich weiß es nicht.«

»Sieht aus wie ein Polizeiwagen.«

»Ja.«

Er schloss die Tür.

Dann drehte er sich um, nahm sie in den Arm und küsste sie. Sie erwiderte seinen Kuss.

Dabei fiel ihr der Thymianzweig aus der Hand.

Immergrün, *Vinca minor,* auch *Totengrün, Totentanz, Bärwinkel, Jungfernkraut.*
Gehört zur Familie der Hundsgiftgewächse. Trotzt auch der kalten Jahreszeit. Zaubert selbst im Winter grüne Farbe in Gärten und Wälder.

TOTENGRÜN

»Den Kräuterkorb bitte etwas höher!« Pater Gwendal hob den kleinen Weidenkorb an.

»So ist es besser.« Veronika Löppenthal betätigte den Auslöser ihrer Nikon. Sie überprüfte die Aufnahme. Das Ergebnis schien ihr nicht gut genug.

»Pater Gwendal, wenn Sie die nötige Geduld aufbringen, dann möchte ich noch eine andere Einstellung ausprobieren. Vielleicht dort drüben.« Der Benediktinerpater war einverstanden. Das Beet mit der Kapuzinerkresse fand er als gute Wahl für das Foto. Er ging neben den orangefarbenen Blüten in die Knie und drehte den Kräuterkorb in Richtung Kamera.

»Wunderbar!« Die Redakteurin des *Garden Lifestyle Magazins* blickte durch den Sucher. »Und jetzt bitte eine Spur fröhlicher.« Pater Gwendal lächelte. Neben der Feuerkraft der Kapuzinerkresse Freude auszustrahlen, fiel ihm nicht schwer. Die Journalistin machte Aufnahmen aus fünf verschiedenen Positionen.

»Danke, damit sind wir fertig mit den Fotos.« Gwendal erhob sich ächzend aus der Hocke. Noch immer fand er nicht genügend Zeit, um seinen leicht eingerosteten Körper durch Gymnastik und Sport wieder in Schwung zu bringen. Andauernd kam etwas dazwischen. Das Interview mit der Redakteurin des Lifestyle Magazins war gut gelaufen. Veronika Löppenthal verstaute ihre Kamera. Gwendal überlegte, ob er vielleicht jetzt genug Zeit fand, seinen Trainingsanzug anzuziehen und eine Runde um den See zu traben, der sich am Fuß des Klosterhügels erstreckte.

»Darf ich Sie zum Abschluss noch auf einen Imbiss in den Stiftskeller einladen?«

Gwendal zögerte. Er schaute auf seinen Bauch, dann zum See, der in der Abendsonne verführerisch leuchtete. Schließlich blickte er in das anmutig lächelnde Gesicht der Journalistin.

»Aber gern.« Der Trainingsanzug würde im Kasten bleiben.

Sie setzten sich auf die Terrasse des Stiftskellers. Der Kellner brachte die bestellte kleine Jause und dazu eine Flasche Weißwein. Gwendal nahm einen Probeschluck, ließ den Wein auf Gaumen und Zunge rollen. Er nickte anerkennend. Die Journalistin prostete ihm zu.

»Sie stammen aus einer Winzerfamilie, wie Sie mir erzählten. Haben Sie nie überlegt, selbst Winzer zu werden?«

»Doch, einige Male.«

»Und was war ausschlaggebend, sich dann für ein Studium der Religionswissenschaften und Psychotherapie zu entscheiden? Gab es da einen besonderen Anlass für diesen Schwenk?«

Er hielt im Trinken inne, stellte das Glas behutsam neben den Jausenteller. Seine Augen wanderten zum Seeufer. Dort entdeckte er drei Jogger. Veronika Löppenthal hatte den Eindruck, dass ihrem Gegenüber die Frage nicht gelegen kam. Sie wollte nicht weiter nachbohren.

»Es gibt immer einen Anlass. Für alles im Leben.« Gwendals Stimme klang rau. Er griff wieder zum Glas.

Beide widmeten sich daraufhin ihren Tellern, kosteten den fein geräucherten Hirschschinken, lobten übereinstimmend die würzige Note der verschiedenen Käsestücke.

»Jedenfalls war es eine Bereicherung für mich, Sie kennenzulernen, Pater Gwendal.

Sie inmitten Ihrer Kräuter zu erleben, ist eine wahre Freude. Wenn Sie darüber reden, dass Sie im Alant ein Zeichen von Mut erkennen, wenn Sie den Thymian als treuen Begleiter in schwierigen Lebenssituationen beschreiben, dann hat man das Gefühl, Sie sprechen gar nicht über Pflanzen, sondern über Lebewesen.«

Gwendal schluckte den Bissen Käse hinunter, den er auf der Zunge hatte. »Ich betrachte jede einzelne Pflanze als lebendiges Wesen. Pflanzen sind für mich Geschenke der Erde und des Himmels. Sie verbinden das Sichtbare, das Materielle, mit einer anderen Dimension, die nicht sichtbar ist. Das macht ihre Kraft aus.«

»Das verstehe ich nicht.«

»Wir sind in unserer wissenschaftlichen Erkenntnis schon weit gekommen. Die Forschung kann bei vielen Pflanzen eine ganze Reihe von Wirkstoffen beschreiben. Aber längst nicht alle. Doch die chemischen oder physikalischen Erklärungen reichen bei Weitem nicht aus, um das komplexe Wesen einer Pflanze vollständig zu erfassen. Wir können erklären, welche chemischen Reaktionen aufgrund bestimmter Inhaltsstoffe eintreten. Aber die Chemie vermag nicht anzugeben, warum uns bestimmte Pflanzen auf seelischer Ebene gut tun. Nehmen Sie nur einmal das Johanniskraut. Das wirkt auf mich wie eine ständig wärmende, leuchtende Sonne. Dieses Geschenk der

Natur ist der Gemütsaufheller schlechthin. Johanniskraut nimmt, wie kaum eine andere Pflanze, die Angst von uns. Das können Sie mithilfe der Chemie nicht erklären. Die optimistische Wirkung von Johanniskraut kann man nur halbwegs nachvollziehen, wenn man den Pflanzen nicht nur eine biologische, materielle, sondern auch eine seelische, transzendente Dimension zugesteht.«

Seine Wangen waren gerötet, er hatte sich in Fahrt geredet. Sie schaute ihm lächelnd in die Augen.

»Sie sind ein sonderbarer Mönch, Pater Gwendal. Transzendente Kräfte an Kräutern, das klingt nach Hexeneinmaleins. Mit diesen Ansichten hätte Sie Ihre eigene Kirche früher auf den Scheiterhaufen gestellt.«

Er lachte auf, steckte sich ein großes Stück Käse in den Mund und kaute.

»Da habe ich ja Glück, dass ich im richtigen Jahrhundert geboren wurde.«

»Aber Sie würden nicht so weit gehen, dass Pflanzen von sich aus magische Kräfte einsetzen? Dass sie wie im Märchen oder bei Geschichten im Stil von Harry Potter sich als lebendige Wesen zeigen, die uns Menschen beeinflussen, lenken, dirigieren können.«

»Nein, so würde ich das nie sehen.« Er griff nach dem Wein, um sich nachzuschenken. Die Flasche in der Hand hielt er plötzlich inne. Seine Augen verengten sich, als denke er nach. Der Journalistin war sein Verhalten nicht entgangen.

»Woran denken Sie eben, Pater Gwendal?«

Er zögerte mit der Antwort.

»An meine sonderbare Begegnung mit Totengrün.«

Sie horchte auf. Diesen Namen hatte sie noch nie gehört.

»Erzählen Sie mir davon.«

Er senkte den Flaschenhals, ließ die goldfarbige Flüssigkeit des Chardonnay in sein Glas perlen.

»Nein, liebe Frau Löppenthal, lieber nicht. Die Angelegenheit liegt weit zurück. Ich möchte darüber nichts in einer Ihrer Reportagen lesen.«

Die Neugierde der Journalistin war geweckt. Sie legte die Hand auf die Brust, gab ihrer Stimme einen feierlichen Klang.

»Ich schwöre bei Kalliope, der Muse der schreibenden Zunft, und beim Geist dieses herrlichen Chardonnay, dass nichts von dem, was Sie mir erzählen, je niedergeschrieben oder weitererzählt wird.«

Er lachte über ihren Ausbruch von Theatralik.

»Bitte lassen Sie mich an Ihrer Begegnung mit dem Totengrün teilhaben.«

Er stellte sein Glas ab. Seine Augen wanderten wieder zum Seeufer. Die Jogger waren längst verschwunden. Aus dem Schilfgürtel am Ostufer tauchte ein kleines Boot auf. Drei Leute saßen darin. Er schloss die Augen, senkte den Kopf. Es war aus dem Verhalten des Mönchs nicht zu erkennen, ob er über etwas Bestimmtes nachdachte oder ganz in sich versunken meditierte. Nach ein paar Minuten völligen Schweigens blickte er wieder auf. Seine Miene war ernst.

»Es ist im Grunde eine sehr traurige Geschichte.«

Sie nickte. Auch ihr Blick wurde ernst.

»Die Begebenheit liegt mehr als zehn Jahre zurück. Ein ehemaliger Jugendfreund wandte sich mit einer Bitte an mich. Seine Tochter Ilona war im Begriff zu heiraten, und ich sollte auf Wunsch der Familie die kirchliche Trauung übernehmen. Gottfried Hartlieb und ich waren gemeinsam zur Schule gegangen. Er hatte später in Stockholm und in London studiert und einige sehr erfolgreiche Unternehmen gegründet. Unser Kontakt ist nie abgerissen. Er hat mich in all den Jahren immer wieder besucht. Dabei machte ich auch die Bekanntschaft von Gottfrieds Frau Greta und seinem Töchterchen Ilona. Ich kam dem Ersuchen gerne nach, zumal es auch Ilonas Wunsch war, sich von jenem Mann trauen zu lassen, den sie in Kinderjahren als ›Pater Majoran‹ kennengelernt hatte. Gottfried hatte ein Jahr zuvor ein stattliches Anwesen in Deutschland erworben. Sein beachtliches Vermögen, das er vor allem durch die Software-Entwicklung zur Steuerung von Industrierobotern erworben hatte, erlaubten es ihm, ein ehemaliges herrschaftliches Gut zu kaufen. Das frühere *Herrenhaus Oldenfest* liegt im Süden von Schleswig-Holstein. An der Stelle des Herrenhauses war bereits im Spätmittelalter eine kleine Burg errichtet worden, die später umgebaut und während des Dreißigjährigen Krieges beinahe völlig zerstört wurde. Der heutige Bau stammt in seiner Grundstruktur aus dem frühen 18. Jahrhundert. Zum Anwesen gehört auch ein ausgedehnter Grundbesitz. Kennen Sie die alten Edgar Wallace Filme?«

Sie nickte mehrmals begeistert mit dem Kopf.

»Natürlich. Ich liebe die alten Schwarz-Weiß-Schinken. *Der Frosch mit der Maske. Der Hexer. Die toten Augen von London. Die seltsame Gräfin.*«

»Dann kennen Sie auch die alten herrschaftlichen Landgüter, die in den Filmen meist als Schauplätze für schaurige Vorfälle dienen.«

»Aber klar. Dunkle Bäume. Nebel, der aus dem Park aufsteigt. Ein rätselhaftes Haus. Altes Gemäuer.«

»Wunderbar beschrieben. Genauso eine Kulisse bietet auch das alte Herrenhaus Oldenfest. Als ich es zum ersten Mal sah, musste ich sofort an Schloss Herdringen denken, wo *Der Schwarze Abt* und *Der Fälscher von London* gedreht wurden. Oldenfest wirkt wie eine verkleinerte Ausgabe davon. Die Trauung sollte in der Gutskapelle stattfinden. Der Hochzeitstermin war mit 21. September festgelegt. Ich reiste schon einige Tage früher an. Das sollte mir Gelegenheit geben, Ilona und ihren künftigen Mann besser kennenzulernen. Schließlich wollte ich bei der Hochzeit auch einige persönliche Bemerkungen über das Brautpaar machen und nicht nur die Zeremonie vollziehen. Gleichzeitig hoffte ich, auch Zeit mit meinem Jugendfreund zu verbringen und gemeinsame Erinnerungen auszutauschen. Das geschah auch. Gottfried und ich machten ausgedehnte Spaziergänge, und er zeigte mir mit großer Freude Teile seines riesigen Anwesens. Zwei Tage vor der Hochzeit trafen die ersten Gäste von auswärts ein. Sie wurden im ehemaligen Wirtschaftsgebäude von Gut Oldenfest oder in einem der umliegenden Hotels untergebracht. Ilonas Bräutigam Jannis Vladan begegnete mir als aufgeweckter junger Mann. Er hatte in München studiert und arbeitete als Ingenieur im Kraftwerksbau. Seine Vorfahren stammten aus Serbien und Griechenland. Seine serbischen Großeltern würden zur Hochzeit extra aus Prokuplje anreisen. Jannis war serbisch-orthodox getauft worden, wie er mir erzählte. Viele Serben machen aus der Tauffeier ein riesiges gesellschaftliches Ereignis. Das war auch in seinem Fall so gewesen. Seitdem hatte er allerdings kaum noch Kontakt zur Kirche gehabt. Auch Ilona missfiel vieles, was in der katholischen Kirche passierte. Die Kirche als Institution, die den Menschen vorschreiben will, wie sie zu leben haben, lehnten beide völlig ab. Dennoch wollten sie bei diesem wichtigen Schritt für ihr künftiges gemeinsames Leben zumindest auf eine Art spirituellen Beistand nicht verzichten. Und da schien ihnen eben ein Benediktinerpater, der mit seinen Kräutern spricht und zu allem Lebenden gern in Beziehung tritt, als geeigneter Vermittler. Mir war es recht. Greta, die Brautmutter, war natürlich in die aufwendigen Hochzeitsvorbereitungen mit einbezogen. Unterstützt wurde sie dabei von Hagia Wilstermann, einer 60-jährigen Witwe aus dem Dorf, die hin und wieder bei Festen und Empfängen im Hartliebschen Haushalt mithalf. Sie war es auch, die Ilona die Idee nahelegte, bei der Hochzeit einen Brautkranz aus Immergrün zu tragen.«

Die Journalistin winkte dem Kellner, er möge eine weitere Flasche Wein bringen. Die letzte Bemerkung des Paters irritierte sie. »Also ich kenne weiße Rosen als Brautkranz. So etwas ist mir in Italien untergekommen. Auch rote Rosen, Nelken, Hyazinthen habe ich schon gesehen. Wenn ich mich recht erinnere, habe ich in Südfrankreich sogar Brautkränze mit Orangenblüten erlebt. Aber von Immergrün als Brautschmuck höre ich zum ersten Mal.«

Gwendal ließ sich vom Kellner nachschenken.

»Kränze aus Immergrün waren früher gar nicht selten. Der botanische Name für diese Pflanze aus der Familie der Hundsgiftgewächse lautet *Vinca*. Das ist abgeleitet vom lateinischen *pervincire*, was *winden*, *umkränzen* bedeutet. Der Pflanzenname verweist also schon darauf, wofür Immergrün gerne verwendet wurde. Zum Flechten von Kränzen, die Frauen und Mädchen zum Tanz trugen und womit sich Bräute auch für die Hochzeit schmückten.«

Sie wiegte sachte den Kopf hin und her.

»Wenn ich an die Pracht der Orangenblüten in Frankreich oder die Eleganz weißer Rosen in Italien denke, dann scheint mir das krautige Immergrün als Brautschmuck im Vergleich dazu etwas mickrig. Und die Millionärstochter Ilona hat sich darauf eingelassen?«

»So viel mir in Erinnerung ist, nicht auf Anhieb. Doch Frau Wilstermann konnte sie schlussendlich überzeugen. Auch Ilonas Mutter fand gerade die Schlichtheit der Vinca besonders reizvoll.«

Die Journalistin verdrehte kurz die Augen. Wäre sie dabei gewesen, hätte sie wohl für Orangenblüten plädiert.

»Gut. Die Braut trug also bei der Hochzeit einen Kranz aus Immergrün auf dem Kopf. Was ist sonst noch passiert? Wann kommt das Totengrün ins Spiel? Spannen Sie mich nicht so auf die Folter.«

Gwendal schmunzelte. Die Journalistin mit der Erfahrung zahlreicher Reportagen verhielt sich wie ein kleines Mädchen, das den Ausgang der nächsten Pumuckl-Folge nicht erwarten kann. Er prostete ihr verschmitzt zu. Dann wurde er wieder ernst. »Ich muss Ihnen zuvor noch von einer Begegnung erzählen, die ich am frühen Abend vor dem Hochzeitstag hatte. Ich brach gegen sieben Uhr allein zu einem Spaziergang auf. Zum Anwesen von Oldenfest gehören auch einige Wiesen und ein großes Stück Wald. Dieser Wald beginnt einen halben Kilometer westlich des

Hauses. Ich war ganz in Gedanken versunken und achtete nicht auf den Weg. Ich arbeitete im Kopf noch einmal durch, was ich am nächsten Tag bei der Zeremonie über das Brautpaar sagen wollte. Dabei hatte ich, ohne es recht zu bemerken, den Wald betreten. Erst als ich fast gegen einen Baumstamm rannte, wurde mir bewusst, wo ich mich befand. Hier war ich noch nie gewesen. Bei den Spaziergängen mit Gottfried hatten wir uns immer südlich oder östlich des Anwesens aufgehalten. Die Sonne hatte sich bereits verzogen, zwischen den Bäumen war es düster. Was mir sofort auffiel, war die ungewöhnliche Stille. Kein Vogelgesang war zu vernehmen. Kein Rascheln im Laub. Kein Eichhörnchen, das über einen Baumstamm huschte. Nichts. Nicht einmal die Blätter der Buchen bewegten sich. Dabei vermeinte ich mich zu erinnern, beim Verlassen des Hauses eine leichte Brise verspürt zu haben. Diese Stille war seltsam. Sie wirkte auf mich beklemmend. Ich liebe es normalerweise, mich im Wald auf einen Baumstrunk zu setzen, um zu meditieren. Aber hier war kein guter Platz zum Innehalten. Das Schweigen dieses Waldes war eigenartig. Ich wandte langsam den Kopf, blickte nach allen Seiten. Wie schweigsame Wächter umringten mich die Bäume. Sie wirkten auf mich, als wären sie verwunschen. Während ich durch die Baumstämme spähte, entdeckte ich plötzlich einen hellen Fleck. Das Gelände fiel gegen Norden sanft ab. Die Bäume standen hier lichter, gaben den Blick frei ins Innere des Waldes. Der helle Fleck entpuppte sich als der Umriss eines Menschen, einer jungen Frau, die mir den Rücken zukehrte. Mitten in die gespenstische Stille hallte plötzlich ein Knacken. Ich war auf einen morschen

Ast getreten. Die Gestalt vor mit erschrak und wandte den Kopf. Dann kam sie auf mich zu. Nun erkannte ich die junge Frau im hellen Kleid. Das war Deborah, Ilonas Cousine, die zusammen mit ihren Eltern aus Schottland zu den bevorstehenden Feierlichkeiten angereist war. Auch sie erkannte mich offenbar, denn ihre Schritte wurden schneller. Das Mädchen war etwa 15 Jahre alt, wirkte in ihrer zarten Erscheinung wie eine rätselhafte Elfe aus einem schottischen Hochlandmärchen. Das rote gekrauste Haar fiel ihr auf die Schultern. Hals und Wangen waren von winzigen Sommersprossen überzogen. Und auf ihrer Stirn zeigte sich ein kleiner roter Fleck, der den Betrachter allerdings nicht störte, sondern zu ihrer aparten feengleichen Erscheinung passte.

›Oh, Pater Majoran. Wären Sie so freundlich, mich zurück zu begleiten?‹ Ihre Cousine Ilona hatte ihr offenbar von meinem Spitznamen erzählt. Sie sprach leise. Ihr Deutsch war ausgezeichnet, nur geübte Ohren hörten einen schwachen Akzent.

Ich ging neben ihr zurück zum Herrenhaus und versuchte, sie in ein Gespräch zu verwickeln. Ich wollte wissen, wo in Schottland sie wohnte, welche Schule sie besuchte, ob sie schon öfter in Deutschland war. Ihre Antworten waren kurz. Manche Fragen beantwortete sie gar nicht. Gewiss nicht aus Unhöflichkeit. Ich spürte deutlich, dass sie mit ihren Gedanken woanders war. Sie trug um den Hals ein Lederband mit einem doppelten Stern aus Silber. Auch dazu stellte ich ihr eine Frage, aber sie ging nicht darauf ein. Als wir im Herrenhaus ankamen, bedankte sie sich mit einem scheuen Lächeln und verschwand.«

»Ich nehme an, sie wird in Ihrer Geschichte noch eine Rolle spielen, sonst hätten Sie mir von dieser Begegnung nicht so ausführlich erzählt. Denn eigentlich waren Sie angereist, um zwei junge Menschen zu trauen.«

»Ja, und diese Trauung war auch ein wunderbares Fest, mit vielen anfangs fröhlichen Menschen. Petrus oder irgendeine dafür zuständige Wettergöttin meinte es gut mit den Brautleuten. Dieser 21. September zeigte sich schon am frühen Morgen als prächtiger Spätsommertag. Ilonas Eltern hatten an die 150 Gäste geladen. Davon kam ein Großteil aus dem Ausland. Der Verwandten- und Bekanntenkreis beider Familien war groß. Die Braut strahlte, als sie in ihrem weißen Kleid mit der langen Schleppe die Kirche betrat. Begleitet wurde Ilona von ihren sieben Cousinen, die als Brautjungfern etwas schlichtere Kleider trugen, die aber aus demselben Stoff und nach der gleichen Fasson gefertigt waren wie die Robe der Braut. Wir hatten ausgemacht, dass wir uns beim Einzug an die landesübliche Zeremonie halten wollten. Der Bräutigam wartete vor dem Altar. Brautvater Gottfried führte seine Tochter in die Kapelle, um sie dann an Jannis zu übergeben. Bei dieser Gelegenheit bekamen die Gäste die Braut erstmals zu Gesicht. Ich erhaschte zufällig einen Blick von Jannis Großmutter Bogdanka. Sie schaute auf den Kopf der Braut. Plötzlich veränderte sich für ein paar Sekunden ihre Miene. Ich hatte den Eindruck, sie erschrak. Aber ich konnte dieser Beobachtung nicht weiter nachgehen, denn ich musste mit der Hochzeitszeremonie beginnen. Als die jungen Leute die Ringe tauschten und Jannis Ilona küsste, hatte ich wieder den Eindruck, auf dem Gesicht der Frau aus Serbien eine Spur von Besorgtheit zu erkennen. Ich hatte sie am Vortag kennengelernt. Sie war eine lebenslustige Erscheinung mit winzigen Lachfalten rings um die dunklen Augen. Sie sprach halbwegs gut Deutsch. Was sie nicht ausdrücken konnte, deutete sie mit Händen und Füßen an. Sie erzählte mir, dass der Ort Prokuplje, in dem sie und ihr Mann wohnten, nach dem Heiligen Prokopius benannt sei. In der Nähe ihres Ortes war vor einigen Jahren eine große Sternwarte errichtet worden. Das fand Bogdanka faszinierend. Sie beobachtete gerne den Nachthimmel. Wir redeten auch über ihren Kräutergarten. Dabei lernte ich, dass Petersilie auf Serbisch *peršun* heißt, und Johanniskraut *kantarion*. Über Immergrün hatten wir nicht geredet. Die Zeremonie in der kleinen Kirche dauerte eine knappe Dreiviertelstunde. Dann führte der Ehemann seine Frau hinaus. Vor der Kapelle wartete schon ein Teil der Gäste und bewarf die jungen Eheleute mit Reis und Rosenblüten. Da das Wetter sich von seiner wärmsten Seite zeigte, fand das anschließende Hochzeitsmahl im Freien statt. Die festlich gedeckte Tafel erstreckte sich von der Terrasse bis weit in die Rasenflächen. Ich war ins Haus gegangen, um mich umzuziehen. An der Tafel wurde ich neben die Brautmutter gesetzt. Die Verwandtschaft von Jannis hatte auf der anderen Seite des langen Tisches Platz genommen, sodass ich keinen Blick auf die Großmutter werfen konnte. Aber ich machte mir auch nicht viele Gedanken über meine Beobachtung. Zudem nahm mich die immer noch aufgelöste Brautmutter völlig in Beschlag. In der Kirche hatte sie, wie es einer Mutter ansteht, deren einzige Tochter im weißen Kleid vor dem

Traualtar steht, Freudentränen geweint. Jetzt war sie auf eine sympathische Art aufgekratzt. Die Worte sprudelten förmlich aus ihr heraus, wozu auch der hervorragende Champagner sein Übriges tat. Und dann kam der Moment, da die Braut ihren Kranz hinter sich werfen sollte.«

Die Journalistin unterbrach ihn.

»Den Kranz? Ich kenne diesen Brauch nur in Verbindung mit dem Brautstrauß. Die frisch Vermählte wirft ihr Blumengebinde in die Menge der jungen Leute. Und welche unverheiratete Frau den Kranz auffängt, die wird als nächste Braut an den Traualtar treten.« Gwendal nickte und nützte die Unterbrechung, um sich kurz dem Chardonnay zu widmen.

»Der Brauch ist nicht in allen Regionen gleich. Hagia Wilstermann, die Ilona auch zum Kranz aus Immergrün geraten hatte, wies die Brautleute darauf hin, dass man auf Oldenfest immer schon den Kranz geworfen hatte.«

»Also gut. Ich kann mir die Szene vorstellen. Ilona stellt sich mit dem Rücken zur Hochzeitsgesellschaft. Hinter ihr nehmen die unverheirateten Frauen und Mädchen Aufstellung. Die Braut nimmt den Kranz aus dem Haar und wirft ihn unter dem anfeuernden Gejohle der Gäste in weitem Bogen nach hinten. Und wer fing ihn auf?«

»Deborah.«

Veronika Löppenthal war überrascht. »Das 15-jährige Mädchen aus Schottland?«

Gwendal nickte. Seine Miene wurde noch ernster. Auch wenn die Szene zehn Jahre zurück lag, sah er das Geschehen immer noch deutlich vor sich. Ilona, die am Brauttisch aufsteht und sich lachend den Kranz vom Kopf nimmt. Sie hält ihn in die Höhe, schwenkt ihn. Alle können sehen, dass sie ihn gleich werfen wird. Dann dreht sie sich um. Hinter dem Rücken der jungen Ehefrau versammeln sich die sieben weiß gekleideten Brautjungfern, Ilonas Cousinen. Die älteste ist 23, die jüngste zehn. Dazwischen stellen sich die anderen unverheirateten Frauen und Mädchen aus der Gästeschar. Ilona holt mit großem Bogen aus. Der Kranz segelt hoch über ihren Kopf durch die Luft. Und landet an Deborahs Hals. Die hatte als Einzige nicht die Hände in die Luft gereckt. Vielleicht wollte sie gar nicht nach dem Kranz haschen. Aber jetzt, als der Wurf sie traf, erschrak sie und langte zu, bevor das immergrüne Gebinde zu Boden fiel. Der johlende Aufschrei des Publikums ging in begeistertes Klatschen über.

»Und was passierte dann?«

»Das ausgelassene Treiben der Hochzeitsgesellschaft ging weiter. Die Band begann zu spielen. Es war eine Coverversion von *Lou Begas Mambo No. 5*, so weit ich mich erinnere. Alle stürmten auf den Rasen, begannen zu tanzen.«

»Und Deborah?«

»Die war verschwunden. Ich hatte sie bei all dem Trubel völlig aus den Augen verloren. Aber plötzlich stand Jannis' Großmutter neben mir.«

»Bogdanka?«

»Ja, sie wirkte aufgeregt. *Wo Mädchen?* fragte sie immer wieder. *Wo Mädchen?* Dabei deutete sie hektisch mit der Hand auf ihren eigenen Kopf. Und sie rief andauernd ein serbisches Wort, das ich damals nicht verstand.«

»Welches?«

»Smrt.«

Veronika erschrak. »Tod?«

»Ja.« Nun war Gwendal überrascht. »Sie können Serbisch?«

»Nur ein paar Brocken. Ich habe einmal für eine Serie über ausgefallene Designergrabsteine auf dem Balkan recherchiert.«

Der Benediktinerpater fuhr fort in seiner Schilderung.

»Ich hatte keine rechte Vorstellung, was die Frau von mir wollte. Ich wusste auch nicht, wo Deborah war. Aber man konnte der Serbin deutlich ansehen, dass sie besorgt war. Plötzlich machte sie kehrt und verschwand in der Menge der Tanzenden. Vielleicht sucht sie ihren Mann oder ihren Enkelsohn, dachte ich, damit die mir das serbische Wort übersetzen, das ich nicht verstand. Ich hielt Ausschau nach ihr und zugleich nach Deborah. Ich lief um das große Haus herum. An der Westflanke des Anwesens sah ich zufällig in Richtung Wald. Da bemerkte ich eine Gestalt in weißem Kleid, die auf die Bäume zusteuerte. Die Entfernung war zu groß, um zu rufen. Außerdem machte die Band einen Höllenlärm. Ich lief los. Das sonderbare Verhalten von Jannis' Großmutter verstärkte meine Unruhe. Ich hatte die Hälfte der Entfernung zwischen Haus und Wald zurückgelegt, als die Gestalt von den Bäumen verschluckt wurde. Ich war mir sicher, dass es sich um Deborah handelte, auch wenn ich sie auf die Entfernung nicht richtig erkennen konnte. Ich preschte durchs Unterholz und begann, den Namen des Mädchens zu rufen. Aber ich bekam keine Antwort. Immer wieder blieb ich stehen und lauschte. Wieder fiel mir diese gespenstische Stille auf, das beklemmende Schweigen, das über allem lastete.

Ich hatte keine Ahnung, wohin die Gestalt verschwunden war. Plötzlich erkannte ich das leicht abfallende Gelände wieder. Von hier war mir Deborah am Vorabend entgegen gekommen. Ich lief in diese Richtung weiter, immer wieder ihren Namen rufend. Die Bäume wurden zunächst dichter, doch gleich darauf waren wieder breitere Lücken zwischen den Stämmen auszunehmen. Und schließlich sah ich sie. Ich war an einem kleinen See angekommen. Er lag mitten zwischen den Bäumen. Ich war überrascht. Eben noch hatte ich mich im tiefsten Wald gewähnt, und plötzlich umkurvte ich eine dickstämmige Eiche und befand mich an einem Gewässer. Riesige Buchen schoben ihre Äste über die glatte dunkle Oberfläche. Das Mädchen war mitten auf dem See. Es war tatsächlich Deborah, wie ich feststellte. Sie trug den Brautkranz auf dem Kopf. Sie stand aufrecht in einem kleinen Nachen. Ihr Blick war gesenkt. Ich rief laut ihren Namen, winkte mit den Händen. Sie beachtete mich nicht. Und plötzlich ließ sie sich ins Wasser fallen.«

»Sie sprang in den See mitsamt ihrem weißen Brautjungfernkleid und dem Kranz auf dem Kopf?«

»Sie sprang nicht. Sie kippte um, als wäre sie ein Baum, den man eben gefällt hatte.«

»Was haben Sie gemacht?«

»Ich riss mir die Jacke vom Leib, schlüpfte aus den Schuhen und sprang ins Wasser.

Es war nicht weit bis zu der Stelle, vielleicht 40 Meter. Das Mädchen trieb an der Oberfläche, das Gesicht nach unten. Der Kranz war ihr vom Kopf gerutscht, schaukelte neben ihren Haaren auf den leichten Wellen. Ich bin ein guter Schwimmer, erreichte sie nach wenigen Augenblicken. Ich drehte sie um. Sie war ohne Bewusstsein, aber ich spürte ihren Atem. Trotzdem machte ich mir große Sorgen. Sie reagierte weder auf mein Rufen noch auf meine Schläge mit der flachen Hand gegen ihr Gesicht. Ich versuchte, sie zurück ans Ufer zu bringen. Das gelang mir auch. Plötzlich hörte ich aus der Ferne Schreie, Deborahs Name wurde gerufen und auch meiner. Ich machte mich lautstark bemerkbar. Kurz darauf tauchten Gottfried, Jannis und ein paar weitere Gäste aus der Hochzeitsschar auf. Jannis Großmutter hatte sie mit ihrer Besorgtheit aufgescheucht. Unter den herbeigeeilten Gästen war auch eine Ärztin. Die kümmerte sich sofort um Deborah.«

Der Journalistin ging die Erzählung nicht schnell genug voran.

»Und was geschah weiter mit dem Mädchen?«, fragte sie ungeduldig. »Ist sie wieder aufgewacht?«

»Ja, aber erst am nächsten Tag. Man brachte sie ins Krankenhaus. Sie war fast 24 Stunden wie weggetreten. Als sie wieder zu sich kam, konnte sie sich an nichts erinnern.«

»Seltsam. Hat Deborah Schaden davon genommen?«

»Gott sei Dank nicht. Sie war nur sehr müde.«

»Ist die Erinnerung später zurück gekommen?«

»Nein.«

Jetzt kroch ein Lächeln über die Wangen der Journalistin. »Haben Sie nicht irgendein Zauberkraut aus Ihren Beständen hervorgekramt, um dem Gedächtnisverlust ein wenig entgegenzuwirken?«

Gwendals Miene blieb ernst. »So einfach, wie Sie glauben, ist das nicht. Aber selbst wenn mir so ein Wunderkraut zur Verfügung gestanden wäre, hätte ich es nicht angewandt. Manchmal ist es besser, wenn Erinnerung nicht mehr einsetzt.«

Er griff nach seinem Weinglas. Aber er trank nicht. Er drehte es nur zwischen den Händen. Sie blickte ihn lange an. Etwas an seinem Verhalten irritierte sie. »Ich habe das Gefühl, Ihre Geschichte ist noch nicht zu Ende.«

Er reagierte nicht, drehte nur immer weiter das Glas. Schließlich schob er es mit einer energischen Bewegung zur Seite und hob den Kopf. »Ja, da haben Sie recht. Sie ist noch nicht zu Ende. Noch als Deborah im Tiefschlag lag, erfuhr ich, warum Jannis' Großmutter so besorgt war. Wenn Sie in alten Kräuterbüchern nachschlagen, dann finden Sie für die Pflanze, die wir meist Immergrün nennen, noch andere Bezeichnungen. *Singrün, Jungfernkraut, Wintergrün* aber auch *Totenveilchen, Totentanz,* und *Totengrün.*«

»Smrt. Der Tod!«

»Sehr richtig. *Vinca,* Immergrün, wurde früher nicht nur für Kränze junger Frauen verwendet, in manchen Gegenden legte man die immergrüne Pflanze auch den Toten ins Grab. So wurde das Immergrüne zum Zeichen für die Auferstehung im Jenseits. In dem kleinen serbischen Dorf, aus dem Jannis' Großmutter stammte, machte man das noch in ihrer Kindheit so. Dort war Immergrün nicht der Kranz für Bräute, dort war es ein Zeichen für die Toten.«

Veronika Löppenthal fröstelte. »Ich kann das gut nachvollziehen. Es muss der Großmutter einen Schauer eingejagt haben, als sie am Kopf der Frau, die ihren Enkel heiratete, eine Pflanze entdeckte, die in ihrer Heimat für die Toten bestimmt ist. Zum Glück für Deborah ist die

Frau aus Serbien von ihrer Sorge nicht abgewichen. Nicht auszudenken, wenn Bogdanka nicht zu Ihnen gekommen wäre und Sie sich anschließend nicht auf die Suche machten. Haben Sie je eine Erklärung gefunden für das seltsame Verhalten des Mädchens?«

Wieder zögerte Gwendal. Ihm war gar nicht aufgefallen, dass es längst dunkel war. Der Kellner hatte ihnen ein Windlicht auf den Tisch gestellt. Das Flackern der kleinen Flamme passte gut zu seinen Erinnerungen an die düsteren Ereignisse jener Tage.

»Erklärung ist zu viel gesagt.«

»Wie meinen Sie das?«

»Erklärung bedeutet, den Grund einer Sache zu verstehen. Ich erzähle Ihnen, was sich zugetragen hat, und Sie ziehen Ihre eigenen Schlüsse daraus.«

Sie sah in erstaunt an. Sein Gesicht zeigte immer noch ernste Entschlossenheit. Sie nickte.

»Deborah konnte sich, wie erwähnt, an fast nichts erinnern. Ihr war nur der Eindruck jenes Moments geblieben, als Ilona ausholte, um den Kranz zu werfen. Alles andere war ausgelöscht. Aber Deborah hatte gleich nach ihrem Erwachen etwas anderes festgestellt. Ihr Anhänger war verschwunden.«

»Der doppelte Stern aus Silber? Hatte Sie den bei der Hochzeit getragen?«

»Ja, aber als ich sie ans Ufer brachte und aus dem Wasser zerrte, hatte sie keinen Anhänger um den Hals. Das Lederband musste sich gelöst haben, als sie in den See stürzte. Deborah war über den Verlust sehr traurig. Ihr Vater hatte ihr den Anhänger zum zehnten Geburtstag geschenkt. Der Doppelstern am Lederband war ihr Talisman. Zum Glück war Jannis Sporttaucher. Er hatte sogar seine Ausrüstung dabei. Er versprach dem Mädchen, nach dem Anhänger zu suchen. Die Wahrscheinlichkeit, ihn im dunklen Wasser zu finden, war allerdings äußerst gering. Der See inmitten des Waldes ist nicht groß, aber ungewöhnlich tief. Der Grund des Gewässers ist von dichtem Schlamm überzogen, wie sich später herausstellte. Nur die Wenigsten in der Gegend wissen überhaupt von der Existenz dieses Waldteiches. Man hatte Gottfried beim Kauf des Anwesens zwar auf das Gewässer hingewiesen. Aber er war selbst nur einmal dort gewesen. Der kleine Kahn, den irgendwer vor Jahren am Ufer vertäut hatte, war uralt. Es grenzte an ein Wunder, dass Deborah damit überhaupt bis in die Mitte des Gewässers gelangt war. Jannis nahm bei seiner Tauchunternehmung eine starke Lampe mit und dazu eine Metallsonde, um damit den Morast aufzuwühlen. Er hegte keine große Hoffnung auf Erfolg, aber er wollte Deborah zuliebe wenigstens den Versuch machen, nach ihrem Lieblingsanhänger zu suchen. Und er fand ihn auch. Schon beim zweiten Tauchgang. Genau an der Stelle, an der Deborah mitten auf dem See ins Wasser gefallen war.«

Wieder spürte Veronika ein Frösteln. Sie blickte um sich. Die Dämmerung war dichter geworden. Die Luft war noch warm, dennoch schauderte sie.

»Und, was fand er noch?«

»Eine Leiche.«

Sie zuckte zusammen. Es war ihr nicht klar, warum sie diese Frage überhaupt gestellt hatte. Etwas am Verhalten des Paters hatte sie dazu gebracht.

»Jannis entdeckte im Schlamm die Leiche einer Frau, besser gesagt, was von ihr noch übrig war. Die alarmierten Taucher der Polizei brachten ein Skelett an die Oberfläche und dazu die Gewichte, die an dem Körper befestigt gewesen waren. Die durch den Schlamm erstaunlich gut erhaltenen Knochenreste wurden zum Fall für die Gerichtsmedizin. Aber um endgültig Licht in die Sache zu bringen, mussten die Kriminalisten schließlich auch noch Historiker zurate ziehen. Es stellte sich bald heraus, dass die Knochen an die 200 Jahre alt waren. Die Historiker durchforsteten alte Chroniken. Sie suchten nach Berichten über rätselhafte Vorgänge in der Gegend, forschten nach alten Meldungen über vermisste Personen, vergruben sich in die Aufzeichnungen rund um die Geschichte von Gut Oldenfest.«

»Was kam dabei heraus?«

»Anfang des 18. Jahrhunderts war Oldenfest in Besitz eines Adeligen, Claus Eugen Graf von Eppenstett. Er heiratete die Tochter eines verarmten Freiherrn. Das Mädchen war um vieles jünger als der Bräutigam. Noch in der Hochzeitsnacht verschwand die Braut spurlos. Das Datum der Hochzeit war übrigens ›8 *Täg vor Michaelis*‹.«

Sie rechnete im Kopf nach und erschrak.

»Das ist der 21. September. Der selbe Tag, an dem auch Ilona heiratete!«

Ein wenig wurde ihr heiß im Kopf. Das konnte auch der Wein sein, dem sie ordentlich zugesprochen hatte.

»Halten Sie das für einen Zufall, Pater?«

»Ich will diesen Umstand nicht bewerten. Ich versprach nur, Ihnen den Rest der Ereignisse zu schildern. Die Historiker stellten fest, dass es zum Verschwinden der Braut eine amtliche Untersuchung gegeben hatte. Aber die Aufzeichnungen dazu waren spärlich. Die weiteren Recherchen ergaben jedenfalls keinen Hinweis darauf, dass die verschwundene Braut je wieder auftauchte. In einem anderen Protokoll stießen die Forscher auf eine Notiz, dass zur selben Zeit auch ein Mann aus dem Dorf als abgängig gemeldet wurde. Es handelte sich um den 25-jährigen Schullehrer.«

»Was passierte mit dem Lehrer? Weiß man darüber etwas?«

»Kein Vermerk in den Chroniken.«

Jetzt war die verschwundene Braut offenbar wieder aufgetaucht, dachte die Journalistin, im wahrsten Sinn des Wortes. Sie kramte in ihrer Tasche. Zum Glück hatte sie sich ein großes Tuch eingesteckt. Sie legte es um ihre Schultern. Dennoch hielt das leichte Frösteln an. Die Journalistin versuchte, sich die Situation vorzustellen, so wie Pater Gwendal sie geschildert hatte. Ein einsamer kleiner Waldsee. Mitten auf dem Wasser ein Nachen. Eine Gestalt ist darin zu erkennen, ein Mädchen mit roten Haaren, das an eine Fee aus einem schottischen Märchen erinnert. Die junge Frau ist in ein weißes Kleid gehüllt. Auf ihrem Kopf trägt sie einen Brautkranz aus Immergrün, das in manchen Gegenden auch das Grün der Toten ist. Auf dem Grund des dunklen Gewässers liegen die Überreste einer weiteren jungen Frau. Auch sie war vor 200 Jahren Braut. Vielleicht trug auch sie ein weißes Kleid, vielleicht prangte auch auf ihrem Haar ein Brautkranz aus grünen Blättern. Und plötzlich fällt die junge Frau aus der Gegenwart in den See, taucht ein in die Vergangenheit.

Erneut spürte die Journalistin ein leichtes Schaudern auf ihrer Haut. Sie zog das Tuch um ihre Schulter fester zusammen.

»Fanden die Forensiker heraus, wie die Frau auf dem Grund des Sees zu Tode kam?«

»Ja, sie wurde erschossen. Die Schädelvorderseite zeigte deutlich ein Einschussloch.«

Sie nickte.

»War das Einschlussloch an derselben Stelle, wo Deborah den kleinen roten Fleck an der Stirn hatte?«

»Ja.«

Eine Zeit lang herrschte Schweigen, das sich über die Terrasse des Stiftskellers ausbreitete. Es war eine wohltuende Stille, anders als das beklemmende Schweigen, das Gwendal damals im Wald von Gut Oldenfest erlebt hatte.

Schließlich winkte Veronika Löppenthal dem Kellner und verlangte die Rechnung. Sie verließen die Gaststätte. Die Journalistin würde heute nicht mehr zurückfahren, sie hatte zu viel getrunken. Gwendal bot ihr eines der Gästezimmer an. Auf dem Weg über den Innenhof des Stifts hakte sie sich bei ihm unter. Dem Benediktinerpater passierte es nicht oft, dass sich Frauen bei ihm einhängten. Aber er empfand ihre Nähe als angenehm.

»Danke, dass Sie mir diese Geschichte erzählten. Ich denke, Totengrün wird nicht meine Lieblingspflanze. Die ist mir zu gefährlich. Da halte ich mich lieber an Ihr Johanniskraut, die Wunderpflanze zur Stimmungsstimulierung.«

Er blieb stehen.

»Auch Johanniskraut kann bedrohlich sein. Es enthält Giftstoffe. Entscheidend ist immer die richtige Dosierung, die richtige Verwendung. Kräuter können uns helfen, uns gut tun, uns erfreuen, sie können uns aber auch schaden. Je nachdem, wie wir damit umgehen, ob Johanniskraut oder Totengrün.«

Sie stellte sich auf die Zehenspitzen und gab ihm einen Kuss auf die Wange.

»Schlafen Sie gut, Pater Majoran. Bis morgen.« Sie öffnete die Tür. Dann war sie in der Dunkelheit des Gästetraktes verschwunden.

Er machte sich auf den Rückweg. Noch ehe er den Schlafbereich der Mönche erreichte, hielt er inne. Dann drehte er um und stieg langsam den Klosterhügel hinab. Die Nacht war warm. Er erreichte den See und setzte sich ans Ufer. Er war allein, keine nächtlichen Spaziergänger waren unterwegs. Seine Augen wanderten über das dunkle Wasser. Die Gedanken des Paters kreisten in der Vergangenheit. Er wollte ein wenig meditieren und dabei auch die Frau mit einschließen, die so lange auf dem Grund des Waldsees gewartet hatte, bis jemand sie zurück in die Welt brachte. Aus den Aufzeichnungen der Historiker war ihm bekannt, dass sie den selben Vornamen trug wie die Journalistin, die ihn heute begleitet hatte.

Veronika.

Das war auch der Name des *Ehrenpreis*, der mit seinen leuchtend blauen Blüten das Herz des Wanderers erfreut, wenn er ihn auf einer Waldlichtung entdeckt.

Auch dieses Kraut liebte Pater Gwendal.

QUELLEN, ANREGUNGEN, DANK

Viele Anregungen zur Beschäftigung mit Kräutern verdanke ich der Organisation TEH, Traditionelle Europäische Heilkunde (mit Hauptsitz in Unken/ Land Salzburg), insbesondere Obfrau Theresia Harrer und TEH-Akademie-Leiterin Karin Buchart.

Eine reichhaltige Quelle war mir auch Pater Johannes Pausch, Prior des Europaklosters Gut Aich in St. Gilgen/ Land Salzburg. Er hat mein spärliches Wissen sowohl über Kräuter als auch über das Leben innerhalb einer benediktinischen Mönchsgemeinschaft erweitert.

Viele Details zu Namen, Geschichte, Anwendung und Wirkungsweise von Kräutern fand ich in folgenden Büchern:

Pater Johannes Pausch: Meine Heilkräuter Mandalas. Verlag Servus/Red Bull Media House GmbH

Dido Nitz: Kräuterzauber. Verlag arsedition.
und unter: www.heilkraeuter.de

Ich bedanke mich auch bei Johannes Gutmann, dem äußerst rührigen Gründer und Chef der SONNENTOR Kräuterhandel GmbH. Die ebenso informativen wie unterhaltsamen Gespräche bei meinem Besuch im Unter-

266

nehmen (Sprögnitz/Niederösterreich) waren mir Grundlage für die »Apfelminze«-Geschichte.
Kennern der SONNENTOR Betriebe werden die Parallelen sicher aufgefallen sein.

Manfred Baumann, Frühjahr 2016

Martin Merana ermittelt:

1. Fall: Jedermanntod
ISBN 978-3-8392-1089-5

2. Fall: Wasserspiele
ISBN 978-3-8392-1200-4

3. Fall: Zauberflötenrache
ISBN 978-3-8392-1302-5

4. Fall: Drachenjungfrau
ISBN 978-3-8392-1587-6

5. Fall: Mozartkugel-komplott
ISBN 978-3-8392-1773-3

6. Fall: Todesfontäne
ISBN 978-3-8392-2345-1

7. Fall: Marionetten-verschwörung
ISBN 978-3-8392-2458-8

8. Fall: Jedermannfluch
ISBN 978-3-8392-2722-0

9. Fall: Salzburgsünde
ISBN 978-3-8392-0075-9

10. Fall: Salzburgrache
ISBN 978-3-8392-0298-2

**Geschenkausgabe:
1. Fall: Jedermanntod**
ISBN 978-3-8392-2723-7

Weitere Titel von Manfred Baumann:

Maroni, Mord und Hallelujah
ISBN 978-3-8392-1588-3

Salbei, Dill und Totengrün
ISBN 978-3-8392-0525-9

Glühwein, Mord und Gloria
ISBN 978-3-8392-1950-8

Blutkraut, Wermut, Teufelskralle
ISBN 978-3-8392-2099-3

Majoran, Mord und Meisterwurz
ISBN 978-3-8392-0171-8

Das Stille Nacht Geheimnis
ISBN 978-3-8392-2339-0

Englein, Mord und Christbaumkugel
ISBN 978-3-8392-2711-4

Majoran, Mord und Meisterwurz
ISBN 978-3-8392-0171-8

GMEINER SPANNUNG

WWW.GMEINER-VERLAG.DE
Wir machen's spannend